KB120123

남들과 다르게 살아도 괜찮아

그래도 제법 괜찮게 사는 회사원의 이야기

남들과 다르게 살아도 괜찮아

초 판 1쇄   2019년 12월 23일

지은이 박혜주
펴낸이 류종렬

펴낸곳 미다스북스
총괄실장 명상완
책임편집 이다경
책임진행 박새연 김가영 신은서
본문교정 최은혜 강윤희 정은희

등록 2001년 3월 21일 제2001-000040호
주소 서울시 마포구 양화로 133 서교타워 711호
전화 02) 322-7802~3
팩스 02) 6007-1845
블로그 http://blog.naver.com/midasbooks
전자주소 midasbooks@hanmail.net
페이스북 https://www.facebook.com/midasbooks425

© 박혜주, 미다스북스 2019, *Printed in Korea.*

ISBN 978-89-6637-745-9 03810

값 15,000원

미다스북스는 다음세대에게 필요한 지혜와 교양을 생각합니다.

그래도 제법 괜찮게 사는 회사원의 이야기

남들과
다르게
살아도
괜찮아

박혜주 지음

미다스북스

평범함이라는 최대 약점을 나만의 가치로

이것은 나의 이야기다. 고학력, 고스펙, 전문직은 아니지만 꿈을 위해 도전하고 살아온 사람의 이야기다. 평범함 속에서 자신을 잃지 않기 위해 열심히 살아온 사람의 고군분투기다. 꿈이 없어 방황했으며 안주했던 30대의 이야기이자 치열하게 도전했던 20대의 이야기다. 누구 하나 자신 있게 정답을 말해주지 않아 미친 듯이 정답을 찾기 위해 뛰어다닌 사람의 이야기이다. 중간에 위치해 미묘하고 애매하게 신세타령만 하던 사람이 행동한 이야기이다.

이과와 문과, 영어영문학과 일어일문학, 대기업집단에 소속되어 있어도 저연봉으로 인해 내일배움카드를 발급받지 못하는, 영업직과 컨설팅 직군, 한국 회사와 미군 부대의 경계에서 살아왔다. 30대라는 나이와 결혼에 대한 압박을 받고 경력의 의심을 받는, 시대에 반항하여 또 한 번 무모한 행동을 저지른 청개구리, 반항아의 이야기다.

나름대로 치열하게 살아온 나를 평가할 수 있는 사람은 오직 나 자신이다. 나를 제대로 보지 못하는 사람들 손에 '이력서'라는 종이 한 장을 쥐여주고 맘대로 평가당하고 싶다면 오늘도 새롭게 고치는 가짜 이력서를 써라. 나의 수많은 고뇌와 물음을 종이 한 장에 담을 수 없었다. 내가 느꼈던 부조리함이 나를 어떻게 성장시켰는지는 이력서에 쓸 수 없다.

내가 직접 발로 뛰고 나아가는 과정, 원치 않는 좌절과 절망, 실패를 반복한 순간순간들을 나열하기엔 이력서라는 종이가 너무나 작다. 공부를 하는 10대들이 곧 마주할 것이며 20대들이 느끼는 현재는 찬란하지도 아름답지도 않다. 그러니 고삐를 꽉 잡아라. 원하지 않는 꿈으로 들어오게 된 걸 환영한다.

'구르는 돌에는 이끼가 끼지 않는다(a rolling stone gathers no moss).' 현재 상황에 안주하지 않고 열심히 움직여 부지런히 노력하는 사람은 뒤처지지 않고 발전한다는 속담이다. 나는 데굴데굴 계속해서 굴러다녔다. 명언이 사실이라면 나란 사람은 이끼 하나 없는 성공한 돌이 되어야만 했다. 하지만 현실 속 사회적 기준에선 루저, 즉 이끼가 잔뜩 낀 보통 사람이었다.

이 속담은 다른 나라에서 이런 뜻으로 쓰인다. '한 곳에 머무르지 않는 사람은 책임질 일도 없기에 이룰 것도 없다.' 내가 마주한 세상은 불평등과 거짓이 만연했다. 속담과 명언만 믿고 굴러다닌 돌멩이는 정답이 무엇인지 모르는 채 굴러만 다녔다.

『바다을 치고 일어서라』의 저자이자 15년째 중국에서 교육사업자로 활동하고 있는 황갑선 대표의 책에는 이런 내용이 나온다. "나는 아무렇게나 살아가는 사람이 아니라 의미 있는 인생을 살아가는, 복 받은 사람이라고 외쳐보자."

내가 찾은 삶의 의미는 '꿈'이다. 무기력하고 답답한 현실에서 평범한 사람이 자신을 잃지 않기 위해 끊임없이 고뇌했던 순간을 알리고 싶다. 이 책은 사라지는 일터 앞에서 30대의 한 사람이 두려움을 이겨내고 용기 내어 실천한 행동의 결과물이자 나를 찾는 과정이다. 또한 20대에 누구보다 치열하게 살아온 사람이 들려주는 진짜 이야기다.

나를 찾는 과정

새로운 르네상스 시대가 열릴 것이다. 호기심과 개성의 시대이며 본질을 바로 보는 시기가 올 것이다. 합리적인 사유가 다방면으로 연결되고 인간의 본질과 자아에 대한 진정한 고민이 시작될 것이다. 산업화와 인간 감성 사이의 유연함, 기계와 사람이라는 차갑고 따뜻함의 대립이 올 것이다. '인간이란 무엇인가?'에 대한 답을 찾는 자들이 늘어날 것이다. 우리는 어느 순간 사회의 부속품이 되기 위해 키워졌다. 시험을 잘 치르기 위한 수업, 취직을 잘 하기 위한 배움은 나의 것이 아니었다. '이렇게 사는 것이 맞는 건가?'라는 지속적인 의심이 있었다. 나는 그 의심과 의문, 자아와 현실 사이에서 끝없이 고민했다. 그리고 나름의 답을 찾았고 변화했다.

다시 한 번 달라지기로 하면서 그 시작을 책을 쓰는 것으로 결정했다. 나의 고민을 글로 쓰고 책으로 알리는 이유는 간단하다. 내가 좋아하는 것으로 '나'라는 사람을 정의하고 싶다. 보통의 사람이지만 내 속에 있는 이야기를 풀어내면서 해방감을 느끼고 싶다. 감히 나의 이야기로 책을 쓴다는 것이 부끄럽고 두려운 일이지만 다시 한 번 용기를 내어본다. 그렇게 회사원이면서 글을 쓰기로 했다.

'책 쓰기'에 정통한 사람을 찾았다. 그는 바로 교과서에 실린『긍정의 神』,『왜 욕하면 안 되나요?』,『작은 씨앗 큰 나무』를 쓴 작가이자 책 쓰기 지도부문 표창을 받은 김태광 대표이다. 그의 책『3일 만에 끝내는 책 쓰기 수업』에는 이런 이야기가 나온다. "세계적인 베스트셀러 작가들, 즉 유명세가 높은 작가일수록 초창기에 출판사들로부터 보통 사람들은 상상도 할 수 없는 거절을 당했다. 그럼에도 불구하고 그들은 작가의 꿈을 포기하지 않았고, 더욱더 노력하고 도전했다." 해리포터가 킹스 크로스역 9와 4분의 3번 승강장을 가는 기분이 마치 이런 느낌이었을까. 나는 호그와트행 열차를 타듯 그렇게 작가라는 열차를 탔다.

당연한 말이지만, 나의 책은 어떤 부분도 완전하지 못하다. 단지 나를 찾고 싶었던 한 사람이 했던 모든 고민과 생각과 경험을 글에 털어놓았을 뿐이다. 누구를 가르치거나 누군가에게 교훈을 주는 이야기가 아닌 내가 겪은 일이 조금이나마 도움이 되었으면 하는 바람으로 쓴 글이니 참고서처럼 활용하길 바란다.

내가 바라본 세상을 알리는 것으로 좋은 영향을 줄 수 있을 거라 확신한다. 불평등이 만연한 시대에서 비주류와 주류의 경계를 허무는 보통 사람도 있었으면 했다. 그리고 보통 사람도 목소리를 낼 수 있고, 적어도 비슷한 고민을 했던 사람들에게 위로와 안내를 줄 수 있단 것을 보여주고 싶다.

평범한 사람도 책을 쓸 수 있다. 사람은 각자 자신만의 이야기가 있고 그것은 각기 다양한 형태로 다른 이에게 영향을 준다. 생각을 공유함으로써 나 역시 성장하며 존재 가치를 찾을 수 있게 된다. 가장 큰 자극은 평범한 보통 사람의 변화일 것이다. 아플 때도 슬플 때도 때론 시트콤처럼 살아가는 나로 인해, 우리는 모두 평범하지만 특별한 사람이라 생각하길 바란다.

2020년을 한 달 앞둔 내 생의 최고의 겨울

박혜주

Contents

PART 1

미리
말씀드립니다만,
전 방황했습니다

01
나는 어떤 사람이 될 것인가?

걱정은 흔들의자와 같다.
계속 움직이지만 아무데도 가지 않는다.

윌 로저스

미리 말씀드립니다만, 전 방황했습니다

10대 때는 내내 방황했던 거 같다. 무엇을 해야 할지, 어떤 사람이 되어야 하는지 알 수도, 알려주는 이도 없었다. 공부는 왜 해야 할까? 귀는 왜 뚫으면 안 되며, 교복은 왜 입어야 하고, 두발의 자유는 왜 없는 건지, 내 인생의 10대는 왜 이렇게 안 되는 게 많은 건지 매사 기분이 좋지 않았다.

그중 꿈이 확실해서 열정을 불태우는 친구들도 있었지만 난 그 부류와는 달랐다. 썩 공부를 잘하지도 그렇다고 잘 놀지도 못했다. 고등학생이 되고 나니 문과인지 이과인지 고르라고 하더라. 인생의 고비가 왔다. 잘하는 과목은 결정하기 힘들게 '영어'랑 '수학'이었다. 꿈도 없는데 문과, 이과를 어떻게 고르라는 건지 막막했다.

"수학을 좋아하면 이과를 가고 국어랑 영어를 잘하면 문과를 가."

선생님은 하필 그렇게 말했다. 두 과목을 다 좋아했던 난 선택할 수 없었다. 결국, 친구 따라 강남 가듯 이과를 선택했다. 광합성의 과정을 3단계로 나눌 때까지는 괜찮았다. 이과는 이보다 더 깊게, 식물이 광합성을 하는 대단하고 섬세하며 어마어마한 과정을 배운다. 미적분을 지나 벡터를 배우게 될 때 이 길은 내 길이 아님을 정확하게 깨닫게 되었다. 그렇게 나는 당시 이과생 중 유일하게 교차지원으로 영어영문학과에 진학한다.

눈 깜짝할 새에 20대가 되었다. 이제 자유인가? 처음에는 마냥 좋았다. 구속되어 있던 억압이 터지며 못 했던 것을 하기 시작했다. 금발 머리로 염색도 하고, 열망했던 하이힐을 신었다. 술도 원 없이 마시며 어른 흉내를 냈다. 웃긴 건 수동적으로 살아오던 인생에 선택권이 많아지니 패닉이 찾아왔다. 완급 조절이 되지 않았다. 마치 브레이크가 고장난 자동차처럼 달리고 또 달렸다.

당시에 학교 선배가 이런 말을 했었다.

"인생 어차피 한 번인데 대학 생활을 추억도 남기면서 잘하는 법 알려 줄까? 쉽지 않긴 해. 학사 경고, CC, 장학금 세 개를 달성하기만 하면 어 딜 가서 대학 생활은 알차게 했다고 당당히 말할 수 있지. 대신 꼭 장학 금을 타야 해."

결국 나는 학사 경고 2번의 영광과 함께 졸업한다.

본격적인 취업 시즌이 될 때 내 성적은 2.91이었다. 부모님이 졸업을 원하셔서 졸업만 하면 된다고 생각했지, 이놈의 학점이 내 발목을 꽉 잡 을지는 예상치 못했다.

그래서 내 이름은 160만 원입니다

학교에서 주선하는 취업 연계 프로그램이 있어서 신청했다. 동그란 안 경을 낀 아저씨가 성적과 이력서를 살펴보더니 이렇게 말했다.

"영어영문학과에 2.91…. 어디 들어가기 힘들겠는데. 잘하는 거 있어 요?"

"셰익스피어요. A+ 받은 과목인데 인물 분석할 때 너무 행복했어요. 전공과목 중에 유일하게 너무 재미있더라니까요!"

"에이, 그런 거 말고 영어를 잘한다든지 뭐 자격증이 있다든지… 토익 점수나… 아무것도 없네. 본인은 160만 원 받는 곳 들어가면 될 거 같은

데, 마침 우리 회사 사원 자리가 비었는데 들어오지?"

존댓말과 반말을 섞으며 나에게 취업컨설팅 회사의 사원을 제안했다. 그는 안경을 올렸다 내리며 내 눈을 쳐다봤다. 차라리 월급을 말하지 않고 제안했으면 나았을까. 순간 불쾌했다. 어쩌면 그 순간 주제 파악을 한 걸지도 모르겠다. 그 와중에도 "생각해볼게요."라고 말했고 억지웃음을 지으며 뛰쳐나왔다.

회사에 입사했을 당시에 비정규직이었다. 우연히 구직 사이트를 뒤져 보다 '영어 사용'이라는 말만 듣고 경력이라도 쌓아보자는 생각에 지원했다. 무슨 말을 했는지 정신없던 3대3 압박 면접이 지나갔다. 1분 동안 영어 자기소개와 일본어 자기소개를 했다.

담배를 피우는지, 술은 잘 마시는지에 대한 이야기들이 오고 갔다. 집에 돈이 많은지, 농구를 하는지에 대한 질문도 나왔다. 영업직이기 때문에 물어보는 것인가. 자괴감과 허탈함만 들었다. 추석 전날 합격발표가 났다. 분명히 불합격이라 확신했는데 합격이었다. 일할 수 있고 밥벌이라도 할 수 있다는 생각에 온 친인척이 모인 곳에서 자랑까지 했다.

며칠 뒤 인사 담당자가 연락이 왔는데 계획 중이던 사업이 갑자기 취소돼서 사람을 쓸 수가 없다고 하더라. 진짜 기가 막혔다. 아무리 비정규직을 뽑는 자리라도 너무 억울했다. 면접을 보러 간 내 시간, 정신적 스트레스와 설렘이 와르르 무너졌다. '사람 가지고 장난치는 건가.' 열이 받아서 무슨 회사가 그러냐고 소리를 질렀다. 그랬더니 다른 분야지만 미군 부대에서 영어를 쓰는 일이 있으니 일할 생각이 있냐는 제안이 왔다. 당연히 알았다고 했다.

그렇게 계속 일하다 보니 정규직으로 전환이 되었다. 그리고 난 어른이라 강요받는 30대가 되었다. 어떻게 사는 것이 맞는 것인지 끊임없이 묻고 물었다. 또한 어떤 사람이 되고 싶은지, 꿈이 무엇인지 정답을 찾기 위해 수없이 부딪혔다.

나는 고기, 버섯, 치즈를 좋아해

영화배우 아널드 슈워제네거의 아내이며 기자인 마리아 슈라이버는 『삶은 항상 새로운 꿈을 꾸게 한다』라는 책을 쓰며 나와 같은 고민을 했다.

앵커이자 기자로 네 아이의 엄마이자 저술가였던 그녀는 캘리포니아 주지사가 된 남편 때문에 '주지사의 부인'이 된다. 그 결과 그녀가 가졌던 지위와 꿈은 사라지고 남편을 위한 삶을 살게 된다. 모든 게 완벽했던 그녀 또한 '꿈'과 '현실'에 대한 괴리와 정체성의 위기를 느꼈다. 그리고 계속해서 물었다. '나는 누구인가?'

내가 어떤 사람이 되고 싶은지 알기 위해 끊임없이 나에 대해 '질문'을 하고 '실행'해야 했다. 그것은 마치 어떤 음식을 좋아하는지 찾는 과정과 닮아 있다.

예전에는 어떤 음식을 좋아하는지 정확하게 알지 못했다. 또한, 새로운 음식을 시도하는 것에도 겁을 냈다. '고수잎'은 호불호가 강하게 갈린다. 크레파스 같은 맛에 특유의 향이 싫어 입에도 못 대던 고수잎도 몇 번의 도전을 통해 먼저 찾아 먹는 수준에 이르렀다. 이처럼 새로운 시도는 몰랐던 내 입맛을 알게 해주며 새로운 취향에 눈뜨게 한다.

진짜 좋아하는 음식을 찾기 위해선 어떻게 해야 할까? 맛집을 검색해보고 맛본다. 또는 우연히 지나가다 먹어본다. 정보가 쌓인다. '아! 나는 이런 음식을 좋아하는구나.' 그렇게 쌓인 정보를 통해 명확하게 내가 무엇을 좋아하는지 정의할 수 있게 된다.

계속해서 나에게 질문하고 고뇌하는 과정이 바로 출발점이다. 마음의 소리에 귀 기울이고 시행착오를 겪어도 좋으니 해볼 수 있는 것은 시도하자. 가끔 실패하고 좌절할 때도 있지만 그렇게 몇 번의 도전으로 정보가 쌓이면 좋아하는 음식처럼 내가 어떤 사람인지 자신 있게 정의할 수 있게 될 것이다.

우리는 치열하게 살고 있지만 어쩌면 사회에서 만들어놓은 기준에 맞춰 그냥 살아왔는지도 모른다. '나는 어떤 사람이 될 것인가?'라는 물음을 기점으로 진짜 나를 찾는 여행을 시작할 수 있을 것이다.

원하는 꿈과 미래가 남을 위해, 남에 의해, 남의 것으로 끝나더라도 괜찮다면 그냥 그렇게 살아라. 그러나 삶의 주도권을 본인이 잡고 지금과 다른 미래를 맞이하고 싶다면 계속 물어보길 바란다. 그 질문을 통해 절대적으로 원하는 자신과 만날 수 있다.

02
나는 어떤 삶을 살고 싶은가?

자아 찾기에는 공식도, 참고서도 없다. 나는 여기 이 자리에 살아 있으며
자아를 찾는 여행을 하는 중이고, 내 삶의 주인은 나이며,
어느 누구도 나를 대신해서 살아줄 수 없다는 사실을 깨달아야 한다.

조지프 징커

평생 공부해야 한다면 즐거운 공부를 하자

샐러던트와 실버던트라는 말을 아는가? 직장을 다니고 있지만, 경쟁
사회에서 살아남기 위해 지속해서 공부해야 하는 직장인과 100세 시대
를 살아가기 위해 공부하는 노인을 뜻한다. 이제 우리는 죽을 때까지 공
부해야만 살아남을 수 있는 시대를 맞이한 듯하다.

무엇을 위하여 끊임없이 또는 직장을 다니면서까지도 공부해야 할까?
꿈이 회사원이라서? 더 좋은 회사원의 삶을 살고 싶으므로? 막연하게 말
하는 행복한 삶보단 경쟁에서 뒤처지지 않는 삶을 살고 싶기 때문일까?

어쭙잖은 성적, 잘하는 것 없고 평범한 나는 어떤 삶을 살고 싶은지 정의하는 게 힘들었다. 꿈이란 게 무엇인지도 정의하지 못했던 날마다 자신에게 물었다. '뭐가 되고 싶니? 난 무엇을 잘하는 걸까? 공부를 못했으면 다른 길로 돌아가 한 분야의 장인이 되고 성적이 좋았으면 전문직이라도 하지 않았을까.' 애매하고 어정쩡한 성적에 맞춘 학교와 전공을 선택한 후 목표 없이 방황했다. 그러다 우연히 마트 행사 아르바이트를 시작하게 되면서 내가 무엇을 좋아하는지 알게 된다.

마트 행사는 단기간에 상품을 고객에게 노출하고 장점을 부각해 판매로 이어지게 한다. 면도기, 초콜릿, 로션, 차례용 술, 완구, 홍삼, 속옷 등 셀 수도 없는 다양한 상품을 만날 수 있다는 장점이 있으나, 판매직이기 때문에 '감정노동'이라고도 한다. 아무 생각이 없었던 난 단순히 짧은 기간에 새로운 상품을 만나면서 타 아르바이트보다 높은 급여를 주는 이 일이 즐거웠다. 경쟁사 상품을 분석해야 했고 강점을 파악해야 했다. 소비자 니즈를 빠르게 분석해 매출로 이어지게 하는 과정 역시 새로웠다. 특히 성과가 즉각적으로 나타날 때 즐거웠다.

7년 전 졸업을 앞둔 겨울, 밸런타인데이 초콜릿 행사를 했을 때였다. '키즈웰'에서 유통한 벨기에산 초콜릿과 생 초콜릿, 가로또 봉봉이라는 초콜릿이 주력상품이었다. 1+1행사를 했음에도 페레로 로쉐나 허쉬처럼 설명이 필요 없는 상품이 역시나 잘 팔렸다. 행사 매대에 진열된 상품의 노출도도 확연히 달랐다. 내가 많이 팔 방법은 목소리를 크게 내거나 빠르게 고객의 니즈를 파악하는 것이었다. 기본적으로 회사에서 판매 멘트를 알려주긴 하나 현장에선 관심을 끌 수 없었다. 그래서 나만의 전략을 짜기 시작했다.

첫째, 너도나도 다 아는 흔한 초콜릿 브랜드가 아닌, 특별한 브랜드임을 강조할 것

둘째, 1+1로 사야 하는 이유를 만들 것

셋째, 합리적인 가격에 고급스러운 포장을 강조해 스쳐가는 고객까지 잡을 것

"어서오세요. 고객님! 초콜릿의 나라 벨기에서 만든 벨지안 초콜릿입니다. 사랑하는 사람을 위한 밸런타인데이 행사에서 저렴한 가격에 1+1행사를 하고 있습니다. 남자친구 선물사면서 사랑하는 아버지 선물도 챙기세요! 고급스러운 포장도 해드립니다."

이 멘트를 빠르지만, 또박또박 쉬지 않고 말했다. 소리를 크게 내는 통에 목소리가 갈라졌다. 하지만 다행히 정성이 통했나 보다. 다른 초콜릿을 보던 고객들이 관심을 가지기 시작했다.

한 고객은 초등학교에 보낼 간식 선물을 찾고 있었다. 간식 선물은 대량 구매로 이어지기 때문에 가격이 부담스럽지 않은 상품을 즉각적으로 추천했다. 아이들의 호기심을 자극하는 재밌는 상품이 있다고 설명했다. 다양한 초콜릿이 들어간 상품이 있다고 말하니 상자 채로 나가기 시작했다. 덩달아 다른 고객들의 추가 구매로 이어졌다. 저렴해 보이지 않으면서 특별한 초콜릿을 원할 땐 식감이 다른 생 초콜릿을 추천했다.

당시 대형마트 초콜릿 브랜드 매출 1위, 전국 판매 1위의 쾌거를 올렸다. '키즈웰' 영업팀 직원들까지 출동하여 함께 상품 매대에 섰다. 그들과 서로 서포트를 해주면서 마지막까지 매출 고공행진을 하도록 도왔던 기억이 난다. 영업팀 직원들은 아르바이트생에게 비결을 묻기도 했다.

영업은 문외한이라 "무조건 열심히 했어요! 그런데 팔다 보니 재미가 붙더라고요!"라고 말했었다. 단순히 무언가를 팔고 성취할 때 즐거웠다. 그래서 한 가지를 결심했다. '즐거운 일을 하자.' 이후 난 그전보다 더 미친 듯이 다양한 아르바이트를 하기 시작했다. 나란 사람이 도대체 어떤 것에 재미를 느끼고 잘하는지 알고 싶었기 때문이었다.

캔 4개에 만 원짜리 맥주 vs 코스모폴리탄

목표가 없는 선택은 모든 걸 무기력하고 피곤하게 한다. 반복되는 하루, 지루한 일상, 쳇바퀴처럼 돌고 도는 삶. 내가 생각했던 미래는 이보다 찬란할 것으로 생각했는데, 현실은 작은 통 속에 사는 햄스터처럼 목표도 없이 다리만 움직일 뿐이다.

내가 상상한 직장인? '예쁜 정장과 사원증, 아메리카노와 하이힐, 퇴근 후 근처 바에 들려 〈섹스 앤드 더 시티〉의 캐리와 친구들이 즐겨 마셨던 코스모폴리탄을 마시며 미래를 계획하는 모습들.' 꿈에나 나오는 모습이다. 현실은 냉정했다. 지친 하루가 끝나면 참새가 방앗간을 찾아가듯 편의점에 들렀다. 네 캔에 만 원짜리 맥주에 오늘도 수고했노라 위로하며 버텼다. 쌉쌀한 맥주에 위안하는 삶, 이것이 진짜 현실이다. 기진맥진한 하루를 알딸딸한 마음으로 씹어대는 것이 진실이다. 왜 나는 하루를 치열하게 살아왔는데 허탈한 걸까? 내가 맞게 사는 걸까?

절실하게 취업을 원했고 결국 원하는 대기업에 취직하여 10년 동안 청춘을 바친 지은 씨의 이야기다. 그녀는 야근, 과도한 업무 스트레스에 시달렸다. 정신적 스트레스가 상당했던 그녀는 퇴사가 답임을 알지만 계속 주저했다. 그녀에게 왜 주저했느냐 물어보니 놓아버렸을 때의 '상실감'과 '두려움'이 무섭다고 했다.
싱글의 30대 후반인 그녀에게 대기업이라는 타이틀은 극도의 스트레스에도 버틸 수 있는 마지막 적금통장 같은 것이었다. 하지만 결국 견디지 못할 만큼 스트레스가 극에 달해 자신에게 업무를 미루는 최 과장을 죽이고 싶다는 생각이 들자 살인자가 되느니 퇴사를 결심했다.

사노비에서 탈출한 그녀의 얼굴은 맑게 피었다. 아침마다 탈모로 인해 막히던 하수구가 이제 더 이상 막히지 않게 되었고, 세상이 아름다워 보였다. 고생한 자신에게 보상을 주고 싶었기에 여행이라는 선물도 주었다. 하지만 한 달 동안 유럽을 다녀온 뒤 얼마 되지 않아 다시 불안감에 휩싸였다. "결혼도 해야 하는데 30대 후반 무직 여성을 누가 좋아하겠어. 자존감이 뚝뚝 떨어지고 불안해. 남들은 열심히 달리는데 나만 멈춰 있는 기분이고… 카드값도 부담스럽고." 그렇게 말한 그녀는 다시 재취업을 준비하기 시작했다.

"공기업 3년 차, 즐거웠던 적 없습니다.", "계약직 너무 서러워요.", "대기업 퇴사하면 현실은 이보다 더 힘들까요?", "회사에서 들러리, 병풍 같은 삶 때문에 괴롭습니다." 내 주위의 직장인들에게 왜 회사에 다니는지 물어보면 한결같이 "그냥 다닙니다.", "먹고살려면 뭐 별수 있나요?"라고 말한다. 직장인의 삶은 상상했던 것과 다르게 아름답지만은 않았다. 비교와 압박을 감당해야 하고 경쟁과 성과주의, 인간관계와 스트레스까지 조절해야 한다. 그럼에도 어떤 이는 취업을 준비하고 누군가는 이직과 퇴사를 결심한다.

다시 돌아가 이직을 준비했던 지은 씨의 이야기다. 이력서를 받은 헤드헌터는 소스라치게 놀라며 이렇게 말했다고 한다. "아휴! 이제야 이직을 준비하시면 어떻게 해요! 요즘 이직 시장은 공백 2주도 길어요!" 그녀는 본인을 자책했다. 그녀가 직장을 다니는 이유는 단지 돈을 벌기 위해서였고, 사회적 위치를 나타내기 위해서였다. 그녀에게 직장이란 소개팅을 하기 위한 명함이며 '취집' (취직 대신에 시집가는 것을 통해 경제적 안정을 꾀하는 일)을 위한 수단일 뿐 그 이상 이하도 아니었다. 만약 또다시 직장이라는 타이틀이 사라진다면 그녀는 길을 잃고 방황할 것이 확실했다.

방황하는 10대, 아무도 도와주지 않는 20대, 그냥 어쩌다 어른이 된 지금까지 우리는 사실 잘 살아왔다. 하지만 온실 속 화초처럼 언제나 규정되어 있는 틀 안에서 수동적으로 살아와 어떤 방향을 잡고 살아가야 하는지 정확하게 알지 못한다. 사교육의 폐해인지는 모르겠지만 주도적으로 개척하는 방법을 잘 생각하지 않는다. 분명히 자기 주도 학습을 하라 배웠는데 자기 주도 학습을 하는 척 살았다. 학원에 다녔고 취업컨설팅을 받으러 가는 것처럼 숟가락으로 밥을 목구멍까지 들이밀어야 받아먹었다. 결국, 남는 건 수동적으로 얻어낸 결과만 있을 뿐이다. 사회적인 성공이 좋은 삶이라고 생각했다. 이제는 직업, 직장, 부, 명예가 최고라고 주입시키는 사회가 문제인 건지, 수동적인 내가 문제인 것인지 헷갈린다. 문제는 이런 환경이 더는 원하는 삶의 목표와 방향을 제시하지 못하게 되면서 오는 괴리감이다. 무언가 잘못됐다는 것은 인지하지만 무엇이 잘못된 건지는 모르는 상태다.

나를 마주 보는 방법

평소 심리테스트나 자아 찾기에 관심이 많던 나는 〈뉴욕타임스〉에서 소개
한 '사랑에 빠지는 36가지 질문들'을 본 뒤 흥미가 생기기 시작했다. 사실 이
질문은 심리학자 아더 아론이 '조직 내에서 서먹한 사람들을 어떻게 친근하
게 만들 수 있을까?'라는 고민에서 만들었다. 그는 사람들이 상처나 약점을
공유함으로 친밀감이 증가한다는 가정을 세우고 이를 실험으로 증명했다.
이 질문을 연인이나 조직 내 사람이 아닌 나에게 해보았다. 내 약점과 상처
를 정면으로 바라보고 풀어본다면 나 자신과 조금은 친해질 수 있다고 생각
했기 때문이다.

36가지 질문을 이용해 서먹했던 나를 만나보았다. 내가 가지고 있는 결핍
또는 약점과 상처를 정면으로 마주 보았다. 그리고 그런 나를 인정했다. 나
란 사람은 직무를 배우는 것엔 관대하나 정작 나 자체에 소홀했다. 진짜 원
하는 것이 무엇이고 좋아하는 것, 싫어하는 것, 잘하는 것과 못하는 것에 큰
관심도 없었다. 어떤 꿈을 꾸고 어떤 삶을 살 것인지 묻는 것은 사치라는 생
각을 했다.

방법을 몰랐기에 고뇌하고 지속해서 질문했지만, 속 시원한 해법은 없었다. 그 과정에서 이 질문들이 내가 어떤 삶을 살고 싶은지 방향을 잡는 데 큰 도움이 되었다.

다음은 '사랑에 빠지는 36가지 질문들'의 '당신'을 '나'로 바꾸어 자신을 마주 보는 방법으로 재해석한 것입니다.

1. 조용한 장소를 고르고, 각 질문을 크게 읽습니다.
2. 모든 질문에 답변하고 나서 다음으로 넘어가야 합니다.
3. 각자의 질문에 답과 생각을 적습니다.
4. 3세트의 질문이 있습니다. 각 세트가 끝나면 휴식을 취하고 언제 다음 세트로 넘어갈지를 스스로 결정합니다.

그리고 반드시 질문에 대한 답이 왜 나왔는지 스스로 묻고 정리하는 시간을 가져야 합니다.

— 제1장
1. 세계 어느 사람이든 저녁 식사 손님으로 초대할 수 있는 선택권이 있다면

누구를 선택하고 싶은가?

2. 유명해지고 싶은가? 그렇다면 어떤 방법으로?

3. 전화를 걸기 전에, 무슨 말을 해야 할지 미리 연습해본 적이 있는가? 왜?

4. 나에게 '완벽한 하루'는 어떤 날인가?

5. 마지막으로 혼자 노래를 부른 날은 언제인가? 누군가에게 불러준 날은
언제인가?

6. 90세까지 살 수 있다고 가정할 때, 남은 60년 동안 30세의 젊음을 유지
할 수 있다면 나의 선택은 30세의 정신인가? 30세의 육체인가?

7. 내가 어떻게 죽을지에 대한 비밀스러운 예감이 드는가?

8. 나와 인생의 파트너가 갖고 있을 것 같은 3가지 공통점을 말해보라.

9. 살면서 가장 감사하게 생각하는 일이 있다면 무엇인가?

10. 나의 성장환경에서 무엇인가 바꿀 수 있다면, 그것은 무엇인가?

11. 몇 분 안에 나의 인생을 가능한 자세하게 설명해보라.

12. 내일 아침 일어났을 때 하나의 자질이나 능력을 얻을 수 있다면 무엇을
원하는지 말해보라.

– 제2장

13. 나의 인생과 미래를 비롯해 궁금한 건 무엇이든 알려주는 수정구슬이

있다. 무엇을 알고 싶은가?

14. '꼭 해보고 싶다.'라고 꿈꿔왔던 게 있나? 왜 아직 하지 않았는가?

15. 인생에서 가장 보람찼던 일은 무엇인가?

16. 우정을 위해 가장 중요한 것은 무엇인가?

17. 가장 소중한 추억이 무엇인가?

18. 가장 끔찍한 기억은 무엇인가?

19. 만약 1년 안에 갑자기 죽는다는 것을 알았을 때, 현재 사는 방식에서 어떤 것이든 변화를 줄 것인가? 왜?

20. 내가 생각하는 우정이란 무엇인가?

21. 사랑과 애정은 나의 인생에 어떤 역할을 하는가?

22. 나의 긍정적인 장점 하나를 말하고 자신을 스스로 칭찬하자. 총 5개를 말해보자.

23. 나는 가족과 얼마나 친밀하고 화목했는가? 대부분의 사람보다 나의 어린 시절이 행복했다고 느꼈는가?

24. 어머니와의 관계는 어떠한가?

– 제3장

25. '나'로 시작하는 사실을 3개 만들어보라. (예를 들어 '나는 배가 고프면 예

민하다.')

26. 다음 괄호를 채워 문장을 완성해보라. "내 (   )을/를 공유할 수 있는 가까운 사람이 있었으면 좋겠어."

27. 누군가 나와 가장 가까운 친구가 되고자 한다면, 상대방이 나에 대해 꼭 알아야 할 사실 한 가지를 말해보라.

28. 나의 좋은 점을 말해라. 매우 솔직하게, 방금 만난 사람에게는 절대 말하지 않을 나의 좋은 점을 말하라.

29. 나의 인생에서 당혹스럽거나 부끄러웠던 경험을 말하라.

30. 마지막으로 다른 사람 앞에서 울었던 적은 언제였는가? 혼자 운 것은 언제였는가?

31. 남들이 말하는 나의 좋은 점을 말하라.

32. 진지하고 심각한 부분이라 내가 생각할 때 절대 농담하면 안 되는 주제가 있는가?

33. 만약 누군가와 대화할 수도 없고 연락할 기회도 없이 오늘 밤에 갑자기 죽는다고 가정해보자. 누구에게 무슨 말을 전하지 못한 걸 가장 후회하겠는가? 왜 아직 그 사람에게 말을 전하지 않았는가?

34. 당신이 소유하고 있는 모든 재산이 담긴 집에 불이 났다. 사랑하는 사람과 애완동물 등 소중한 생명은 모두 구했다고 가정하고 마지막으로 단 한

가지 물건만 꺼내올 수 있다면 무엇을 가져오겠는가? 왜?

35. 가족 중 누구의 죽음에 가장 상처를 받을 것인가? 왜?

36. 내가 가지고 있는 개인적인 고민 한 가지를 말하고, 이를 어떻게 처리해
야 할 것인지 자신에게 물어보자. 또한 나의 고민을 다른 이가 똑같이 가지
고 있을 때 나는 어떤 감정, 기분을 느낄지 설명해보라.

03
20대에는 꿈이 없는 게 정상이다

최악의 외로움은
자기 자신을 불편하게 느끼는 것이다.

마크 트웨인

장래희망의 또 다른 이름

'꿈'이라는 단어는 막연하다. 막연하므로 가장 불편하고 듣기 싫은 말일지도 모른다. 거창하고 거대한 느낌이다. 특히 찬란하고 아름답게 생각하는 우리의 상상력이 독이 되어 꿈을 포기하게 만든다. '도대체 이놈의 꿈이 뭔데? 꿈을 이루기 위해선 어떻게 해야 하지?' 질문하는 것조차 부담스럽다. 막막한 두려움에 다가갈 엄두조차 내지 못한다.

돈도 미래도 없다고 느껴지는 현실이 지독할 것이다. 암울하게 하루를 낭비하는 느낌에 고통스러울 것이다. 치열하게 고뇌해도 맘대로 흘러가지 않는 삶이 괴롭고 힘겨울 때도 있을 것이다. 누구도 답을 주지 않는다. 그래서 더욱 고독하고 아플 것이다. 하지만 20대를 치열하게 살아온 사람으로 당당하게 말해주고 싶다.

'몰라도 괜찮아. 모를 수 있어. 정답을 진작 알 수 있었다면 청춘이 아닌 거지. 그러니 몰라도 괜찮아.'

꿈이 없어도 괜찮다. '꿈'이라는 단어에 집착하지 않기를 바란다. 그리고 몰라도 된다. 만약 알더라도 사람은 망각의 동물이라 하지 않았는가? 그 꿈은 계속해서 변화할 것이고 이룬다 하여도 또 다른 꿈을 꾸고 있는 나를 발견하게 될 것이다. 너무 막연하기에 두려운 꿈을 단순히 직업, 지위, 돈으로 바꿔보길 바란다. 20대, 꿈이 없어도 괜찮은 나이이기에 불안해하지 않길 바란다.

초등학교 땐 부모님이 꿈을 정해주셨다. 그 꿈은 '선생님'이었다. 내가 처음 느꼈던 꿈의 느낌은 사회적 지위였다. '무언가가 되어야 하는구나. 무언가를 해야 하는 게 꿈이구나.' 말 잘 듣는 장녀였던 난 선생님이 되면 행복할 거라는 말만 듣고 간단하게 꿈을 결정한다.

하지만 시간이 흐를수록 마음속에선 아니라는 외침이 들렸다. 10대가 되었을 때 친구들과 선생님, 지인들은 수도 없이 이런 질문을 했다. "너는 꿈이 뭐니?" 만약 꿈이 사회적 위치라면 나는 반드시 내가 하고 싶은 일을 해야 했다. 단 한 가지 중요한 사실은 '선생님'은 아니었다.

남들이 신나게 꿈이 무엇인지 설명할 때 반대로 이런 질문과 싸웠다. '난 왜 꿈이 없을까? 내 꿈은 도대체 뭘까? 난 왜 남들처럼 꿈이 어떤 거라고 말할 수 없는 걸까? 난 도대체 어떤 것을 하고 살아야 행복할까? 내가 잘하는 것은 무엇일까?' 부모님과도 항상 싸웠다. 내가 하고자 하는 것과 부모님의 방향이 달랐다.

나는 항상 부모님이 나를 잘 모른다는 생각을 했고 부모님은 자기 배속에서 나온 자식이기에 다 안다고 했다. 하지만 다른 건 몰라도 이건 확실히 알았다. '아니! 나는 내가 잘 알아. 나에 대한 수많은 질문과 고뇌의 정답은 나만 풀 수 있어!' 불효녀는 아니었다. 하지만 부모님의 꿈을 이뤄주기 위해 내 꿈을 맘대로 선택하고 싶진 않았다. 당시에 우리 집은 매일 언성과 불만의 불협화음이 이어졌고 항상 눈물바다였다.

20대가 된 후 나에 대한 생각이 더 구체적으로 잡혔다. 다양한 경험을 하게 되면서 적어도 내가 무엇을 좋아하고 즐거워하는지 알 수는 있었다. 신기하게 주위에서 하는 질문도 구체적으로 변했다. 꿈에서 단어만 변하는 이 경험에서 내 자존감은 안드로메다로 사라지고 있었다. "어디에 취직하고 싶니?", "어떤 과목을 배우고 싶니?", "얼마나 벌고 싶니?"

30대가 되면 질문이 다시 한 번 진화한다. "어떤 사람과 결혼하고 싶니?", "요즘 취미는 뭐니?", "연봉이 얼마니?", "몸매 관리는 어떻게 하니?", "결혼은 할 거지?"까지. 누구도 내가 뭐가 되고 싶은지 꿈이 뭔지 물어보지 않는다. 어느 순간 우리는 꿈이라는 막연함을 거부하고 타협하며 현실의 최대치를 이루기 위해 안주한다.

다시는 꿈을 묻지 않는다. 사회는 꿈이 없다는 것을 인정하는 것 자체를 두려워한다. 막연한 희망으로 취업을 부추기고 부, 명예, 명문대, 전문직처럼 사회적 지위를 갖춘 사람만 꿈을 이룬 것이라고 보도한다. 우리는 그렇게 진정한 나 자신을 잃어버린다.

질풍노도 오락가락, '오춘기'

나는 방황하는 어른이다. 애매하고 평범하며 어디서 봤을 것 같은 보통 사람이기 때문에 고뇌한다. 진짜 나를 찾는 성인의 사춘기를 겪고 있으며 날마다 치열하게 버티며 자기계발을 하는 과정에서 어떻게 살아야만 하는지에 대한 가짜 명분을 만들며 살고 있다.

나는 그놈의 의문과 의심, 궁금하면 해야 하는 호기심 때문에 현실과 이상을 넘나들며 약 20년 동안 끊임없이 질문하는 제2의 질풍노도의 시기를 지냈다. 친구들도 덩달아 나와 같은 고민을 하게 만드는 개미지옥

같은 초능력도 있었다.

틈만 나면 왜 나는 꿈이 없는지, 우리는 왜 이렇게 사는 건지 물었다. 누구는 배부른 소리라고 했고, 누구는 현실이 시궁창이라서 그런 거라고 했으며 또 다른 이는 다들 그렇게 사니까 그냥 산다고 했다. 꿈이 뭐가 중요하냐며 현실에 안주하라고 추천했다. 명쾌한 대답을 준 사람은 아무도 없었다. 오직 나 자신이 알 수 있을 터였다. 나는 불안했다. '오춘기'를 단순히 가볍게 넘기면 언젠가 또다시 중년과 말년에 십춘기, 백춘기로 다가올 것이 분명했기 때문이다.

꿈을 찾아 떠나는 돈키호테는 사실 시골에서 사는 50대 평범한 귀족이었다. 귀족이었던 그는 한량처럼 그저 그런 하루를 살다가 언제부터인가 기사소설을 탐닉하고 기사가 되는 꿈을 꾸고 실행한다. 자신을 스스로 당당한 기사라는 의미의 '돈키호테 데 라 만차(라 만 차의 돈키호테)'라 부르며 험난한 모험의 길을 떠난다.

광기 있고 기이한 모험을 본 세상 사람들은 그에게 조롱을 보내기도 하고 인정하기도 했다. 먼 여행을 떠나고 돌아온 그는 현실로 돌아와 꿈꾸지 못하는 늙은 영감으로 숨을 거둔다. 돈키호테는 이상주의자이며 방랑자였지만 꿈을 꾸는 순간 실행했다. 기사로 살았던 그는 도전하고 탐험하며 실행하고 나아간 진정한 영웅이었다.

엄마는 영원한 나의 원더우먼

나는 엄마의 실행력을 닮았다. 그녀는 전형적인 가정주부였지만 강한 여자였다. 항상 무언가를 도전하고 현재도 무언가를 하신다. 어린 시절에는 학습지 선생님을 하셨는데 덕분에 나는 빨간 펜으로 학생들 채점을 도와줬었다. 동그라미를 치는 엄마는 나에게 선생님이자 멋진 가정주부였다. 가끔은 와이셔츠 실밥을 제거하는 아르바이트도 하셨다. 동생과 나에게 한 뭉텅이를 줄 때 족집게를 사용하게 해줬는데 섬세한 도구를 쓴다는 생각에 동생과 상황극을 하며 실밥을 찾곤 했다. 작은 실밥을 찾아 제거하면서 나의 엄마가 디자이너이자 선생님이고 여러 가지 일을 하는 프로 주부라고 생각했다.

어느 날은 아버지와 운전에 관해 이야기하시다가 운전면허증도 없는데 어떻게 아느냐는 말에 발끈하셨다. 그러더니 48세에 갑자기 운전면허증을 따셨다. 그녀가 50대일 때 고3인 나와 함께 수험생 생활을 자처하며 공부하시더니 공인중개사 시험에 합격하고 부동산을 차리며 가정주부에서 전문직 여성으로 변화하셨다. 나에게 엄마는 언제나 도전하는 사람이었다.

그렇게 엄마는 선생님이자 프로 가정주부이며 전문직 여성이자 본인이 하고 싶은 걸 다 하는 멋진 여성이었다. 또한, 도전하면 쟁취하는 여자였다. 엄마를 보면서 느꼈다. '나도 엄마처럼 살자.' 10대를 처절하게 보낸 딸과 엄마는 피 터지는 싸움으로 끈끈한 정이 들었다. 그 과정에서 본인을 내려놓고 자식과 둘도 없는 친구가 되었다. 나아가 사춘기 자녀를 둔 후배들의 멘토이다.

올해 회갑인 그녀는 tvN 〈집밥 백선생〉에 영감을 받아 요리학원에 다닌다. 60대인 그녀도 또 다른 꿈을 찾고 실행하며 실천한다. 실패할 때도 있지만 또다시 시작한다. 나이와 상관없이 꿈은 생긴다. 원하면 찾게 되며 도전하면 이루어진다.

우리는 모두 파라다이스를 찾을 수 있다

인생이라는 사막에서 목이 마르는지도 모른 채 계속 걷고 있었다. 어느 날 문득 답답함을 느낀다. 목이 말라 오아시스를 찾고 싶지만, 누구도 어디에 있는지 알려주지 않는다. 뜨거운 태양과 타는 듯한 목마름에 무기력해지고 우울해지기도 할 것이다.

우리는 계속해서 내가 있는 곳이 어디인지, 맞는 길을 가고 있는지 고민하고 의심할 것이다. 넘어지더라도 끊임없이 도전하고 행동하며 답을 찾을 것이다. 왜냐하면, 이제 목마름이 어떤 건지 알고 있기 때문이다.

꿈이 없음을 인정하자. 인정하는 순간 스스로 질문을 던지게 될 것이다. 그리고 자신에게 계속 묻게 될 것이다. 그 과정에서 어떤 사람이 될 것이며 어떤 삶을 살 것인지 점점 명확해질 것이다. 또한, 자연스럽게 원하는 길을 가고 있는 자신을 발견할 것이다. 그러니 조급해하지 마라. 꿈이 없어도 괜찮다.

삶의 주도권을 잡기 위한 지름길은 없기에 매사 고민하자. 물음 없이 쉽게 얻을 수 있는 건 없다는 걸 인정하자. 목마름을 깨닫는 순간 물이 필요할 것이다. 물을 찾기 위해 노력하면 언젠가 오아시스를 발견할 수 있다. 꿈이 없음을 인정하고 꿈을 찾기 위해 도전하면 우리는 반드시 인생의 진정한 오아시스, 즉 나만의 파라다이스를 만날 수 있을 것이다.

04
꿈을 가지는 순간 모든 것이 달라진다

만약 당신이 꿈을 꿀 수 있다면, 그것을 이룰 수 있다.
언제나 기억하라. 이 모든 것은 하나의 꿈과 한 마리의 쥐로 시작되었다는 것을.

월트 디즈니

나는 그렇게 전사가 되었다

당신이 일련의 과정을 거쳐 부족함을 인정하고 앞으로 나아갈 때, 자체를 더 객관적이고 명확하게 알게 되며, 가야 할 방향이 자연스럽게 생긴다. 움직이는 일이 힘들고 고될지도 모른다. 하지만 나에 대해 알아가고 어떤 삶을 살고 싶은지 구체적인 그림이 나오면 하고 싶은 일이 생길 것이다. 그리고 자신 있게 도전할 수 있게 될 것이다.

방향이 정해지면 꿈의 모습도 점점 구체적으로 바뀌게 된다. 내가 잘하는 것, 못하는 것, 즐기는 것, 싫어하는 것을 알게 되고 추구하는 삶의 모습과 연결이 된다. 자연스럽게 원하는 비전에 가까워질 수 있을 것이다. 나아가 미래의 모습을 직·간접적으로 상상할 수 있고 구체적으로 그릴 수 있게 된다.

나는 미군 부대 안에서 꾸준히 고객서비스와 영업 활동을 했다. 하지만 영업하는 서비스직이자 감정 노동자는 사회에서 좋은 조건의 직업은 아니었다. 나는 그렇게 전장에 서 있는 무사였으나 예나 지금이나 대우는 별로다.

현장에 노출되어 있으면서 타인에게 긍정적인 에너지를 내기 위해 자신을 계속해서 단련해야 했다. 외부의 압박과 스트레스에 자연스럽게 강해졌다. 대부분을 '고객'으로 보내는 이들에겐 낯설 수 있으나, 현장은 마치 약육강식의 세계처럼 눈에 보이지 않는 팽팽한 긴장감의 연속이다. 그곳은 내가 이기지 않으면 그대로 잡아먹히는 정글이었다.

나와는 비교가 안 될 정도로 체구가 남다른, 절대 만만해 보이지 않는 다양한 인종의 언니들과 시시때때로 실랑이를 벌인다. 그녀들의 목소리가 커질 때마다 내 심장 소리는 커지고 손은 달달 떨린다. 염색한 머리를 보며 "서양인이 되고 싶어 따라 한 거니?"라는 인종차별적 발언을 들었을 때 황당해서 습관적으로 미소를 짓고 말았다. 대놓고 'Stupid!' 또는 'F'로 시작되는 말을 들을 때는 기가 막히고 코가 막혔다. 그래서 난 우울함과 무력감에 빠질 시간이 없이 전사(파이터)가 되었다.

반면에 좋은 분들도 많았다. 따뜻한 안부와 기분 좋은 칭찬, 위해주는 마음 덕분에 고객서비스를 잘하고 싶다는 생각이 들었다. '어떻게 하면 고객을 만족하게 할 수 있을까?'라는 질문은 긍정적인 에너지를 내는 방법에 대한 고민으로 이어졌다. 내 기분이 고스란히 고객에게 전달되고 결국 성과로 나타났기 때문이다. 내가 행복해야 고객에게 행복을 전달할 수 있기에 어떻게 하면 행복할 수 있을지 생각했다.

화창한 날씨와 맑은 하늘에 감사함을 느꼈다. 날씨가 안 좋으면 고객들의 짜증이 심한 터였다. 이 작은 변화가 나를 긍정적으로 만드는 힘이 되었다. 부정적인 기분이 머무르지 않도록 조절할 수 있었으며 고객 대면 환경에서 10년 이상 일할 수 있는 원동력이 되었다.

베풀기를 실천하고 자존감을 기를 수 있는 수많은 책을 읽었다. 내 마음을 객관적으로 마주 보고 자신을 스스로 제어하기 위해 노력했다. 좋은 사람들을 만나고 좋은 것을 보고 좋은 곳에서 자며 좋은 걸 느끼도록 스스로에게 충분한 보상을 주었다.

손님들과 이야기를 나눌 때 나의 긍정적인 기운이 다른 이에게 힘이 되고 좋은 영향을 끼친다는 사실을 알게 되었다. 인사를 하고 안부를 묻기 위해 오는 손님들에게 감사했다. 그들도 나도 서로에게 인사를 건네면서 그날 하루 행복한 영향을 받았다.

사람마다 받아들이는 것은 달랐지만 단 한 명이라도 나로 인해 세상을 보는 관점이 변하고, 스스로에 대해 진지하게 고민할 수 있다면 행복할 것 같았다. 내가 잘하는 것과 좋아하는 것은 알고 보니 누군가를 행복하게 해주는 일이었다. 비록 부, 명예, 전문직, 명문대와 같은 거창한 사회적 위치는 없었지만, 최선을 다했고 열심히 살았다.

맨몸으로 부딪히고 느꼈던 시트콤 같은 인생극장이 누군가에게 긍정적인 힘으로 발휘되어 좋은 영향력을 끼치고 싶다는 목표가 생겼다. 무료하고 재미없던 삶에 목표가 생기면 무조건 실행하여야 한다. 생각만 해서는 아무것도 알 수 없으며 변화하지 않는다.

단지 빵이 좋았어요

20살 여름, 빵집 아르바이트를 하던 시절이다. 고객의 빵을 보면 한순간에 빵 이름이 떠오른다. 그 순간 포스기에 빵 이름을 찍고 동시에 포장하는 일을 했다. 설탕물을 묻혀 과일을 반짝반짝 빛나게 하고, 슈거 파우더를 뿌려 모카크림빵에 달콤함을 넣어줬다. 손님들이 바게트를 고르면 일정 크기로 썰어서 생크림과 먹으면 맛있다는 추천도 잊지 않았다.

어느 날 호빵맨의 잼 아저씨 같은 제빵사 오빠가 소시지 빵과 피자 빵을 뚝딱뚝딱 만들어줬다. 당시에 〈내 이름은 김삼순〉이라는 전문 파티셰의 신데렐라 스토리가 유행했는데, 갑자기 나의 미래가 '박삼순'으로 빙의되었다. 평생 소시지 빵을 뚝딱 만드는 내 모습을 상상하며 멋지다는 생각이 들었다. 생각해보면 당시에 아는 빵은 '생크림 케이크 3호', '야채 고로케', '소보로빵'처럼 아르바이트에서 배운 이름들이 전부였다. 그런 데도 당차게 배워야겠다고 생각했다. '무언가를 창조하는 일이라니!' 심장이 두근거렸다.

부모님께 "대학을 졸업해도 희망이 없는 것 같아. 전문직을 해야겠어! 하고 싶은 걸 찾았으니 도전할게."라고 말했다. 두 분은 "너 알아서 해라."라고 하셨다. 아르바이트해서 모은 돈으로 서울 3대 빵집이라 불리는 '리치먼드 과자점'의 '리치먼드 아카데미'를 등록했다.

나름대로 이름 있는 학원에서 배워야 왠지 제대로 배울 것 같아서 열심히 조사했다. 경기도에서 서교동까지 날마다 왔다갔다했다. 그때는 제빵을 배워 프랑스 '르 꼬르동 블루'까지 가는 날을 상상했다.

고소한 빵 냄새 이면에는 열기와 고통도 따랐다. 머랭 치기를 하면서 '이걸 평생 해야 한단 말이야?'라는 생각이 맴돌았다. 빵에는 어마어마한 버터가 들어갔다. 정량을 맞추지 않고 제대로 발효되지 않은 빵은 부풀지 않았다. 급기야 오븐에 손과 다리를 데기도 했다.

어느 날 담당 선생님이 내 손톱을 보고 기겁하셨다. 평소 네일 아트를 좋아한 내가 기분 전환을 위해 파란색 매니큐어를 칠했기 때문이었다. "누가 손톱이 화려한 사람의 음식을 먹고 싶어 하니? 기본이 안 됐네. 당장 손톱 지우고 와!"라고 소리치셨다. 진지하지 않은 내 태도엔 분명 문제가 있었다. '박삼순'과 '손톱'을 두고 고민했다. 결정은 고통스러웠지만 쉽게 끝났다. 미래의 난 손톱이 화려했다. 밀가루가 묻은 손이 그려지지 않았다. 그것을 인지한 순간 아주 빠르게 학원을 그만두었다.

제대로 된 계획과 준비과정도 없던 '입 꿈나무'는 절실했던 시작과 반대로 신속하게 포기하는 사람이 된다. 막무가내로 부딪히는 과정에서 나 역시도 다치고 깨졌다. 패기 있게 부모님께 통보했던 나는 실패 후 쭈그리가 됐다. 끈기도 없고 '뭐든 시작하면 마무리를 하지 못하는 애'라는 낙인이 찍혔다. 부모님은 이미 알고 있었다. '제빵을 한다고 하다가 포기하겠지.'

내 포기엔 나만의 이유가 있었지만, 부모님 눈에는 알량한 핑계일 뿐이었다. 그렇지만 난 꿋꿋했다. 이제 다시는 제빵을 직업으로 삼지 않으리라. 만약 다시 배우게 된다면 취미로만 선택하겠다. 20살에 제빵에 소질이 없다는 걸 알았으니 얼마나 다행이야. 다시는 시간 낭비하진 않겠어. 합리화하는 것은 타고났다. 그 후론 요리 쪽은 아예 쳐다보지도 않았다. 꿈을 가지는 순간은 심장이 뛰었지만 내 것이 아닐 땐 빠르게 사그라들었다.

쉬운(EASY) 무호흡(APNEA) 이야기

@gadoriri

프리다이빙을 아는가? 어떠한 장비도 없이 오직 딱 한 번 마신 숨으로 자신을 의지해 물속으로 들어가는 다이빙이다. 내려가는 동안 내 기분은 파란 물웅덩이 안에 들어간 듯이 몽롱하고 귀로는 숨소리만 들릴 뿐이다. 나를 믿지 않으면 내려갈 수 없는 이 행위는 자신과 싸움에서 승리한 자만이 할 수 있다. 1분 30초를 지나 2분이 지난다. 숨이 턱턱 막히고 몸에 있는 혈관들이 꼬일 것만 같은 기분이다.

조금만 더, 아주 조금만, 하지만 이내 불안감이 엄습한다. 깊은 심연 안에서 금방이라도 죽을 것만 같은 기분이 든다. 숨을 쉬고 싶다. 정신이 무너지는 순간 살기 위해 핀을 찬다. 동료들이 있는 수면 위로 빠르게 올라간다.

사람들은 지속해서 자신을 다듬으며 한계를 극복하고 새로운 PB(목표)를 달성한다. 한 번의 숨쉬기를 통해 5M – 10M – 15M – 20M – 25M – 30M – 50M – 55M 인간의 한계를 도전하는 이 과정을 많은 이들이 열광한다. 취직이나 스펙에 아무런 도움이 되지 않는데도 도전하는 이유는 단순하다.

내 의지와 결정으로 선택한 자신과 싸움이기 때문이다. 하면 할수록 변화의 조짐이 있고 도전하는 과정에서 내·외적으로 변화하며 한계를 극복한다. 꿈은 이처럼 심해로 들어가는 과정으로 나를 알게하며 삶의 동기가 되고 나아가 새로운 도전으로 이어지게 한다.

변화를 위해서는 되든 안 되든 그냥 하면 된다. 나는 어떻게 해야 하는지 몰랐기 때문에 무작정 닥치는 대로 일했고 실패와 도전이라는 과정엔 이미 맷집이 생길 때로 생겼다. 매번 쓰리고 아프지만, 항상 다시 시작하며 새로운 경험을 만난다.

05
내 꿈에 가장 성실한 사람

멈추지 않는 이상
얼마나 천천히 가는지는 문제가 되지 않는다.

공자

반드시 나를 위해서 성실함을 얻어라

성실함이라는 단어는 양면적이다. 무언가에 성실하면 구속될 것 같으면서 동시에 성실하지 않으면 낙오자가 될 것 같은 기분이다. 사람마다 성실함에 대한 의미는 다르지만 나는 '성실한 아이, 성실한 사람'이라는 프레임이 싫었다. 마치 올곧고 바른 것이 있으면 어긋나고 삐뚤게 어지르고 싶어 하는 청개구리였다. 남들이 '성실한 사람'이 좋다고 말할 때 반항심으로 똘똘 뭉쳐 '왜 성실한 사람이 좋은 건데?'라고 물었다.

돈을 벌기 위해서, 부모님이 원하는 모습으로 살기 위하여, 때론 패배자가 되지 않기 위해 성실한 척 행동하다 보면 나도 모르게 누구보다 작은 것에도 성실한 자세로 임하고 있는 나를 발견한다.

친구는 회사에 다니기 싫을 때마다 자기계발을 하겠다며 대출을 받았다. 회사를 성실히 다닐 이유를 만들기 위해서라고 했다. 나는 그녀가 정말 기발하다고 생각했다. 자기계발에 투자한 뒤 돈을 갚는 동안 그녀는 열심히 일했다. 어찌 됐든 돈을 갚아야 하는 동기부여로 회사를 꾸준히 다녔고 덤으로 항상 성장했다. 사실 난 알았다. 대출해서라도 이상을 향해 나아가는 그 모습이 성실함을 만들었다는 것을.

우리 가족은 매년 가족여행을 한다. 특히 국내 여행을 선호하는데 부모님이 한국의 자연을 사랑하기 때문이다. 계절에 따라 매번 바뀌는 바다와 산의 모습은 아름답다. 부모님은 지역마다 색다른 식도락 여행을 할 수 있음에 감사하신다. 또한, 아직 시집가지 않은 두 딸과 여행을 할 수 있음에도 감사하신다. 여행할 때 각자의 역할이 있다. 아빠는 운전기사를 자처하고 엄마는 공주님, 동생은 총무, 나는 맛집 검색 담당이다.

어느 날 삼척 여행을 마치고 집으로 돌아오는 차 안, 6시간 동안 운전하는 아빠를 바라보니 어깨가 유독 무거워 보였다. "아빠, 안 힘들어?" 운전에 집중하는 아빠에게 고맙다는 말 대신 괜찮은지 툭 말을 건넸다. 그때 아빠의 말에 난 또 한 번 감동하였다. "우리 가족을 위한 책임감이지. 괜찮아." 묵묵히 운전하는 아빠는 책임감으로 매번 궂은일을 자처하고 33년 한 직장에서 꾸준히 일하셨다.

F 의류 회사에서 일하셨는데 인생의 청춘을 다 바친 회사를 나올 때 씁쓸하고 공허해하셨다. 한편으로는 정년을 채우고 마무리 했다는 마음에 뿌듯해 하시기도 했다. 그는 성실함의 아이콘이자 내가 가장 존경하는 사람이다.

회사 생활을 하면서 33년을 한 직장에 다닌다는 건 엄청난 인고의 세월을 버틴 것이다. 단지 가장이라는 이름과 책임감으로 회사를 꾸준히 오래 다닐 수 있던 건 아니다. 그만큼 무던하고 성실하게 자신이 잘하는 일을 열심히 했기에 가능한 것이라 생각한다.

그 삶이 때론 진부하게 들릴지 모르지만 내 눈엔 언제나 노련한 전문가였으며 누구보다 주체적이었다. 그 흔한 도움 한 번 받지 않고 스스로 자신의 삶을 개척한 개척자였다.

그는 요즘 MBN 〈나는 자연인이다〉라는 프로그램을 보며 엄마와 함께 제2의 삶을 꿈꾼다. 작은 텃밭을 사 농사를 지을 생각을 하며 미소를 지으신다. 소년은 자신이 그린 꿈을 위해 33년 동안 원하는 것을 포기하기도 하고 때론 아파하며 버티고 견뎠다.

100세 시대에 그는 화려한 인생 2막을 산다. 다시 재취업을 하고 본인이 주도하는 삶을 살며 항상 가족들의 존경을 받는다. 새로운 취미를 찾고 미래를 위한 행복한 노후를 꿈꾸며 다시금 새롭게 도전한다. 33년 동안 그랬듯 그는 다시금 묵묵히 걷는다.

회사에서 근태를 잘 지키는 것도 성실한 것이며 사회에서 정해진 규칙에 따라 해야 할 일을 충실하게 하는 것도 성실한 것이다. 하고 싶은 일이 있을 때 꾸준히 도전하는 것도 성실한 것이다. 나는 성실함이 싫다고 말했지만, 누구보다 성실한 사람이었다. 신기한 일은 어떤 이유의 성실함이든 그 경험들이 적금통장처럼 차곡차곡 쌓여 온연히 내 것이 된다는 것이다.

산타 할아버지, 날개를 펼쳐줘요

어린이날과 크리스마스에 아이들을 위한 장난감 판매를 할 때였다. 완구 코너의 블록제품은 명품계의 샤넬과 맞먹는다. 아이들의 꿈과 희망일 뿐만 아니라 방대한 제품군은 연령대별 선호하는 취향을 모두 섭렵해 '키덜트' 문화를 만들었다.

판매자는 시연 상품을 조립하고 만들면서 아이들의 시각에서 제품군을 추천해야 한다. 또한, 부모의 마음마저 헤아려야 한다. 마니아층을 위해 물류를 꾸준히 확인해 원하는 제품이 있는지 주기적으로 알려주기도 한다.

L사 제품은 나이별 블록 치수가 다르다. 잡으면 입으로 넣는 아이들 때문에 나이별 표기가 확실히 되어 있다. 이처럼 L사는 섬세한 마케팅을 사용한다. 부모들이 아이들에게 블록을 고르게 하는 방식도 다양했다. 금액을 정해주고 아이에게 자발적으로 고르게 하는 부모, 명분을 만들어

서 선물을 사주는 이유를 정당화하는 부모, 용돈 관리를 스스로 하게 해 얻는 게 있으면 잃는 게 있다는 것을 가르치는 부모, 때론 금액과 상관없이 50만 원이 넘는 제품을 한 번에 사주는 부모도 있었다.

어떤 아이는 할머니와 함께 왔는데 너무 일찍 철이 들어 장난감을 고르지 못했다. 이유를 물어보니 엄마가 힘들게 돈을 벌어 할머니께 용돈을 드리는데 자신이 비싼 것을 사면 안 된다는 것이었다. 결국, 할머니와 판매자인 나는 머리를 맞대고 이 어린 꼬마에게 어떻게 선물을 줄 수 있을까 고민했다.

가지고 싶은 장난감의 가격을 엄마한테 비밀로 해준다는 약속을 받아내고 아이는 제품을 구매했다. 나와 손가락까지 걸며 엄마가 물어보면 절대 금액을 말하지 말라는 약속을 몇 번이고 확인했다. 나는 꼬마 손님의 손을 꼭 잡고 귓속말로 걱정하지 말라고 했다.

3만 원. 자동차를 조립하는 블록이었다. 7살 어린 소년은 두 시간을 고민하고 장난감을 사 갔다. 일찍 철든 꼬마는 집에서 장난감을 조립할 것이다. 그 순간 누구보다 행복한 아이가 되어있을 터였기에 다행이라 생각했다.

어떠한 브랜드를 만나고 현장에 나가 일을 하면 판매에 멈추는 것이 아니라 삶을 만난다. 소비자는 단순히 물건을 사러 오지만 나는 다양한 소비자의 이야기를 듣고 추천하며 함께 웃는다. 나에게 어린이날과 크리스마스가 주는 의미가 그랬듯 그들에게도 멋진 하루가 되길 바라며 꼬마 손님들에게 작은 산타가 된다.

고객들의 각양각색 다양한 이야기를 관찰하는 과정이 즐겁고 재밌을 때도 있고 때론 슬플 때도 있다. 잊고 있던 동심이 다시 생기고 그때그때 다른 제품을 만나면서 연기자처럼 변신을 꾀할 때 언제나 설레고 즐겁다.

성실함이 나에게 선물하는 것

나의 통근시간은 대략 1시간 정도 걸린다. 매번 이 시간에 온라인 뉴스에 접속해 정치, 경제, 사회, 세계, IT, 시사, 연예 면을 정독한다. 이 습관이 생긴 계기는 간단했다. 아르바이트에서 만난 매니저님이 낯을 가리고 대화 주제가 없어 힘들다는 나의 고민에 본인만의 비결을 알려주었다. 매번 자투리 시간을 활용해 기사를 틈틈히 읽으라는 것이었다. 그래야 언제든지 사회의 흐름을 알 수 있고 대화를 주도할 수 있다는 이야기였다.

"오늘의 날씨는 반드시 알고 있어라."

"상대가 모르는 이야기를 했을 때 되물어서 내 것으로 만들어라."

"현재 가장 쟁점이 되는 상황을 말하면서 분위기를 주도해라."

습관적이고 꾸준하게 읽은 수많은 기사 덕분에 적어도 예전보다 나은 대화법을 터득했다. 변화와 흐름을 빠르게 읽을 수 있게 되었으며 많은 정보를 습득하고 이를 업무에 활용할 수도 있었다. 꾸준함은 이처럼 어떠한 방법이든 나를 발전시키고 내 꿈을 도와주는 수단이 되어 어제보다 나은 나를 만들어주었다.

내 꿈에 가장 성실한 사람이 돼라. 만약 막연해서 어떻게 해야 할지 모르겠다면 그냥 작은 것부터 실천하면 된다. 평소보다 2시간 일찍 일어나기, 저녁 운동 가기, 적어도 방학엔 나를 위한 특별한 활동하기, 한 달에 한 번 책을 읽기처럼 소소하지만 꾸준하고 성실한 활동은 반드시 나에게 좋은 방향으로 돌아온다.

내 꿈을 위한 성실함은 주도적이고 능동적인 활동을 할 수 있는 동기부여를 주며 결국 나를 받쳐주는 탄탄한 기둥이 되어준다. 꿈을 위해 무엇이든 도전하는 나에게 손뼉을 쳐주고 성실하게 실천하는 자신을 장하다고 말해주자. 그렇게 칭찬하며 지속해서 행하면 꿈에 가까워지는 나를 만날 수 있다.

06
먼저 손 내밀어주는 곳은 없다

할 수 없을 것 같은 일을 하라. 실패하라.
그리고 다시 도전하라. 이번에는 더 잘해보라.
넘어져본 적이 없는 사람은 위험을 감수해본 적이 없는 사람일 뿐이다.
이제 여러분 차례이다, 이 순간을 자신의 것으로 만들라.

오프라 윈프리

남의 돈 버는 게 가장 쉽다

4학년 마지막 학기 '창업 실무'라는 수업을 들었다. 찌든 입시 교육과 취업이라는 문턱을 넘기 직전 들었던 수업이다. 어쭙잖은 스펙을 쌓느니 직접 창업하여 실전 경력을 쌓으라는 흥미로운 내용이었다.

학생들이 조를 짜고 아이디어를 발표해 실제 창업을 어떻게 진행할지 토론했다. 사업 계획서와 예산 분배를 가상으로 해보며 손익분기점을 넘기는 방법까지 상상의 창업을 진행했다. 언제나 도전정신이 충실했던 난 그 결과 단순한 마음으로 창업을 시작한다.

온라인 의류 쇼핑몰이 현실적으로 시도할 수 있는 최선의 선택이었다. 아이템을 선정하고 쇼핑몰 이름을 만들었다. 도메인 등록과 사업자등록, 통신판매 등록을 한 뒤 홈페이지를 제작했다. 창업을 시작하니 아뿔싸 계속해서 돈이 나갔다. 홈페이지 제작을 업체에 맡겼지만, 추가로 수정할 일이 생기면 추가 비용을 내야 했다.

돈을 아끼려면 직접 만드는 방법뿐이었다. 몇 날 며칠 밤을 새우며 포토샵 하는 법을 탐독했다. 스스로 하지 못하면 계속해서 마이너스였다. 그렇게 홈페이지 전반을 직접 만졌다. 새벽에 사입 (상거래를 목적으로 물건 따위를 사들임)을 위해 동대문을 돌아다니며 도매업체 사장님들과 인사를 하고 샘플을 구걸했다. 부진 재고가 생겨 판매하지 못하면 손해를 보기 때문에 사장님들은 나의 오빠, 아빠, 엄마가 되었다. 그렇게 하나라도 더 얻어내기 위해 고군분투했다.

남들과 다른 차별성을 주기 위해 24시간 상담 채팅창을 만들었는데 문제는 그 때문에 잠을 제대로 잘 수 없었다. 날마다 딩동 소리에 화들짝 깼다.

"고객님, 무엇을 도와드릴까요?"

"키 170에 60kg인데요. 저한테 어울리는 바지가 있을까요?"

"평소에 입는 스타일과 치수가 어떻게 되죠?"

"키랑 몸무게 말하면 바로바로 추천해줘야 하는 거 아니에요?"

새벽에 상담 창을 두드리는 고객들과 별 이야기를 다 했다. 연애상담을 해줄 때도 있었으며 때론 아무 이유 없이 욕을 먹기도 했다. 상담 창의 난 누나가 되기도 언니가 되기도 했다. 방향을 잃은 상담으로 고객과 사담을 나눌 때가 많았는데 재밌게도 그런 고객들은 단골이 되어 추가 구매를 해줬다.

홈페이지에 고객이 머무르는 시간, 상품 노출, 클릭 빈도를 온종일 관찰했다. 매출로 이어지지 않으면 집요하게 이유를 생각했다. '도대체 뭐가 다른 거지? 왜 구매까지 이어지지 않은 거지?' 날마다 고민했다. 잘되는 사이트와 비교하며 조금씩 변화를 주고 고객 반응을 살펴봤다. 사이트를 방문해준 고객님께 진심을 담은 감사편지도 작성했다.

다른 수익 창출을 위해 네이버 스토어팜에도 입점했다. 상위 노출을 하기 위해 블로그, 지식인에 쉼 없이 글을 올렸다. 네이버 검색 광고를 진행하고 키워드를 등록하고 그 효과를 집요하게 분석했다. 클릭 수가 많은데 매출로 이어지지 않을 땐 문구를 교체하고 상품명을 변경하며 눈이 항상 충혈된 상태로 시간을 보냈다.

우연히 슈퍼스타K에 나온 가수 J씨가 페이즐리 문양 맨투맨을 입었다.

사촌 동생을 닮았다며 샘플을 챙겨주신 도매업체 사장님께 받은 옷과 비슷해 보였다. 그 순간 나는 맨투맨 이름을 'J군 페이즐리 맨투맨'이라고 바꿨다. 나이스 타이밍! 최저가에 판 덕분에 꽤 많은 이익을 얻을 수 있었다. 항상 남들보다 한 계절을 먼저 지냈다. 여름이 가기 전에 가을 샘플 사진을 찍었고 겨울이 되면 봄 사진을 찍었다.

누가 창업이 쉽다고 했는가? 누가 장사가 쉽다고 하던가? 실전 경력을 쌓는 이 활동으로 10년은 더 늙었다. 도전은 나의 부족함을 정면으로 만나게 했다. 무엇이 부족한지 절실히 깨닫게 해줬다. 내가 부족한 부분은 항상 여실히 드러났고 그때마다 정신력이 무너졌다. 잠을 자지도 못했고 입은 바짝바짝 말랐다. 왜 사람들이 '남의 돈 버는 게 가장 쉽다.'라고 말했는지 절실히 느꼈다.

토익, 한국사, 컴퓨터 활용능력 같은 자격증도 좋지만 직접 손을 뻗어 무언가를 기획하고 전략을 짜고 실행하며 온전히 내 것이 되는 경험은 선택에 대한 책임을 지게 한다. 내가 직접 선택했기 때문에 후회의 무서움을 알게 된다. 그렇기에 신중해지고 열중할 수 있게 된다. 무언가를 도전했다는 성취감으로 자존감이 오른다. 특히 내가 알지 못했던 나의 모습을 발견하기도 하다. 그러한 과정이 없었다면, 집요하게 분석하고 성과를 내기 위해 아이디어를 짜고 고민해 얻어낸 나만의 방법을 아직도 찾지 못했을 것이다.

변화를 즉각적으로 도입할 수 있는 유연성이 생기지도 않았을 것이다. 또한, 현실의 냉정함을 정면으로 보지 못했을 것이다. 사수에게 의존해야 하는 회사 구조상 우물 안에 개구리가 되었을 것이며 나의 찌질함과 부족한 점이 무엇인지 정면으로 볼 수도 없었을 것이다.

어떤 것을 시도하더라도 한 번 축적된 경험은 삶의 필요한 시기에 정확하게 쓰이게 된다. 직장인들은 대부분 사업자의 마음을 모른다. 시야가 한정적이고 분야를 넓히기 어려워한다. 시야를 넓게 보고 연결된 힘을 이용하여 관점을 바꿀 수 있는 유연성을 가지면 최대의 가치를 창출할 수 있다.

두드리면 열리긴 해?

직장인들이 아프다. 모 익명 커뮤니티에는 무기력이라는 단어만 쳐도 900건 이상의 글들이 쏟아진다. 세상만사 피곤하고, 아무 생각을 하고 싶지 않으며 모든 일이 무의미하게 느껴진다. 일을 마치고 난 뒤에도 몸이 무겁고 의욕이 생기지 않는다. 아무리 쉬어도 축축 처지며 계획했던 일은 시작도 못 한다. 삶의 의미가 도대체 뭔지 그런 고민조차 배부른 소리 같다. 아무것도 하고 싶지 않다. 굳이 무엇을 하고 살아야 하나? 우울감이 밀려온다. 나름 치열하게 살아온 자신이 초라하게 느껴진다. 누군가 억지로 경기장에 들이밀어 마라톤을 하는 기분이다. 적어도 종점이 있는 줄 알았는데 이 달리기는 죽어서야 끝나는 것 같다. 숨이 턱턱 막히고 땀에 절어 고개를 돌리면, 폐가 좋은지 아니면 다리가 나보다 길어서 그런 건지 힘들어 보이지 않는 사람들뿐이다. 쉽게 노출되어 남의 사생활을 염탐할 수 있는 SNS, 누군가의 성공을 보며 상대적 박탈감을 느낀다. '남들도 다 그렇게 살기 때문에 괜찮아.'라고 합리화를 하며 지내지만 왜 자꾸 우울하고 무기력해지는 걸까? 기분에 사로잡히지 않기 위해 나름대로 자기계발도 운동도 해보지만, 그마저도 왜 해야 하는지 이유를 알 수 없다. 종점이라 믿었던 곳이 현실이 되어 상상했던 파라다이스가 아니라는 걸 깨닫는 순간 절망감이 온다.

우리는 어렸을 때부터 입시 위주의 교육을 받았다. 왜 배워야 하는지는 이미 정해져 있었고 꿈은 재단됐다. 남들과 같은 목표를 향해 맹목적으로 달리기 때문에 어느 순간 지치고 무력해진다. 세상이 정해놓은 기준에 맞춰 그것을 꿈이라 착각하고 살다가 진짜 나를 마주하는 순간 우울해진다. 회사원의 삶 또는 남의 꿈을 위해 살아가야 하는 현실이 차가운 냉수가 되어 귀싸대기를 때린다. 그 순간 화들짝 꿈에서 깬다.

이별이라는 쓸쓸함이 있기에 사랑이 얼마나 달콤했는지 알 수 있다. 넘어지는 건 아프지만 일어나는 법을 배우게 해준다. 당시엔 고통스럽고 힘들지만 무너질 수 있다는 건 엄청난 행운이다. 다시 일어서 걸을 수 있는 법을 알게 해주기 때문이다.

차갑고 고독하며 냉정한 경쟁 사회에서 나를 지키며 무너지지 않는 방법이 있을까? 그런 방법은 없다. 현실은 넘어져서 울고 있어도 아무도 손을 내밀고 일으켜주지 않는다.

사수도 멘토도 결국 남이다. 내가 스스로 도전하지 않으면 그 누구도 나를 위해 이끌어주지 않는다. 먼저 손을 내밀고 스스로 두드리는 자에게 기회든 운이든 열리게 되어 있다. 그 문을 열기 위하여 우리는 계속 두드려야 한다. 그리고 넘어져도 실패해도 두드려야 나를 객관적으로 보고 성장한다. 진정한 나를 찾을 수 있게 되면 원하는 삶을 살 수 있고 더는 무력감에 침몰당하지 않는다. 그러니 먼저 손을 내밀어라. 두드리는 문, 내미는 손을 잡아주는 곳은 반드시 있다.

07
회사에 취직하는 것은 인생의 목표가 될 수 없다

추구하면 얻을 것이다. 그러니 아무것이나
하찮은 것을 원해서는 안 된다.

사마천

원한 적 없는 자발적 일개미

서울 구로구에서 자취하는 직장인 영재 씨는 집 근처 대형마트에 들렀다가 라면과 생수 몇 병만 구매했다. 장을 볼까 고민했지만 몇 개월 전보다 오른 장바구니 가격에 놀랐다. 월급은 그대로인데 물가만 오르는 것 같아 심란했다.

친구와 만나는 것을 자제하고 혼밥(혼자서 밥을 먹음)을 결심했다. 소주와 맥주 가격이 30% 인상되었다. 매년 임금 인상률이 3%에 그치는 데 비해 가공식품부터 외식 물가까지 직접 체감하는 물가 상승률은 가파르다. '소비자물가지수는 동결이라는데 왜 나는 돈이 없을까?' 연애도 결혼도 사치처럼 느껴진다.

불안감이 고조된다. 살기 팍팍해졌다는 생각도 든다. 안정된 직장, 돈을 많이 주는 직장, 고용환경이 확실하고 육아휴직과 연차, 식대, 주휴수당을 정확하게 챙겨줄 수 있는 대기업, 공무원, 공기업을 선호하게 된다. 취업이 잘되지 않다 보니 취직을 하는 것이 꿈이 된다. 취업과 이직에 목숨을 걸게 된다.

불안한 삶에 안식처가 될 것 같은 회사를 목표로 둔다. 사교육의 폐해인지 자발적으로 무언가를 선택해보고 스스로 도전한 삶이 아닌, 사회가 그려놓은 밑그림대로 살았던 학생과 회사원들은 성인이 돼도 불안하고 의존도가 높다. 학창 시절에 학원과 과외를 다녔던 것처럼 거액의 돈을 지급하고 취업 잘하는 법을 배운다. 그 사람들은 자발적 일개미를 자처하며 일개미 시켜주는 법을 알려줘서 고맙다고 돈까지 바친다.

극심한 취업난에도 잡코리아에 따르면 직장인 3명 중 1명이 스스로 2~3년마다 이직을 반복하는 '잡호핑(job hopping) 족'이며 연봉을 높이기 위한 것이 1위 사유였다.

어렵게 들어간 회사의 연봉이 맘에 들지 않으니 메뚜기처럼 점프하여 몸값을 올린다는 것이다. 또한, 직업 정보 제공업체인 인크루트에서 직장인들을 대상으로 퇴사 후 하고 싶은 일을 물었는데 그 답변이 아이러니하다.

1위 해외여행

2위 이직

3위 자기계발

4위 늦잠

5위 공무원 준비

직장인들은 퇴사 후 다시 이직 준비를 시작하거나 공무원 준비를 하고 싶다고 말했다. 자기계발을 하는 이유 역시 이력서에 한 줄이라도 적기 위해서라고 말했다.

결국, 그들은 다시 일개미의 삶을 택한다. 회사원이라면 누구든 내 가치를 인정받고 고액의 연봉과 워라밸('Work and Life Balance'를 줄여 이르는 말, 일과 개인의 삶 사이의 균형)이 보장된 삶을 꿈꾼다. 하지만 현실에서는 취업 시즌에 자소서를 휘황찬란하게 창작하여 '자소설'을 만든다. 수많은 회사에 무작위로 넣은 뒤, 그중에 나를 뽑아주는 유일한 곳이거나 가장 안정적인 곳에 들어가 일하게 된다.

여기는 용산구 캘리포니아!

직장을 선택한 후 나는 내가 하고 싶고 배우고 싶은 일이 나의 꿈과 비전에 도움이 되는지 구체적인 밑그림을 그리기 시작했다. 나는 영업을 좋아했다. 성취 지향적인 내 성향을 잘 알고 있었고 집요하게 구상하고 기획해서 매출로 연결할 때 자물쇠가 풀리는 기분이 들었다.

자기계발을 하면서 내가 잘하고 좋아하는 일을 할 수 있다면 얼마나 좋을까? 취직을 위해 수많은 정보를 검색하고 두드리던 나에게 외국인이 많은 미군 부대 근무가 주어졌다. 돈을 받으며 영어를 쓰고 배울 수 있는 점, 새로운 영역의 영업을 할 수 있다는 것, 경험하기 힘든 곳에서 일하고 새로운 시야를 확대해볼 수 있다는 점이 흥미롭게 와닿아 즉각적으로 도전했다.

주한미군 용산 기지는 서울 용산구에 자리 잡고 있으며 이태원부터 이촌역에 이르는 총 80여만 평의 큰 기지다. 1945년 광복 후 미 7사단 병력이 일본군의 병영을 접수해 현재의 주한미군 사령부로 발전했고 1만여 명의 주한미군과 그 가족들이 생활하는 데 필요한 모든 업무 및 지원시설이 마련되어 있던 곳이다.(시사상식사전, 네이버 지식백과) 지금은 평택으로 기지가 이전되어 연합사 본부와 호텔만 남아 있지만 북적북적하던 그 현장엔 나와 내 20대가 있다.

내가 일했던 주한미군교역처(The United States Army &Air Force Exchange Service, AAFES)는 주한 미군과 그의 가족들에게 상품과 서비스를 제공하고 창출된 수익 일부를 군인에게 환원하는 미군 물품 납품 회사로 미군 PX(군 판매점)와 복지시설을 운영한다. 군인들을 위해 호텔과 마트, 골프장을 운영하는 한국의 복지단과 비슷하다고 생각하면 된다.

1만여 명의 주한미군이 북적거리던 그때부터 사라지는 마지막까지 나는 한국 회사에 소속되어 AAFES의 영업권 보유자(Concessionaire)로 일했다. 외국인에게 상품을 판매하는 영업 대리이자 매장관리와 고객서비스를 주업으로 하는 용산 미군 부대의 일부였다. 국적과 상관없이 감정노동은 어디든 힘들고 지친다. 때론 회의감이 들 때도 있지만 내가 좋아하고 잘하는 영업과 서비스를 다른 국적의 사람들에게 시도해볼 수 있다는 사실 자체가 즐겁고 행복했다.

언어의 장벽을 넘어 매출, 물류, 리소스, 회계, 고객서비스 전반에 걸쳐 일했다. 특수한 유통환경을 분석하고 시장조사와 지표를 분석했다. 끊임없이 개선 포인트를 도출하고 시사점을 제시했다. 동료들과 함께 계속해서 새로운 프로모션을 시도했다. 제품을 구매할 때마다 파격적으로 라면을 한 상자씩 주면 놀라워했으며, 방문만 해도 한국의 과자를 선물해주면 행복해했다. 폴라로이드 사진을 찍어 선물하면 시간이 흘러 다시 주문할 때 사진을 들고 방문하기도 했다.

용산 만의 독자적인 아이디어를 낼 수 있었던 것은 폐쇄적인 환경 속에서도 동료들과 함께 스스로 동기를 찾고 발전할 수 있도록 서로 응원했기 때문이었고 그런 긍정적인 작용이 성과로 이어졌다. 우리는 누가시키지 않아도 스스로 기획부터 협력 지원까지 적극적이었다. 좋은 동료들과 함께 소통하고 실행한 결과였으며 항상 도전했던 다양한 경험이 어우러졌기 때문이었다.

청춘을 써야 할 곳에는 아낌없이 써라

나는 운전면허증이 없어도 어디든 갔다. 다른 주한미군 기지가 궁금했던 찰나 지원이 필요하다는 말에 움직였고 팀 프로젝트가 있을 때도 어떤 것을 배울 수 있을지 궁금해 긍정적으로 참여했다. 갈 수 있고 할 수 있는 것은 무조건 했다. 오산, 평택, 의정부, CRC, 칠곡, 포항, 부산 등 셀 수 없이 많은 부대를 만났다. 현장에서 발로 뛰며 배우는 경험이 온전히 내 것이 된다는 것을 이미 체험을 통해 알고 있었다. 가보지 못한 새로운 곳은 특별한 재미와 배움이 있기 때문이었다.

직장에서 좋은 동료들과 협동하고 협의한다. 거센 바닷바람에 머리칼이 휘날리고 모래 먼지가 부는 황량한 부대에서 새로운 프로젝트를 하면서 신이 났다. 새로운 장소가 준 에너지는 본업에 복귀했을 때 더 큰 에너지로 바뀌었다. 그러한 것들이 합쳐져 동료들과 시너지를 낼 때 흥이 났다. 기업이라는 거대 조직의 세분화, 팀워크의 힘을 배우고 큰 시야를 배울 수 있었다. 그렇게 나와 동료들은 업무 내외로 함께 성장할 수 있었다.

Last Warrior, 미군 부대에 남은 모든 인연에 붙여주고 싶은 이름이다.

내가 만난 모든 이는 자기 일에 자부심을 품고 있었고 그들을 바라본 20대 중반 꼬꼬마는 설익은 단감처럼 떫은 시절을 치열하게 보냈다. 버티는 방법 밖에 모르던 사람은 부단히 뛰어다녀 조금은 달콤해졌다. '단짠단짠'의 묘미를 알던 진정한 고수들을 만나 살아가는 의미를 배웠다.

새로운 환경은 새로운 세계를 열어준다. 그곳에서 일했던 시간은 내가 만나보지 못한 많은 경험을 보게 했고 성장시켰다. 인생을 즐기고 도전하는 수많은 사람의 열정을 만나며 나 역시 뜨거워졌다. 따뜻한 인연들은 나의 시야를 넓혀줬고 감사와 사랑을 알게 했다. 내 인생의 20대, 청춘은 이곳과 함께 자라났다.

회사는 우리를 성장시키게 만들며 삶을 위한 학교라 생각해야 한다. 하지만 삶의 목표가 되어선 안 된다. 내 기준이 아닌 사회적 기준에 맞춰 살게 되면 그 결과가 언제 어떻게든 부메랑처럼 돌아오기 때문이다. 미래학자 토머스 프레이는 "2030년까지 20억 개의 일자리가 사라진다."라고 말했다.

4차 산업혁명이 시작되면서 기계와 로봇이 사람을 대체하고 평생직장이라는 개념은 사라지며 더는 정년을 보장해줄 수 없는 시대가 도래했다. 이제는 아무리 내가 원하고 갈망해서 가게 된 기업도 100세 시대를 살아가는 우리에게 영원을 약속할 수 없다는 뜻이다. 우리는 입사와 퇴사를 반복하게 될 것이고, 안정적인 일자리는 없어질 것이다. 그러므로 삶의 우선순위를 정확히 알아야 한다.

어떤 사람이 되고 싶은가? 어떤 꿈을 꾸는가? 내가 회사에 다니는 이유는 무엇인가? 내가 회사에 다녀서 내가 얻는 것이 무엇인가? 미래의 모습에 회사가 좋은 영향을 미치는가? 끊임없이 질문해야 한다. 그리고 현실을 똑바로 봐야 한다. 죽을 때까지 일개미로 사는 삶을 선택할 것인가, 아니면 꿈을 먹는 꿀벌의 삶을 살 것인가? 선택은 마음먹기에 달려 있다. 주도적인 결정으로 나답게 살아라. 그래야 청춘에 후회가 없다.

'정말로', '싫어'라는 말을 자주 하는 사람의 성격은?

BIG 5 성격 테스트

미국 펜실베이니아 대학과 영국 케임브리지 대학의 공동 연구진은 소셜미디어로 측정한 각 개인의 심리가 측정 대상의 상태를 제대로 반영하고 있는지, 측정 방법이 신뢰성이 있는지 등을 연구했다. 이를 위해 통계기법에 인공지능을 적용한 기계학습을 활용해 개방성, 성실성, 외향성, 신경성 등 5가지 유형의 성격을 분석했다. 연구진은 우선 페이스북의 마이퍼스낼리티 이용자 7만 1,000여 명이 페이스북에 남긴 글 1500만 건을 수집했다. 수집한 문서를 학습용 자료(6만 6,732명)와 검증용 자료(4,800명)로 나눴다.

이 연구에서 각 글을 단어와 구로 쪼갠 다음 '단어'와 '구'의 관계를 분석해 5가지 성격을 나타내는 전형적인 단어를 찾아냈다. 분석결과 외향성과 상관성이 높은 단어는 '오늘 밤', '파티', '사랑' 등 이었다. 개방성과 관련이 많은 단어는 '그것', '~으로'였다. 성실성과 상관성이 높은 단어는 '~위하여', '가족', '대단한', '놀라운' 등이었다. 친화성은 '고마운', '아름다운', '행복한', 신경성은 '정말로', '싫어', '더 이상' 등과 관련이 컸다.

(참고 : 동아일보, "'오늘 밤', '사랑'이라는 말을 자주 하는 사람의 성격은?" – 안도현 제주대 언론홍보학과 교수)

5가지 유형의 성격을 측정하기 위해서는 골드버그(1992)가 개발한 IPIP(International Personality Item Pool)측정 도구를 이용해야 했는데 문항이 300개가 넘는다. 그래서 이를 바탕으로 간단하게 성격을 테스트할 수 있는 'BIG 5 성격 테스트'가 개발되었다.

이 테스트는 IPIP를 기반으로 5가지 성격 특성을 측정한다. 50가지 문항으로 3~8분 정도에 끝낼 수 있는 테스트이다. 심리학적이나 정신과적 조언이 아닌 세상을 만나기 위한 참고 또는 재미로 사용하길 바란다.

openpsychometrics.org 사이트에서 직접 해볼 수도 있고, https://www.arealme.com/big-five-personality-traits-test/ko/ 에서 무료로 재미있게 테스트를 해볼 수도 있다.

PART 2

회사는
인생의 목표가
아니라 과정이다

01
함부로 쓰다 보면 열정도 닳는다

사람은 마음이 즐거우면 종일 걸어도 싫지 않으나,
마음에 근심이 있으면 잠깐 걸어도 싫증이 난다.
인생행로도 마찬가지니 언제나 명랑하고
유쾌한 마음으로 인생의 길을 걸어라.

셰익스피어

열정 그릇? 무엇을 담아 먹는 건데?

사람들은 각자 자신만의 그릇이 있다. 그리고 그 그릇은 크기에 따라 담을 수 있는 양이 달라진다. '열정'은 어떨까? 내가 쓸 수 있는 '열정'에도 한계가 있다. 우리는 각자 '열정 그릇'을 가지고 있다. 하지만 '열정 그릇'은 신기하게도 어떤 마음을 가지느냐에 따라 크기가 줄어들 수도 있고 무한정 커지기도 한다. 또한 그 크기에 따라 우리가 움직일 수 있는 실행력도 달라진다.

친구들은 나에게 체력 하나는 좋다고 말한다. 아무리 무슨 일이 있어도 다음 날 반드시 출근하기 때문이다. 어느 지역에 출장을 가도 반드시 다음 날 일정이 있으면 근무를 한다.

'서울특별시 한강 사업본부'에서 주최하는 '한강 나이트 워크 42K 마라톤'에 참가했다. 한강 나이트 워크는 토요일 저녁부터 일요일 새벽까지 한강의 야경을 보며 걷는 마라톤으로, 경쟁이 아닌 '완주'를 목표로 한다. 나는 길치에 방향치라 25K가 얼마나 긴지 알 수 없었고 단순히 신나는 마음으로 참여했다. 물론 친구도 나의 긍정 에너지에 휩쓸려 함께 도전했다.

시작 전에 간단한 맥주로 입가심을 한 뒤 가볍게 이런 대화를 했다. "11시 출발이니 새벽 2시면 끝나겠지?" 여자 둘은 25K가 3시간 안에 끝날 것으로 예상했고 의기양양하게 걸었다. 출발 후 1시까지 우리는 야경을 보며 감상에 젖었고 밤의 매력에 흠뻑 빠졌다. 하지만 이내 풍경은 눈에서 사라졌고 3시간이 지난 이후부터는 말수가 없었다. 금방 끝날 생각을 하다니 정말 무지했다. 3시간이 지나니 겨우 반을 왔더랬다. 발가락들도 하나둘씩 파업을 시작했다. 계속 걸으면 데모를 할 참이었다.

여기가 반이라고? '시작이 반이다.'라는 반이 여기란 말인가? 우리는 걸어온 만큼 다시 가야 한다는 생각에 아찔해졌다. 하지만 여기까지 온 걸 어찌하리. 초콜릿을 먹고 당을 충전한 뒤 다시 마음을 다잡고 걷기 시작했다. 친구는 작은 신발에 발이 까져 고통을 호소했다. 나 역시 발이 무너져 내리는 것 같았지만 친구를 다독이며 함께 묵묵히 가야 했다.

"조금만 힘내자! 우리는 할 수 있다!" 서로를 다독이며 계속 움직였다. 드디어 마지막 고지 원효대교에 도착했다. 다리가 이렇게 길 수도 있다는 것에 놀랐다. 차를 타고 지나갈 때 고작 2분도 안 걸리는 거리가 무한대의 시간으로 늘어났다.

이미 발가락들은 파업에 실패해 울며 억지로 끌려가는 중이었다. 친구와 나는 서로 마주 보고 어이가 없어서 웃었다. "내 인생 제일 긴 다리야. 가도 가도 끝이 없네." "억울하지 않냐? 여기까지 왔는데 완주는 해야지." 정신이 비몽사몽한 상태로 어쨌든 완주했다.

새벽 5시 30분, 우리는 6시간을 걸었다.

완주의 기쁨은 잠깐이었다. 2시간 뒤면 출근이었다. 집으로 가서 쪽잠을 잔 뒤 출근을 해야 했다. 정말 후회가 밀려들었다. 왜 나는 이렇게 무모했을까.

아침에 일어나니 다리가 움직이지 않았다. 속으로 생각했다. '가야 해…. 안 그러면 나에겐 진짜 내일은 없어.'

다음 날 출근 일정을 잡은 이유는 마라톤과 근무 둘 다 포기할 수 없어서였다. 나는 근무를 주말에 해야만 했고 마라톤 같은 행사 역시 주말에 열렸다. 두 마리 토끼를 잡기 위해선 출근도, 마라톤도 내가 감당해야 할 몫이었다. 같이 마라톤을 했던 친구는 내가 퇴근할 때가 되어서야 일어났다. 그녀는 나보고 독하다고 말했다. 독한 게 아니라 어쩔 수 없던 거였다. 둘 다 하고 싶고 해야 하는 일이었다. 후유증으로 발바닥에 물집이 잡혔다. 며칠 동안 절뚝거렸지만, 메달을 보며 뿌듯했다.

'열정 그릇'은 웃기게도 내가 좋아하고 즐기는 일을 할 때 그 크기가 폭발적으로 늘어나지만 반대의 경우 종지 그릇보다 작게 변해버린다. 마치 좋아하는 사람 옆에 있을 때 시간이 신기루처럼 사라지는 것처럼 열정의 크기는 변화한다.

'페이'에 열정을 주거나 '꿈 페이'를 달라!

스타트업에 근무하는 진형 씨는 9시부터 6시까지 출퇴근을 반복하며 지속적이고 익숙한 업무를 한다. 근무 시간에 맞춰 주어진 업무를 하지만 상사의 눈에는 늘 부족해 보인다. 일을 찾아서 적극적으로 하지 않는 그의 모습에 부장이 한마디했다.

"담당 업무도 주도적으로 해야지. 너무 수동적으로만 일하는 거 아니야?" 사실 진형 씨는 일에 열정이 있기보다 취미나 자기계발에 열정을 쏟고 싶어 한다. 회사에서는 적당히 내 업무만 하면 된다고 생각해서 자기도 모르게 에너지를 비축한다. 단지 일은 살아가기 위한 수단일 뿐인데 부장님은 왜 이렇게 강요하는지 이해할 수 없다.

누구든 내가 즐길 수 있는 일에 열정을 쏟기 바라지만 회사원이라는 직업은 열정을 쏟기엔 재미가 없다. 게다가 우리는 회사 안에서 헌신하다 헌신짝 되는 경우를 너무 많이 봐왔다. 똑똑한 직장인들은 헌신짝이 되느니 뒤통수를 먼저 치거나 가마니가 되는 게 낫다고 생각한다. 반대로 회사는 요즘 직장인들이 왜 열정적이지도, 재미있게 일하지도 않는가를 고민해보아야 한다. 반복 업무와 성과 가로채기, 진급 누락 등 가치가 하향 평가되고 경쟁이 심해지는 시기에 똑똑한 직장인들은 자신만의 것을 구축하려 할 것이다.

회사는 직장인들의 자기계발과 역량 강화를 위해 강력한 동기부여를 주고 구체적인 밑그림을 그려줘야 할 것이다. 이제 더는 보여주기식 시스템으로 직원들을 잡아둘 수 없다. 직장인들에게 진정한 '열정페이'를 요구할 땐 '페이'에 열정을 보여주거나 꿈에 가까워질 수 있는 '꿈 페이'를 주길 바란다.

돈도 써본 사람이 쓸 줄 아는 것처럼 열정도 마찬가지다. 그래서 우리는 열정의 크기를 풍선처럼 줄였다가 늘릴 수 있는 연습을 꾸준히 해야 한다. 열정 그릇을 한 번 크게 늘려놓으면 내가 원할 때마다 그릇을 크고 작게 조절할 수 있다. 열정을 키우기 위해선 내가 재밌게 생각하거나 즐겁게 할 수 있는 일을 찾아서 단순히 하기만 하면 된다.

내 그릇은 나를 지치지 않고 집중하게 해줄 것이며 어느 순간 원하는 일을 하면서 시간이 부족할 정도로 열심히 하는 본인을 발견하게 될 것이다.

지속해서 열정 그릇을 키워놓으면 방향이 생긴다. 자연스럽게 잘하는 것이 생기면서 진정으로 바라는 꿈의 방향이 보이기 시작할 것이다. 그 순간 우리는 키워놓은 '열정 그릇'을 이용해 강력한 시너지를 내며 꿈의 방향으로 달리기만 하면 된다.

고용해주셔서 진짜 감사한데 집에 갈래요

현재 나의 그릇 치수는 본인이 가장 잘 알고 있다. 그러니 가계부를 쓰듯 '열정 가계부'를 작성해 열정을 쏟아야 할 것과 아닌 것을 구분하고 점검하길 추천한다. 열정을 쏟고 싶은 리스트와 아닌 리스트를 만들고 우선순위를 정하면 자연스럽게 나의 에너지를 어떻게 배분해야 할지 그림이 그려질 것이다. 아닌 리스트를 하나씩 비워나가며 에너지를 축적하자. 또한, 에너지를 가상으로 배분하여 평소에도 자연스럽게 조절할 수 있게 꾸준히 연습하자.

꾸준한 것이 어렵다면 블로그나 SNS를 이용해 나만의 '열정 다이어리'를 쓰고 자신을 스스로 객관화하자. 꾸준히 반복하다 보면 어느 순간 현명한 열정 에너지 소비습관이 자리 잡게 될 것이다. 또한, 열정을 쏟고 싶은 분야에 집중하게 되면 점점 그릇이 커지고 있다는 것을 느끼게 될 것이다.

우리는 매번 경쟁하고 비교를 당하며 산다. 집에선 엄친아(엄마 친구 아들), 엄친딸(엄마 친구 딸)과 비교를 당하며 학교에서는 성적과 경쟁을 한다. 나아가 사회에서는 이길 수 없는 불평등과 경쟁을 하고 있다. 끝나지 않는 경쟁의 마라톤을 달리는 선수 어느 누가 열정을 안 쏟았다고 말할 수 있겠는가? 열심히 달리는 우리이기에 쉽게 지치지 않는 법을 배워야 한다. 회사는 또다시 열정을 강요한다. 남의 꿈을 위해 치열하게 살고 있지만 내 것이 아닌 열정은 당연히 종지 그릇으로 변해 빠르게 닳는다. 더는 남을 위해 쓸 열정은 남아 있지 않다.

신조어 '고진감래'의 뜻을 아는가? '고용해주셔서 진짜 감사한데 집에 갈래요.' 워라밸, 정시 퇴근, 근로기준법에 맞는 고용문화, 나답게 살고 싶은 이유. 이러한 현상이 생기는 근본적인 원인은 열정의 주인이 단 한 번도 내 것이 아니었기 때문이다. 그마저 있는 열정도 남에게 스틸당하니 가지고 있는 것을 챙기기 위해 악착같이 버틴다. 우리는 정당한 보상, 저녁이 있는 삶, 마음의 여유를 바라며 나를 위한 열정을 쓰고 싶어 한다.

에너지를 현명하게 배분해 진정한 내 것을 챙겨라. 직장이 삶에 필수 불가결인 조건이라면 우리는 확실하게 열정을 분배해 나를 위한 도전과 실천을 해야 한다. 써야 할 열정과 아닌 열정을 제대로 구분해 효율적으로 꿈을 향해 나아가야 할 것이다.

여행은 언제나 돈의 문제가 아니라
용기의 문제이다.

파울로 코엘료

여행은 나를 다시금 바라보게 만든다

해외여행을 다니다 보면 나와 다른 문화를 만난다. 직장생활을 하며
가장 좋았던 한 가지를 꼽자면 길고 오랫동안 해외여행을 다닐 수 있는
스케줄 근무였다는 점이다. 덕분에 적어도 1년에 4번 이상은 해외여행을
갔다.

다양한 국적의 고객을 만날 때와는 다른 나만을 위한 휴식이었다. 혼
자 동떨어져 있으면 어느 순간 평소에 관심 없었던 것들이 보인다. 트라
이씨클을 내릴 때 탕탕거리는 쇳소리, 흙탕물에 잠기는 도로, 조개껍데

기로 만든 목걸이를 파는 소년, 모래사장을 장식하는 예술가까지 평소에 스치듯 지나치는 모든 풍경이 천천히 들어온다.

서로 다른 문화를 보며 다름을 인정하고 존중하며 관대해져 있는 나를 발견하게 된다. 신기하게도 우리는 타인을 인정하고 존중하는 것엔 익숙하지만 나를 존중하고 나를 인정하는 것은 어색해한다. 항상 비교에 익숙해져 인정하는 법을 제대로 배우지 못한다. 또한, 나를 인정하는 과정에서 나를 칭찬하는 방법도 모른다. 인정은 간단하다. 내가 어떤 사람인지 하나씩 꺼내고 그런 나를 인정하면 된다.

나는 즉흥적이다.

나는 유쾌하다.

나는 눈물이 많다.

나는 마음이 여리다.

이처럼 그냥 나의 있는 그대로를 꺼내라. 그리고 나는 그런 사람이라 인정해라.

인정 후 반드시 나의 좋은 점을 칭찬하자. 우리는 너무 많은 평가를 받아왔다. 적어도 나에게는 관대해져도 좋다.

나는 즉흥적이야! 그래서 도전을 잘하고 실행력이 강한 멋진 사람이야!

나는 유쾌해! 그래서 긍정적이고 행복해서 사람들을 기분 좋게 해!

나는 눈물이 많고 감성적이지만 공감을 잘하는걸! 좋은 성격이야!

나는 마음이 여려서 상처를 잘 받지만, 누구보다 강한 회복력을 가지고 있어 칭찬해!

이처럼 진짜 나를 정면으로 마주한 뒤 인정하고 칭찬하라. 나 지금껏 열심히 살아왔노라 다독여주고 안아주어라. '비교'와 '가스라이팅'(가해자가 타인의 심리와 상황 조작을 통해 지배력을 행사하고 현실감과 판단력을 잃게 만들어서 정신적으로 피폐하게 만드는 심리학 용어)에서 벗어나 나만의 중심을 잡자. 또한, 어깨를 툭툭 털고 긴장을 풀자. 여행 같은 삶에 긴장을 풀고 느슨하게 살아야 지치지 않고 나만의 호흡으로 날마다 성실하게 살아갈 수 있다.

진짜 세상은 휴대전화 속이 아닌 눈앞에 있다

인생을 느슨하게 사는 법은 비교적 간단하다. 하루를 여행 온 것처럼, 앞만 보지 말고 주위를 둘러보며 살면 된다. 나는 평소에 지하철 1호선을 타고 출퇴근을 한다. 내가 제일 좋아하는 순간은 노량진역에서 용산역을 넘어가는 구간이다. 빛 받은 한강이 보이는 한강대교가 시작할 때 그 광경은 눈이 부시다. 출근할 땐 아침 햇살에 반짝거리는 빛이, 퇴근할 땐 지는 해의 붉고 아름다운 색채가 강에 풀어진다.

오늘 하루 수고했노라 자연이 주는 선물 같은 광경이다. 그 순간 오늘 하루도 고생했다며 나를 칭찬하고 살아 있음에 감사하게 된다. 주위를 둘러보면 누구도 풍경을 보는 이 없이 휴대전화만 쳐다보고 있다. 너무 아름다워 눈을 떼지 못하는 장관이라 나도 모르게 옆 사람을 쿡 찌를 뻔했다. '하늘 좀 보세요. 너무 예뻐요. 지금 이런 장면을 놓치면 안 되는데….' 지하철을 타고 날마다 성실하게 사는 사람들은 진짜 인생을 보지 않는다. 그들은 자연이 준 선물을 보지 않고 휴대전화만 보다 멀리 있는 자연을 보겠다고 해외로 떠난다. 주위를 둘러보면 연둣빛 새싹과 파란

하늘, 지는 노을까지 나를 다독여준다. 자연은 나에게 '당신, 충분히 잘하고 있다.'라고 위로해준다.

나는 아날로그를 좋아한다. 서로 주고받는 손편지처럼 잊고 있던 순수한 감정을 불러일으키는, 약간은 느리지만 정성이 들어간 과정이 참 좋다. 크리스마스 카드를 잔뜩 구매해 편지를 쓰고 우체국에 가서 우표를 사서 붙이는 순간 힐링이 된다.

빨간 우체통만 봐도 설레던 그때로 돌아가듯이, 진한 카드 봉투가 우표를 입고 바라는 소망과 감사를 담아 집 앞까지 간다. 한 해 동안 고생했노라 지인과 가족들에게 감사 인사를 전할 때 우리는 함께 살아가고 있음을 느낀다.

매 분기 친척 동생들과 모임을 한다. 20대부터 가진 이 모임의 이름은 '박가네 여인들'이다. 외롭고 힘든 시기를 이겨내고자 끈끈하게 맺어진 동맹이자 가족 결합체다. 어린 시절부터 때마다 시골에 모인 아버지들 영향으로 자연스럽게 뭉치게 된 여자 네 명은 매년 송년회에 '만 원의 행복 마니또'를 한다.

장난스럽게 시작된 우리만의 행사는 어느 순간 연례행사가 되었다. 바쁘게 살아가다 12월이 되는 순간 어떤 선물로 서로를 웃길지 궁리하고 한 해를 열심히 살았노라고 서로 다독인다. 유쾌한 뽑기 행사를 하고 감사를 표현하며 우리만의 파티를 연다. 작고 소박한 일상에 재미와 감사를 담고 살다 보면 '그래, 삶이란 이런 거지. 나 잘살고 있다.'라고 자신을 칭찬하고 인정하며 느슨하게 바라볼 수 있는 눈을 가지게 된다.

여유 있는 인생을 추구하라

날마다 성실하게 살아온 나에게 반드시 보상하라. 말로 하는 칭찬보다 커피 한 잔이 더 값어치가 있다. 나만을 위한 한 잔의 음료, 한 달 동안 고생한 나를 위한 작은 여행 또는 호캉스, 가족과 함께하는 여행, 지인과 모임, 감사할 수 있는 마음, 만약 다니는 기업에 사회공헌 활동이 있다면 봉사 활동을 하는 것도 좋다.

휴가를 내고 3주 동안 태국 코창이라는 작은 섬을 갔을 때 이야기다. 대부분 직장인이 3~5일 휴가를 간다고 가정할 때 20일의 휴가는 꽤장히 긴 편이다. 하지만 나는 그중 정확히 5일 정도는 뭔지 모를 불안감에 떨어야 했다.

항상 반복적이고 규칙적으로 긴장하며 살던 환경 때문인지 와이파이도 잘 잡히지 않는 작은 섬에서 초조한 마음이 생겼다. 무언가 확인해야 할 것 같은 긴장감과 강박관념에 휴대전화를 계속해서 만지작거렸다. 나를 위한 휴가였지만 업무와 나를 완전히 분리하지 못했다. 5일째가 되었을 때 몸은 드디어 휴가라는 걸 인지했는지 긴장을 풀었다.

휴식에 접어든 순간 오직 나만 바라봐야 한다. 늦잠도 자고 게을러져도 좋다. 바다만 하염없이 바라봐도 좋고 공상에 빠져도 좋다. 못 읽었던 책을 읽어도 보고 둘러보지 못했던 자연을 봐도 좋다.

　슬프게도 한국의 휴가는 너무 짧다. 365일 바쁘게 일한 것에 비해 휴식의 대가는 너무 협소하다. 특히 열심히 달려온 우리는 막상 시간이 주어지면 멈추는 속도에 가속이 붙어 멈추어도 계속 달리게 된다. 결국, 그렇게 제대로 쉬지 못한 채 휴가가 끝난다.

　한 친구는 여자 친구의 권유로 휴양지를 놀러가기로 했다. 하지만 그는 휴가를 떠나기 직전까지 불만을 토로했다.

　"도대체 휴양지에서 할 게 있어? 어떻게 있어야 해?" 그는 도통 이해할 수 없다는 듯이 나에게 상담을 청했다.

　"그냥 쉬면 돼. 좀 내려놓고 가서 그냥 쉬어!" 열심히 살았던 친구였기에 휴식이 필요하다는 것을 알았다. 하지만 그는 말 그대로 휴양지를 즐기는 법조차 몰랐다. 야자수도 보고 모래도 좀 밟으라고 권했다. 따스한 햇볕에 스르르 낮잠도 자고 산책하며 광합성도 해보라고 말했다. 하지만 그는 볼멘소리로 구시렁거렸다.

　"뭐 제대로 쉬어봤어야 어떻게 쉬는지 알지. 요즘 틈만 나면 미니멀리즘? 내려놓으라고 하는데 도대체 뭔 소리야. 뭘 가져봤어야 내려놓지. 인생이 맘대로 되냐. 배부른 소리 하지 마. 뭘 내려놔!"

"적어도 휴가를 즐길 땐 너의 일, 직장에서의 너를 내려놔."

친구 말에 틀린 건 없었다. 바쁘게 살아왔고 긴장을 푼 적이 없는 일상에서 내려놓는 건 사치다. 주위만 살펴봐도 1년에 한 번 가는 여름 휴가가 전부였다. 또한, 시간과 장소에 쫓기듯 가는 휴가가 많았다. 일과 구분이 안 가는 억지 휴가는 진정한 휴식이 될 수 없었다.

그런데 말입니다, 참 이상합니다

인생은 생각한 것처럼 술술 돌아가지 않는다. 원하는 대학에 들어가지 못할 때도 있고 취직에 실패할 때도 있다. 당연히 만족할 만한 연봉이 아닐 때도 있다. 하지만 적어도 의지만 있으면 업무와 나를 깨끗하게 분리할 수 있다고 생각한다.

그저 연습이 부족한 것뿐이다. 나 역시 비슷한 경험이 있지만 수없이 반복한 여행과 휴가를 통해 자신을 돌아볼 시간이 많았고 이를 통해 나름대로 분리할 수 있는 기술이 생겼다. 잡념이 꼬리를 무는 순간을 기억해야 하는 것이 포인트다. 나 자신을 스스로 점검하고 관찰하라. 어느 순간 잡념에 먹히고 있는 나를 발견한다. 그 순간을 확실히 인식한 순간 곧장 다른 것에 집중하면 된다.

무던히 연습한 끝에 SBS〈그것이 알고 싶다〉를 시청하는 방법으로 머릿속 생각 줄기를 끊어냈다. "그런데 말입니다."가 시작되는 순간 쓸데없는 고민이 싹 사라진다. 불안감이 들 땐 다른 것에 집중해 스트레스를 분산시켜야 뇌가 쉴 수 있는 것 같다.

인생은 장기전이다. 아니다 싶으면 안 하면 되고, 하고 싶으면 하면 된다. 지치면 쉬고 다시 일어나 걸으면 된다. 그러기에 처음부터 너무 열심히 달리지 않았으면 좋겠다. 인생이 기대처럼 흘러가지 않을 때 무너져 버리면 아프기 때문이다.

최선을 다하다 정답이 아닐 때 오는 괴리감은 나를 오랫동안 바닥에 묶어두고 회복하는 법조차 까먹게 했다. 그러기에 무너져도 금방 일어날 수 있는 마음의 여유를 가져야 한다. 주위를 돌아보며 인생을 느슨하게 바라보는 유연성을 길러야 상처도 덜 받는다.

차가운 밑바닥이 바닥인 줄 알았지만, 더 깊은 지하가 있었다. 최저에서 최악을 넘어 시궁창까지 가지 않으려면 무너지지 않도록 보호막을 만들면서 살아야 한다. 휴대전화의 액정보호필름처럼 인생의 보호필름을 붙여야 한다. 느슨하게 바라보는 눈과 성실하게 움직이는 발로 나를 지키자. 그래야 발을 삐어도 '이 또한 지나가겠지?'라고 단순히 생각하며 긍정의 힘으로 나아갈 것이다.

03
경험이라는 진짜 스펙을 가져라

매일, 매 분, 매 초마다
인생을 바꿀 수 있는 기회가 있어.

〈아기코끼리 덤보〉 중에서

21살, 멕시코에서 한 달 살기

성적에 맞춰 대학을 입학한 후, 정확히 무엇을 해야 할지 알지 못했을 때였다. 전공도 의미 없이 골랐는데 선택할 과목은 너무 많았다. 엎친 데 덮친 격으로 교양과목까지 골라야 하자 혼란이 왔다. '열정도 의욕도 없는데 또 선택이라니.' 나와 반대로 친구들은 확실한 꿈이 있었고 힘이 넘쳤다. 가까운 사람이 열정이 넘치면 그 열정은 자연스럽게 옮는다. 공허하게 다니던 학교에서 만나 한 달 동안 멕시코를 여행하며 동고동락했던, 활력이 넘쳤던 친구 '스페니쉬써니'를 소개한다.

그녀는 어릴 때부터 자신을 잘 알았다. 조기유학을 다녀와 영어를 잘

했던 그녀는 나에게 "영어만 해서는 아무것도 할 수 없어. 제2외국어를 해야 해. 난 스페인어를 배울 거야."라고 당차게 말했다. 그리고 정확히 6개월 뒤 멕시코를 간다며 비행기 표를 샀다.

당시에 나보다 몇 수 앞서 있는 그녀를 보고 대단하다고 생각했다. '난 아직 영어도 제대로 못 하는데 제2외국어를 할 생각이라니. 난 그녀보다 얼마나 뒤떨어져 있는 거야.' 그녀의 당찬 확신은 내가 살던 세상과 확연히 차이가 났다. 빠른 추진력과 실행이 어디에서 나오는 건지 알고 싶었다. 당시에 그녀는 나에게 한마디를 툭 던졌다. "같이 갈래? 넌 여행하고 난 공부하고 좋잖아?" 그렇게 나의 첫 해외여행이자 멕시코에서 한 달 살기가 시작된다.

한국에서 멕시코시티까지 총 22시간. 우리는 손과 발이 팅팅 부은 상태로 비행기에서 내렸다. 공부하기 위해 떠난 그녀는 살 집은커녕 며칠 동안 지낼 숙소만 달랑 구해서 출발했다. 거기에 함께 낀 난 그녀의 자신감이 단지 깡에서 나왔다는 사실을 눈치챘다. 도착 후 얼마 안 돼 우리는 길거리에서 카메라를 도둑맞았다.

그날 스페인어로 처음 욕을 구사했다. 멕시코 사람들이 말하길 '신발 안 벗기고 양말 벗긴다.'라고 할 만큼 눈 깜짝할 사이에 물건을 훔쳐가는 소매치기가 일상이었다. 이 낯선 땅에서 동양 여자는 오직 우리 둘뿐이었다. 지나갈 때마다 휘파람 부는 소리, 사진을 찍는 사람까지 있었다. 하지만 좋은 분들도 많았다. 어떤 분은 나를 지켜줄 거라며 동그란 천사 그림을 선물해주었다.

당장 일주일 뒤부터는 살 집을 구해야 했다. 대책 없는 그녀와 난 무작정 그녀가 다닐 학교 근처로 찾아갔다. 전봇대에 붙어 있는 전단을 한 장 한 장 살펴보다 보니 핑크색 전단이 우리 눈에 들어왔다.

'반값의 가격. 부촌에 있는. 커플을 초대합니다. 게이 하우스.'

수중에 돈이 얼마 없었다. 나와 그녀는 눈이 마주쳤고 우리 둘 사이에는 잠깐 미묘한 스파크가 튀었다. 지금 무엇을 가릴 것인가. 무작정 전화를 걸고 집주인에게 살고 싶다고 말했다. 그리고 입주가 확정되었을 때 사실을 고백했다. "가난한 여행객과 학생일 뿐 커플은 아닙니다." 다행히 집주인은 특별한 두 아시안을 흔쾌히 받아줬다. 담쟁이덩굴이 감겨 있는 2층 벽돌집이었다.

우리 방은 1층 주방을 넘어 복도 끝에 있었다. 집주인의 배려로 침대는 2개, 분홍색 타일과 장미꽃 문양으로 장식된 개인 화장실이 있었다. 그녀와 나는 폴짝폴짝 뛰며 손바닥을 치고 춤을 췄다. 어떻게 보면 그 집이 멕시코에서 가장 안전한 곳이었다.

우리는 4명의 남자와 함께 살았다. 집주인 아저씨는 언제나 화가 나 있는 얼굴에 직업은 수의사였다. 그의 짝꿍은 귀여웠고 애교가 많은 잡지사 편집장이었다. 향수병으로 눈물을 흘리는 나를 위로해주고 달래주는 마음이 따뜻한 남자였다. 2층에 사는 잘생긴 농촌 총각 이름은 미겔. 꿀장사를 했으며 특유의 시골 출신답게 유쾌하고 정이 많았다.

'스페니쉬써니'는 서바이벌 언어의 달인이었다. 당시에 유창하지 않은 스페인어로 그들에게 말을 걸고 친구가 되었으며 학교에서 배운 것들을 함께 나눴다. 덕분에 그들은 우리의 스페인어 선생님, 친구가 되었으며 놀러갈 때 보디가드가 되어줬다.

택시를 타고 이동하는 중간중간에도 그녀는 기사님께 무작정 말을 걸어 말도 안 되는 언어로 만담을 했다. 그녀를 보며 조기 유학을 한 어린 소녀가 영어를 배우기 위해 얼마나 열심히 노력했을지 눈에 그려졌다. 유학을 보내주지 않는 부모님을 원망했던 나 자신이 부끄러웠다. 어디에 있든 내가 어떻게 하느냐에 따라 달라질 수 있다. 그런데 난 부모님 탓을 하며 현실을 회피하는 찌질이였다.

그녀는 강한 여자였다. 여행 중 어느 날 슈퍼에서 장을 보고 차비를 아낀다고 먼 거리를 걸었다. 한 번에 꼭 2주치 장을 봐서 각자 양손에 4봉지씩 들고 움직였다. 엎친 데 덮친 격으로 비까지 왔다. 그 순간 손바닥이 찢어질 것처럼 아프고 서러웠다.

내가 왜 멕시코까지 와서 이렇게 개고생을 하나. 눈물이 나왔다. 그런 나를 그녀가 빤히 쳐다보더니 2봉지를 들어주겠다고 했다. "몸 힘든 건 괜찮아." 나랑 동갑이면서 꼴에 멋있는 척을 했다. 6봉지를 드는 그녀를 보며 진짜 힘이 세다고 생각했다. 생각해보면 나는 정말 어렸고 그녀는 나이에 맞지 않는 애늙은이였다.

그날 우리는 집 앞에 쭈그리고 앉아 '오늘을' 잊지 말자고 다짐했다. 무거운 짐을 들고 힘들어 우는 나도, 맨몸으로 부딪히며 배우는 그녀도 서로 쪽팔린다고 했다. 그때 우리가 21살이었다. 21살, 찌질해도 괜찮은 나이였는데 우리만 몰랐다.

그곳에서 우리는 서로 다른 꿈을 보며 지냈다. 그녀는 멕시코에서 나는 한국에서 더 열심히 살겠노라 다짐했다. 부딪히며 배우는 게 생활인 그녀를 보며 나는 정말 아무 생각 없이 살고 있었다는 걸 느꼈다. 세상에 공짜는 없다. 나도 하고 싶은 것을 찾고 싶다. 나도 단단해지고 강해지고 싶다. 부딪히고 도전하며 살아야겠다는 목표가 생겼다.

한 달 살기를 하고 난 뒤 아보카도와 라임만 보면 한국은 비싸니 많이 먹어두라고 말했던 그녀가 생각난다. 남들보다 저렴한 가격에 아카풀코로 휴양을 즐기고 테킬라를 원 없이 마셨던 체력도 그립다. 블루베리 크림이 잔뜩 들어 있는 바삭한 추로스, 특히 한입에 꽉 물 때 그 맛과 냄새가 생각난다.

떠나는 날, 짐을 싸고 테킬라를 가득 채운 캐리어를 질질 끈 채 공항 검색대에 서 있었다. 공항 직원이 캐리어를 검사하자 그녀가 뒤에서 유창한 스페인어로 내 친구 건들지 말라고 소리쳤고 우리는 유쾌하게 마주보며 웃었다.

당찬 그녀는 지금 스페인어 전문 통역사다. 내가 떠난 뒤 6년을 넘게 멕시코에서 지낸 그녀는 현재 본인이 원하는 방향으로 일하고 도전하는 주체적인 삶을 살고 있다. 산림청, 임업 진흥원, 산림교육원, KOICA, IBBF, IOC, Anubis, 미슐랭3스타, 대사관, 삼성, LG 등 전 분야에서 활동하며 스페인어를 통역하는 사람 중 최고로 인정받고 있다.

그녀 덕분에 나 역시 멕시코에서 돌아온 지 얼마 되지 않아 일본으로 떠나게 된다. 눈으로 봤던 그녀의 가르침이 나에게 알려줬다. 하고 싶은 것이 있으면 당장 시작해라. 무엇이든 배우고 싶으면 빨리 도전해라. 도전해서 얻어진 배움이 가장 오래 내 것이 된다.

아무 생각 없이 출발했던 멕시코 여행이 나에게 촉매제가 된 것처럼 인생의 모든 경험은 각기 다른 모양으로 언젠가 돌아온다. 발로 뛰어본 사람은 책에서 가르쳐주지 않는 진짜 방법을 안다. 경험은 오직 나만이 가진 특별한 자격증이 되고 남들과 다른 특별한 비법이 된다.

우리는 모두 주인공이다

체력이 될 때까지 열심히 뛰면서 내 것이 무엇인지 알아야만 진짜 스펙을 쌓을 수 있다. 유연성, 위기대처능력, 협동, 협조, 소통, 창의력처럼 다양한 관점으로 바라보고 실행하는 모든 재능은 타고난 것보다 경험이 반이다. 잘하는 것과 못하는 것, 좋아하고 싫어하는 것, 옳고 그른 것을 발견하게 될 것이고 이미 알던 사실과 가치가 깨지기도 할 것이다. 때론 경계선이 모호해지기도, 진해지기도 할 것이다. 이런 과정을 겪으며 우리는 진짜 나를 인정하고 정면으로 마주 보게 된다.

선생님도 친구도 부모님도 내 인생을 대신 살아주지 않는다. 내 인생을 제대로 살기 위해선 오직 나에게 묻고 주체적으로 움직여야 한다. 나는 나를 모르기에 움직이고 부딪혔다. 지름길을 알았다면 더 빨리 편한 길로 갔을 것이다.

알지 못하는 길이기 때문에 가장 어려운 길을 택했고 매 순간 올라갔다. 자유 의지로 선택한 모든 도전은 나를 더 다부지게 만들었다. 중심은 내 마음속에 있는 소리다. 내 마음이 울리는 소리를 따라가면 그것이 나 자체가 된다.

인생의 주연은 회사도 사회도 아닌 바로 나다. 혹시 지금 당신이 조연 같다면 걱정하지 마라. 역경과 시련에 시달리는 주인공은 꼭 위기를 극복하니 말이다. 경험이라는 진짜 스펙을 가져라. 스스로 답을 찾고 내 것으로 만들어야 진정한 나의 스토리가 된다.

나는 ENFP! '살짝 미치면 인생이 즐거운 사람!'

대표 표현 : 스파크형, 멀티태스킹, 열정적 에너지

MBTI 성격 유형 검사

MBTI(Myers-Briggs Type Indicator) 즉, 마이어스와 브릭스 검사는 전 세계를 통틀어 가장 많이 사용되고 있는 성격 유형 검사이다. 스위스의 정신분석학자인 카를 융의 심리 유형론을 토대로 고안된 자기 보고식 성격 유형 검사 도구로, 총 95문항으로 구성되어 있어 다가가기 어려우나 혈액형 테스트처럼 요즘엔 인터넷을 통해 간단하게 유형을 파악할 수 있다. 나 역시 시간, 컨디션, 상황에 따라 검사결과가 조금씩 다르게 나타나는데 주로 나타난 유형이 ENFP였다. 성격 유형 검사에 너무 자신을 가두지 말고 '나 같은 유형은 대략 이렇구나! 신기하다. 흥미롭다' 정도로 생각했으면 한다.

사람은 매우 복잡한 기질을 가지고 있다. 딱 이렇다고 정의할 수 없는 다양하고 특별한 성향이 모여 한 사람의 특징을 만든다. 이러한 복잡함을 가시적으로 이해하고 나의 약점, 강점, 타인을 바라보는 다양성을 이해하는 데 성격 유형 검사가 도움이 될 것이다.

ISTJ 철두철미한 전략가	ISFJ 헌신적인 수호자	INFJ 선의의 이상주의자	INTJ 현실 주의자
ISTP 대담한 탐험가	ISFP 융통성 있는 예술가	INFP 낭만적 이타주의자	INTP 혁신적인 사색가
ESTP 진격하는 활동가	ESFP 자유로운 영혼	ENFP 열정 많은 자유인	ENTP 호기심 많은 변론가
ESTJ 철두철미한 관리자	ESFJ 세심한 이타주의자	ENFJ 조력가이자 리더	ENTJ 해결하는 창의적 지도자

http://www.16personalities.com/ko 와 같은 사이트에서 무료로 가볍게

성격 유형을 검사할 수 있으니 활용하길 바란다.

04
어떤 편견에도 너의 가치를 믿어라

내 학습을 방해한 유일한 방해꾼은
바로 내가 받은 교육이었다.

알버트 아인슈타인

2등이 가진 최고의 가치

사람은 자기보다 우위에 있는 사람과 비교하는 습성을 가지고 있다.
그리고 비교에 노출되다 보면 어느 순간 자신의 색을 잃어버린다. 무의
식적으로 노출된 수많은 정보 덕분에 의식하지 못할 때도 스스로 남과
비교한다. 작게는 외모부터 성격, 나이, 연봉 등을 비교하고 채찍질하며
자신을 갉아먹는다.

못생긴 애벌레가 번데기라는 인고의 시간을 거쳐 하얀 나비로 새롭게
탄생한다. 우리는 모두 각자 다른 시간과 시기를 지나 자유로운 인간으

로 태어난다. 하지만 슬프게도 우리는 나비라는 것을 잘 알지 못하고 부정한다. 훨훨 나는 나비를 동경하며 번데기인 자신을 나무란다. 때론 무기력하게 잎사귀를 갉아먹는 애벌레의 삶을 한탄한다. '난 못생긴 애벌레야. 난 애벌레로 살다가 애벌레로 죽을 거야. 배춧잎만 먹고 살래. 그런 애벌레 삶이라도 살아야지.'

자신의 가치를 아는 사람들은 본인이 나비라는 것을 알고 그 사실을 인정한다. 그들 역시 번데기가 되는 과정이 두려웠지만 도전하고 실천했다. 암흑 같은 인고의 시간을 거쳤고 결국 새롭게 태어날 수 있었다. 사람은 스스로 본인이 어떤 사람인지 알아야 한다. 나를 알아야 내 가치에 대해 믿음이 생기며 실행력을 증가시켜 한 마리의 나비가 될 수 있다.

가맹점 매장에서 아르바이트를 많이 했다. 선술집, 호프집, 레스토랑, 옷가게 등 아이템만 바뀌고 하는 일은 대부분 비슷하다. 큰 틀은 매장관리와 손님 응대, 판매, 카운터 보기며 지속해서 상품의 노출과 이해만 있으면 되는 일들이다. 파는 상품은 어쨌든 한정적이기 때문에 상품의 이해도만 있다면 큰 어려움은 없다. 어디든 출근하면 오픈 30분 전 매장 청소를 하고 영업준비를 한다. 식당이라면 청소 후 공깃밥을 미리 담아두거나 그릇의 물기를 닦고 수저에 광을 낸다. 옷가게는 재고를 살피고 후방 창고 정리와 디스플레이를 새롭게 바꾼다. 선술집 호프집도 마찬가지로 매장 정리를 하고 휴지를 채워 넣고 바닥청소를 한다. 그 과정이 지나면 자연스럽게 서빙이나 판매를 하게 된다.

꾸준히 일하면 사장이 정규 직원을 제안한다. 경력이 생기면 가게 전반을 보는 눈이 생기고 실질적으로 돈을 만질 수 있는 캐셔가 될 수 있다. 매출과 관련이 있으므로 꼼꼼함이 필요하다. 이러한 과정을 거치면 매니저 또는 캡틴이라는 업무를 준다.

아르바이트를 하다 보면 어느 순간 '캡틴'이 되었다. 중간관리자의 역할로 직원을 관리한다. 리더가 놓치는 현장의 세세한 부분을 신경 써야 하며 직원 간의 유대감을 형성하고 업무에 필요한 부분을 교육하기도 한다. 부족한 부분을 채워야 하므로 발주는 주로 '캡틴'의 몫이다. 마치 리더가 큰 그림을 그린다면 '캡틴'은 색을 정한다고 생각하면 된다. 이러한 역할을 간단히 말해 '조력자'라 부른다. 다방면으로 두루두루 살펴야 하며 세밀하게 관찰할 수 있는 사람이자 리더를 도와 성과를 내는 사람이다. 20대 초반 어렸던 나는 캡틴이지만 리더가 될 수 없음에 매번 자괴감에 빠졌다. 캡틴이라는 감투도 싫었다. 이 작은 아르바이트의 세상에도 벌써 불평등이 존재한다며 투덜거렸다.

매번 비슷한 패턴으로 자괴감이 들었을 때 행동을 바꿨다. 일하는 양에 비해 적절한 보상이 아니라는 생각이 들었다. 월급을 올려주든지 직급을 올려주든지 무엇인가 변화가 필요했다. 사장과의 면담을 신청했다.

나에게 1년 더 일하면 보상과 직급을 올려준다 제안했다. 그가 이미 내 가치를 알고 있지만 저렴한 가격에 쓰고 싶어 한다는 것을 눈치챘다. 나는 절실히 원하는 척을 했지만, 끝까지 하지 않았다. 과감히 그만두고 다른 일자리를 찾았다. 가끔 이런 생각을 한다. 만약 내가 1년 더 일했다면 어땠을까? 1년 뒤 나는 정말 직급이 올라갔을까? 아니면 직급에 대한 부담을 이기지 못하고 뒤로 물러났을까?

사람은 각자 자신만의 길이 있는 것 같다. 리더는 리더만의 길이 있고 조력자는 조력자의 길이 있다. 내가 인정하지 못했던 건 그들과 나의 차이였다. 나는 리더가 되기 위해 부단히 일했지만 내가 잘하는 건 조력자의 역할이었다. 난 유비보다 제갈량이 좋았던 사람이었지만 어느 순간 앞으로 나가는 유비와 비교하고 나를 끌어내렸다. 내가 위로 올라가는 길은 내가 잘하는 분야에서 최고가 되는 것이라는 걸 그땐 몰랐다. 나란 사람은 최고의 조력자가 되는 게 맞는 사람이다. 그 점을 인정하자 내가 가야 할 방향이 보였다.

대감 집 노비도 양반집 노비도 다 같은 사노비일 뿐

모 대형마트의 영업 관리자가 아침부터 브랜드 담당(고정)에게 30분씩 일찍 나올 것을 요청했다. 이유는 오전 조회와 출석 체크였다. 주로 아웃소싱으로 구성된 브랜드 담당(고정)들은 자체적으로 준비하고 영업을 시작하기에 30분 일찍 나오라는 건 억지였다. 다들 불만은 있지만 익숙한지 자연스럽게 모여 웅성웅성 떠들었다.

우리는 물건들을 쌓아놓는 후방 창고에 모여 있었다. 서늘한 후방 창고엔 찬 공기와 박스 냄새가 섞여 있고 그 속에 여사님들과 젊은 행사 판매자들이 옹기종기 모여 눈치만 보고 있었다. 나 역시 생활 관련 D브랜드 주말 고정으로 찬 공기에 합류해 눈치를 보며 서 있었다. 스포츠머리에 조끼를 입고 만사가 귀찮다는 듯이 터벅터벅 걸어 나오는 모 대리가 아침 회의를 알리며 등장했다. 그는 걸걸한 목소리로 사은품을 빵빵하게 붙여달라고 소리쳤다.

한 여사님이 조심스럽게 물었다. "회사에서 한 제품에 하나씩만 붙이라는데 저희 맘대로 그래도 될까요?" 그러자 그는 퉁명스러운 목소리로 소리를 질렀다. "여사님, 제가 언제 토 달라고 했습니까? 그냥 시키는 대로 하세요." 다들 불쾌한 기분이 들었는지 서로 쳐다봤다. 나 역시 놀란 마음에 옆 사람을 쳐다봤다. 웅성대는 소리가 커지자 모 대리는 이렇게 소리쳤다.

"이런 대우가 부당하면 공부 좀 잘하지 그러셨어요? 그러면 이런 소리 안 듣잖아요. 서럽습니까? 서러우면 자식들은 공부시키시든지요! 일하러 가세요!"

지금 생각하면 욕 한 바가지를 해줘도 모자를 나쁜 놈이다. 당시에는 너무 놀라서 욕을 할 수도 없었다. 휴게실에 들어온 여사님들은 다리를 주무르며 "내 팔자야. 돈 벌기 힘드네!"라고 말하며 욕을 했다. 다들 눈빛이 씁쓸했다. 그와 동시에 한탄이 이어졌다. "내가 뭐 하고 싶어서 하나. 애들 등록금이라도 벌어볼까 하는 거지!" "늙어서 가만히 있으면 뭐해! 내 용돈이나 쓰고 짐 되기 싫으니까 하는 거지!" 서러운 마음들이 푸념처럼 쏟아졌다.

그 모습을 본 나 역시 서러웠다. 아르바이트할 때 한 번도 '을'이라는 생각을 해본 적 없었다. '행사 아가씨'라는 시선을 웃어넘길 수 있던 이유도 아르바이트일 뿐이니까 가능했다. 하지만 모 대리의 발언은 여러 사람의 마음에 상처를 주었다. 마트에 나온 여사님들은 모두 자기 인생을 사는 프로들이었다. 자녀에게 짐을 지우고 싶지 않아 용돈을 버시는 분도 있고 주업으로 프라이드를 가지고 일하시는 분들도 많았다. 몇 개의 일을 동시에 하며 바쁘게 사는 프리랜서도 있었다.

세일러문 같은 유니폼을 입었고, 빨간 앞치마를 두르기도 했으며 계량 한복을 입고 판매를 하기도 했다. 무릎까지 올라오는 하얀 토시와 굽 높은 운동화를 신고 마이크를 차며 목소리를 내기도 했다. 하루에 한 번 매번 같은 시간에 와서 시식하는 사람, 치근덕거리고 간접적으로 성희롱을 하는 사람, 시비를 거는 사람, 갑질을 하는 직원까지 별의별 사람을 만나도 대수롭지 않았다.

속으로 '아, 이 사람 아픈 사람이다.'라고 생각했다. 그러자 오히려 안타깝고 잘해주게 되었다. 동정과 사랑이 담긴 '자본주의 미소'는 이러한 과정을 통해 만들어졌다. 상냥한 미소와 함께 스트레스도 함께 없앨 수 있었다. 어차피 단기 아르바이트였다. 스치는 사람들까지 일일이 마음에 두기엔 너무 바빴다. 특히 나 스스로 행사 쪽 베테랑이라는 프로의식이 있었기 때문에 꾸준히 일할 수 있었다. 유통회사 모 대리는 본인 실적 스트레스로 매우 아팠나 보다. 행사자들에게 갑질을 할 게 아닌데 찌질한 놈들은 꼭 약자를 건드린다. 그렇게 유통업계에서 가장 큰 조력자인 여사님들 새우 등만 터졌다.

마케팅의 대가 피터 드러커가 말하길 '마케팅의 목표는 판매행위를 쓸모없게 만드는 데 있다.'라고 했다. 즉, 마케팅을 잘하기 위해선 '판매행위'를 알아야한다는 뜻이다. 하지만 아는 만큼 보이듯이 판매행위를 쓸모없게 만들기 위해선 직접 판매를 해봐야 알 수 있다. 실질적인 전략은 아무도 가르쳐주지 않는다. 현장에서 직접 짜고 실행해봐야 판매가 무엇인지 즉각적으로 인지한다. 그렇기 때문에 진정한 마케팅 기술은 현장직이 가장 많이 익힌다.

'S(Segmentation) T(Targeting) P(Positioning) 전략'이나 '4P Mix'와 같이 이론적인 마케팅 전략을 생략하더라도 현장에서는 생생한 경험으로 타깃을 설정하고 경쟁자를 분석하며 약점, 강점을 파악해 자신의 제품을 어떤 이미지로 고객에게 노출할지 결정한다. 단순히 판매만 하는 것이 아니라 가격, 마진율, 판매망, 판매촉진을 위해 쉼없이 고민한다. 대다수의 현장직은 단순 판매에 그치는 것이 아닌 '서바이벌 마케팅'을 활용해 단골을 확보하는 재야의 고수들이다.

상대방의 구두를 신어보기 전까지 그 사람을 함부로 판단하지 말라는 명언처럼 프로의식을 가지고 근무를 하는 수많은 사람의 가치를 함부로 매길 수 없다. 어떠한 일이든 쉬운 건 없다. 하지만 내가 만난 일부의 관리자는 현장 영업이라는 일을 해보지 않았으면서 그들의 가치를 기계의 부속품처럼 쉽게 말했다. 내가 본 현장 직원들은 가치를 하향 평가당하고 불안감을 조성 당할 이유가 없는 마케팅 전문가였는데 정작 이론 천재들은 색안경을 끼고 바라봤다.

가랑잎이 솔잎 더러 바스락거린다고 한다. 같은 잎사귀끼리 서로 도와도 모자랄 판에 진정한 소통과 이해 없이 '갑질'이라고 느끼게 행동하는 건 시대에 맞지 않다.

남의 꿈을 갉아먹고 가치를 맘대로 판단해버리는 모 대리처럼 편협한 인간이 되고 싶지 않다. 중심을 '나'에게 두고 자신을 믿고 살 것이다. 그래야 어떤 편견에도 흔들리지 않는 바위 같은 사람이 될 테니까. 중심을 가지고 나를 믿자. 누군가를 도와주고 이끌 수 있는 조력자는 '을'이 아니라 선생님이자 '프로'라는 것을 잊지 말자. 어떤 편견에도 나의 가치만 믿고 앞으로 나아가길 바란다.

05
남의 인생이 아닌 나의 인생을 살아라

때로는 살아 있는 것조차
용기가 될 때가 있다.

세네카

인생의 자격을 빼앗기지 말자

양육 방식에서 엄마는 자식의 행복을 위해 살았다. 반찬을 고를 때도 자식이 먹고 싶은 것이 우선이었고 물건을 살 때도 자식이 사고 싶은 것을 사는 게 먼저였다. 자녀가 속을 썩이면 본인 맘이 더 문드러졌다.

자식 자체가 그녀였으며 그녀 자체가 바로 자녀였다. 엄마도 엄마가 처음이었다. 양육과정에서 몇 개는 옳았으며 몇 개는 아니었다. 나는 반항했고 우리는 항상 거칠게 싸웠다. 부모가 원하지 않은 행동만 주구장창 하는 딸내미 덕에 그녀는 인생의 현타('현실 자각 타임'을 줄여 이르는 말로, 헛된 꿈이나 망상 따위에 빠져 있다가 자기가 처한 실제 상황을 깨닫게 되는 시간)를 매번 느꼈다. 그리고 이제야 본인 인생을 살고자 결심했다.

"내가 다 너 잘되라고 한 건데 내가 바보였어." 육십 평생 자식을 위해 살았던 엄마는 아직도 가끔 본인이 먼저라는 것을 깜박한다. 그때마다 나는 장난 반 진담 반 가볍게 알려준다. "엄마, 엄마 인생 살아! 인생의 주인공이 누구라고?" 엄마는 귀엽게 말한다. "나!"

아빠는 한 직장에 평생 몸 바쳐 일했지만, 세월을 이기지 못하고 암이라는 병을 얻었다. '신장암'이었다. 내 나이 25살 때였다. 한 집을 지키는 가장인 아버지의 병은 우리 가족을 송두리째 흔들었다.

큰딸인 나는 정신을 잡을 수밖에 없었다. 누군가가 아프면 사람들은 그 사람을 동정한다. 때론 어떤 위로의 말을 건네야 할지도 모른다. 가족이 아프면 내 마음이 욱신욱신 저리고 현실을 제대로 보게 된다. 당시 내가 할 수 있는 건 버티고, 중심을 잡고, 쾌활하고, 긍정적이어야 한다는 것. 그리고 같이 이겨내야 한다는 것이었다.

다행히 수술이 잘되어 완치판정을 받았지만, 당시에 아빠는 가장이라는 무게 때문에 수술 후 한 달 만에 회사에 복귀했다. 그는 가족을 위해 암과 싸웠고 버텼다. 새로운 인생을 살게 된 아빠는 매일매일을 선물처럼 감사하며 지낸다.

60대이신 부모님은 이렇게 말한다. "난 당연히 이렇게 살아야 하는 줄 알고 살았지. 억울해서 이제라도 내 인생 살래. 즐기며 살래. 자식이 좋아하는 거 안 먹고 내가 좋아하는 거 먹을래." 60대인 부모님도 내 인생을 사신다고 한다. 그들 역시 남을 위한 인생을 살았지만 결국 나를 위한 인생으로 돌아왔다.

인생 방향의 나침반은 오직 나만 가지고 있다

30대가 시작되었을 때 나는 무척이나 행복했다. 20대보다 노련했고 마음과 물질적 여유가 있었다. 치열했던 20대가 지나니 어느 정도 기대도 내려놓게 되고 '3'이라는 새로운 숫자의 새내기가 된 것 같아 기분도 좋았다.

'치열했던 나날들이여 안녕! 나는 이제 진정한 어른이며 내가 하는 행동에는 무조건 책임을 져야지.' 20대가 시행착오의 나이라면 이제는 진짜 모든 행동에 책임을 질 나이야!' 부딪혀서 배워왔던 나는 나에 대해 믿음이 있었다.

20대 때는 예상치 못한 변수가 계속 생겼다. 아빠가 아프거나 엄마가 산을 타다 넘어져 119를 부르고 몇 개월 동안 병간호를 해야 하기도 했다. 중고 휴대전화 사기를 당하기도 했다. 교통사고, 모욕죄, 사기죄는 이제 어느 정도 숙달한 것 같다. 대인관계에 회의감이 들 때도 있었다. 좋은 게 좋은 거라 생각하던 내가 때론 좋은 게 그다지 좋지만은 않다는 생각이 드는 시기이기도 했다.

정신적인 고통은 '나'라는 중심만 잘 잡으면 이겨낼 수 있게 된다. '할 수 있다. 이겨낼 수 있다. 나는 극복할 수 있다. 지금은 이렇지만, 반드시 달라진다. 지나가는 과정일 뿐이다. 나는 괜찮다. 나는 충분하다. 잘하고 있다.' 날마다 마음속에 외치니 단단해지고 극복하는 것 같은 착각이 들었다. 폴 스톨츠가 말하는 위기대처능력인 역경지수(AQ: Adversity Quotient)가 높았던 것 같다. 좌절할 때도 있었지만 일어나는 법을 알았다. 사실 넘어진 채로 있을 만한 여유가 없었을지도 모르겠다. 부단히 앞으로 나아갔다. 하지만 30대가 되면 진짜 변수가 생긴다. 바로 체력이다.

넘어져도 일어나는 법을 알았던 난 20대를 에너자이저처럼 달렸다. 어쭙잖은 소소한 것들에는 절대 지치지 않았다. 자타공인 체력왕이었다. 욕심이 많아서 지하철이나 고속버스, 시외버스가 다니면 어디든 갔다. 버스를 탈 때 터미널까지 가는 설렘도 좋았다. 가보지 않은 곳을 갈 때 그 지역을 찾아보는 재미가 쏠쏠했다.

출장은 회사에서 차비와 숙소를 지원해준다. 일도 여행처럼, 공짜로 여행을 할 수 있다니! 나는 벌써 맛집부터 찾고 있었다. 사람들을 태우고 내리는 터미널엔 와글와글한 열정이 모였다가 흩어진다. 그 자리에 있는 나도 또 다른 자극을 받는다. 기차는 기차대로 버스는 버스대로 각자의 희망을 싣고 목적지로 향해 간다.

뚜벅이 인생이 익숙해지자 뚜벅이의 삶도 느리지만 참 재밌고 좋다고 생각했다. 남들보다 조금만 부지런하면 될 일이니까 크게 문제 될 것은 없었다. 하지만 넘어지고 일어나기를 반복하며 내 마음의 휴식을 주지 않자 결국 부작용이 생겼다. 체력이 예전 같지 않았다. 어제의 체력과 오늘의 체력이 달랐다. 조금씩 체력이 무너진다는 것을 알게 된 건 날마다 기분 좋게 시작하던 하루가 알 수 없이 우울하고 무기력해지기 시작할 때였다.

생각이 많아지고 짜증이 심해졌다. 예측할 수 없는 행동을 하고 여행도 재미가 없었다. 퇴근하고 집에 오면 한숨부터 나왔다. 운동도 하고 싶지 않았다. 이상 신호였다. 체력이 무너지면 정신이 흔들린다. 그리고 정신이 흔들리는 순간 내 중심도 와장창 무너진다.

내가 변하면 숫자는 무력해진다

난 나를 참 좋아했다. 특히 33살의 여자 사람이라서 좋았다. 30대 아직 '어른이' 나이 3살이지만 나름대로 익숙하고 규칙적이며 좋아하는 것을 하는 삶이라 행복했다. 하지만 때론 좋아하는 것을 해도 실패하고 좋지 않을 때가 있다. 싱글인 나에게 친구가 오지랖을 부리며 충고했다.

"남자 만나야 하지 않겠어? 눈을 낮추든지 흠이 좀 있더라도 안고 가."

"지금 너 나이 때는 따질 때가 아니야. 어차피 완벽한 사람은 없어."

"너 좋다는 사람 있으면 만나. 일은 절대 관두지 마. 지금 백수 되면 진짜 너 끝이다."

평소에 이런 이야기를 들으면 크게 웃으며 "난 잘생긴 사람 만날 건데? 얼굴값은 인정해도 꼴값은 못 봐주겠거든? 톨 앤 핸섬 영 앤 리치 몰라? 너나 잘하세요!"라고 장난스럽게 말하던 나였다. 어깨에 모든 짐을 이고 살았지만, 체력적으로 튼튼했던 20대와 다르게 30대가 되면서 신체적으로나 정신적으로 힘이 들었나 보다. 그날따라 스쳐가는 말 한마디 한마디가 비수가 되어 가슴에 쿡쿡 박혔다.

"30대 여자 진짜 끝이야? 정말로 그런 나이가 된 거야?"

말하는 순간 비참하고 우울했다. 입 밖으로 꺼내는 절망감이 참담하게 마음으로 툭툭 떨어졌다. 친구는 아주 매정하게 말했다. "응, 30대 여자는 그런 거야. 현실 똑바로 봐." 평소라면 대수롭지 않게 넘길 이야기도 머릿속에 비집고 들어왔다.

'진짜 30대 나이는 그런 건가. 화장하는 법도, 좋아하는 것도, 취미도, 특기도 이제는 어느 정도 능숙해진 것 같은데 나는 왜 하향 평가되는 느낌일까? 3이라는 숫자가 뭐기에 나를 이렇게 비참하게 만드나.' 마치 성적표에 '가'라는 도장을 꾹 찍어버리고 "당신은 이제 더는 쓸모가 없습니다. 왜냐하면, 30대거든요."라고 말하는 것 같았다.

주위는 칭찬보다 아슬아슬하게 내 가치를 후려친다. 잘하는 건 당연한 거고 못하는 건 내가 문제란다. 나름대로 치열하고 절실하게 살아온 삶이 다시 리셋되는 기분이다.

퇴사하고 싶었다. 모든 걸 내려놓고 쉬고 싶었다. 적어도 나를 위해 온전히 휴가를 주고 싶었다. 하지만 그러지 못했다. 진짜 쉬는 게 두려운 나이가 되어버렸나 보다. 당장 나가야 할 카드값, 내 생활을 유지해야 하는 생활비, 꿈과 현실의 괴리감. 과연 내가 퇴사를 하고 다른 회사를 들어간다고 행복할까? 꼬리를 무는 생각들로 마음이 복잡하고 어지러웠다.

"난 내가 하고 싶은 것을 찾고 잘하는 것을 찾으려고 치열하게 쉬지 않고 살았는데 도대체 내가 무엇을 잘못한 거야? 난 이렇게 살고 싶지 않아! 이런 모습이 당장 내가 원하는 삶이 아니야. 지금 당장 하나도 행복하지 않다고!!"

짜증과 심술을 반복했다. 그럴 때마다 엄마, 아빠는 이런 상황이 익숙한지 이젠 한 귀로 듣고 흘렸다. 그들도 이미 나에게 맷집이 세졌다.

자존감이 뚝뚝 떨어지고 나니 기분이 너무 안 좋았다. 난 분명 이렇게 살던 사람이 아니었는데 왜 그렇게 된 건지 자신에게 물었다. 그리고 제대로 알았다. 남의 기준으로 남의 인생을 살면 나는 없어진다는 사실 말이다. '내가 이때까지 무엇을 위해 이렇게 일하고 살았는가? 내가 진정 원하는 것이 무엇인가? 나는 지금 충분한가? 나는 무엇을 해야 행복한가?' 그리고 스스로 묻는 그 질문에 정답 하나는 알았다.

남의 인생을 살더라도 나의 인생을 살자! 내 인생인데 내 멋대로 할 수 있는 것 하나쯤은 있어도 된다. 그래야 죽이 되든 밥이 되든 내가 원하는 것과 비슷하게는 될 수 있다. 그렇게 내가 하고 싶은 것을 하다 보면 어느 순간 진정한 나를 만날 수 있을 테니까. 그래서 난 고꾸라지더라도 책을 쓰기로 했다. 적어도 남의 인생이 아닌 나의 인생을 살 수 있는 유일한 탈출구였다.

06
남들이 뭐라고 하든, 룰루랄라 즐겁게

아는 사람은 좋아하는 사람만 못하고
좋아하는 사람은 즐기는 사람만 못하다.

공자

최고의 다이어트, 합리화

건강과 다이어트는 평생의 숙제이다. 고무줄 몸매라 매번 다이어트를
해야 하기에 고통스러울 바에 차라리 즐겁게 할 방법을 생각해보았다.
살이 찌면 면역력이 떨어져 바이오리듬이 깨지고 몸에 이상 반응이 일어
난다. 20대 중반, 당시에 비욘세를 좋아했던 난 할리우드 연예인들에게
유명한 다이어트에 관심이 많았다.

핫한 다이어트 방법의 하나였던 디톡스를 하고 싶다는 생각에 여러 제
품을 찾던 중 한 회사에서 이벤트를 진행하는 것을 보았다. 후기를 올려
극적인 변화가 있으면 제품 구매비용과 상금을 줬고 돈이라는 동기부여

에 살을 뺐다. 마음을 먹고 한 달 동안 독하게 실행하고 보식 식단을 짜 실천했더니 단기간에 몸무게가 줄었다.

정성스럽게 후기를 작성하고 당첨자 발표를 기다렸다. 웬일이야! 당첨되었다. 본사에서 나를 만나길 희망했다. 이후에 방송 프로그램에서 디톡스를 주제로 한 촬영을 제안받았다.

내 인생 언제 TV에 나오겠나 싶어 출연했다. 주부 생활 등 추가 촬영 제의가 들어왔지만, 평생 마른 몸으로 살 수 있을지 가늠할 수 없던 난 방송을 거절한다. 당시 프로그램에서는 나의 체성분을 분석했다. 의사 선생님과 면담하는 장면이 나온다.

그는 나에게 근육보다 지방이 많이 나왔다며 (알고 있는 사실) 건강을 챙기며 과한 다이어트는 하지 말라는 경고를 하고 방송이 끝났다. "한 달만에 10kg을 뺐으니 그 전에는 지방이 훨씬 많지 않았을까요?"라고 말했지만 편집되었다.

지금도 평소에 즐겨 먹는 식단이며 건강식인 보식 식단은 다이어트를 할 때 정말 도움이 된다. 솔직히 말하면 그렇게 먹고 안 빠지는 것도 이상하다. 본인이 스스로 해보고 성공하기 전까지는 아무것도 진정한 내것이 되지 않는다. 직접 시도하고 진짜 나만의 다이어트 방법을 가져야 건강하게 유지할 수 있다.

나는 건강에 민감하다. 몸에 좋은 것엔 관심도 많고 다이어트를 평생 해야 하는 몸이기 때문에 꾸준한 관리가 필수다. 내 주위에 있는 사람들은 나이가 적든 많든 본인의 만족과 건강을 위해 관리한다. 특히 미군 부대에서 만난 사람 대부분은 운동이 생활화되어 있었다. 유모차를 끌고 부대를 뛰어다니며 조깅하는 여자들을 심심치 않게 보게 된다.

독서를 통해, 꿈이 확실하고 성공한 사람들 대부분이 건강에 충분한 돈을 투자한다는 것을 알게 된 후 건강에 더욱 신경을 쓰게 되었다. 건강을 챙기는 것은 진정한 '나를 위한 과정'이다. 때론 고통스럽지만 변화하는 과정을 보며 행복하고 즐겁게 임할 수 있다. 그리고 노력은 절대 배신하지 않는다는 불변의 법칙도 있다.

같이 일했던 동료 중 봉봉이가 건강에 관심이 많았다. 그녀는 보조식품인 비타민에 관심이 남달랐다. 언제나 현명한 소비를 하는 그녀는 성분을 따지고 가격 대비 좋은 제품을 구매했고 추천했다. 나는 항상 꼼꼼하고 신중하게 정보를 찾고 분석하는 그녀의 모습을 관찰했다. 그녀의 말에 따르면 비타민도 유통비용이나 원재료 때문에 가격이 천차만별이니 꼭 공인인증상표 마크를 확인하고 영양소 함량과 1일 복용 개수를 확인해 하루에 섭취되는 영양소 대비 가격을 따지라고 조언했다.

'합리적인 소비'를 하는 그녀를 보며 '현명한 삶'을 살기 위해는 반드시 분석과 비교가 생활화돼야 한다는 것을 깨달았다. 나 역시 호구처럼 살지 않겠다고 결심했고 정보의 힘을 이용해 꾸준히 관찰하고 비교하며 분석하는 습관을 들였다. 책, 인터넷, 뉴스, 신문 안에 있는 원하는 정보를 꺼내 분석하고 내 것으로 만드는 과정은 객관적인 시야를 가질 수 있는 중요한 도구가 되었다.

20대 중반엔 그녀 덕분에 아마 씨 오일, 크랜베리, 마그네슘, 종합비타민, 비타민D, 비타민C, 칼슘, 유산균, 밀크 씨슬, 알로에까지 섭취했다. 지금은 종합비타민과 유산균, 오메가 정도만 섭취한다. 중요한 건 비타민도 꾸준히 먹지 않으면 효과가 미미하니 적정한 가격에 꾸준히 챙겨 먹을 수 있는 양만 먹으면 된다. 무엇이든지 과유불급인 것은 좋을 게 없다.

탄탄하게 잘 만들어진 플랜

어릴 때 엄마 말 잘 듣는 착한 딸이었던 난 소심하게도 아주 작은 결심을 한다. '수동적으로 살지 않겠다!' 착한 딸은 내 적성이 아니었기 때문이다. 난 의리 있는 딸은 돼도 '말 잘 듣는 착한'이라는 수식어가 붙으면 몸이 비비 꼬였다. 이 작은 결심을 한 후부터 주체적으로 살기 위한 작은 투쟁을 하게 된다.

원래부터 당찬 아이가 무언가를 하면 주위에서는 그러려니 한다. 하지만 착한 아이가 투쟁하면 주위에서 엄청난 비난과 압박이 쏟아진다. 그런 압박을 견딜 수 있었던 건 내가 좋아하는 것을 알고 잘하는 것을 찾기 위한 반항이며 투쟁이었기 때문이었다. 나는 치열한 전쟁터에서 무기를 들고 매번 길을 찾기 위해 노력했다.

나만의 기준이 생기고 스스로 선택한 것에 대한 책임을 지면서 좋아하는 일을 하니 남에게 휘둘리지 않고 즐겁게 임할 수 있었다. 내 기준이 명확해지고 흔들리지 않기 위해 작은 것부터 실천했다. 그것이 반항인들, 인생을 즐길 수 있다면 충분히 할 만했다.

30대가 되면 결국 꾸준히 할 것을 찾게 된다. 단기간에 살을 빼는 것도 체력이 필요하기 때문이다. 평생 디톡스만 하며 살 수도 없는 노릇이고 몇십 알이나 되는 고가의 알약을 먹으며 살 수도 없다.

최소한의 에너지로 최대의 가치를 창출하기 위해 운동의 경우 100가지 말보다 실체를 보길 추천한다. 소셜커머스를 이용해 1일 또는 한 달 PT 체험쿠폰을 구매했다. 간접적이지만 직접 실천함으로써 나와 맞는지 체험했다.

요가, 필라테스, EMS, 헬스, PT까지 짧게는 하루에서 일주일 길게는 한 달 체험용으로 쿠폰을 팔고 있으니 시도해보고 나에게 맞는 것이 무엇인지 직접 느끼는 게 제일 빠르게 내 것을 찾는 길이다. 실질적인 도움을 받고 싶으면 전문가에게 PT를 받는 것도 권장한다.

전문가에게 기본기를 다지면 올바른 자세로 안전하고 꾸준하게 임할 수 있다. 나는 디톡스 이후 헬스를 했고 PT의 필요성을 느껴 전문가를 통해 자세를 정확히 배웠다. 이를 기반으로 현재 복싱과 헬스, 식단 조절을 꾸준히 하고 있다.

    매일 하기보다 꾸준히 할 수 있는 것을 선정하고 이를 바탕으로 차곡차곡 내 것을 만들어야 한다. 제대로 찾은 방향은 누가 뭐라고 해도 신나고 즐겁게 할 수 있는 원동력이 될 것이다. 결론적으로 남들이 뭐라고 해도 즐겁게 할 방법은 객관적인 관찰을 통해 스스로 하고 싶은 것을 찾고 선택하는 것이 첫 번째다.

    꿈 역시 내 선에서 지속해서 할 수 있는 것을 시작하고 이를 통해 내가 무엇을 잘하고 좋아하는지 명확하게 기준을 잡는 것이 먼저다. 그렇게 찾게 되면 그 길로 쭉 나가기만 하면 된다. 그것이 가장 즐겁고 신나게 할 수 있는 길이라는 건 의심할 여지가 없다. 결국, 내가 꾸준히 하지 못하면 그 꿈은 시도만 한 것이지 진짜 내 것이 되지 않는다.

    이후 비교하고 분석하여 결정을 확신해야 한다. 새롭게 도전하고 실행하여 실패와 성공을 반복하고 실체를 정면으로 봐야 한다. 나에 대한 가이드라인이 제대로 세워지면 방향을 잡아 '나' 자체를 키우기 위해 집중한다. 이 단계까지 가면 자연스럽게 꾸준히 할 수 있는 것들을 찾게 된다. 나를 좀 더 객관적으로 보게 되며 재미를 느끼는 것, 잘하는 것, 좋아하는 것, 변화가 있거나 성장시키는 것, 열정이 생기고 행복하게 할 수 있는 것들에 대한 가치관이 정립된다. 또한, 선택의 책임을 내가 온전히

져서 모든 일련의 과정이 나의 경험이자 자산이 된다는 것을 알게 된다.

긍정적인 시야로 또 다른 긍정적인 안내를 하게 될 것이며 확신이 있으므로 남들에게 휘둘리지 않게 된다. 내 기준이 생기면 부정적인 요소와 작별할 수 있다. 또한, 나를 위한 선택이기 때문에 온전히 즐길 수 있게 된다.

07
지금 나밖에 할 수 없는 일을 찾아라

누구의 소유물이 되기에는, 누구의 2인자가 되기에는,
또 세계의 어느 왕국의 쓸 만한 하인이나 도구가 되기에는
나는 너무나 고귀하게 태어났다.

셰익스피어

인문학이 바꿀 수 있는 미래

'문송합니다(문과라서 죄송합니다)', '인구론(인문계의 90%는 논다)' 새로운 신조어가 판을 친다. 인문계열 전공자는 취업이 힘들어서 생겨난 신조어다. 영어 영문학과와 일어 일문학을 부전공으로 졸업한 나로서는 문학사가 왜 이런 취급을 받게 된 건지 안타까울 따름이다. 어디서 무엇을 하든 인문학적인 관점은 반드시 필요하다.

4차 산업혁명 시대에 불필요한 학문이라 미움받고 취업전선에 아웃사이더가 되더라도 부끄러워하지 않았으면 한다. 그 이유는 결국 기술이

발전하는 근본적인 이유 자체가 인간의 삶을 윤택하게 하기 위해서지, 기계를 위해서는 아니기 때문이다.

이공계와 다르게 인문학 전공자라면 적어도 관점의 전환이 자유롭고 근본을 해결하고 싶어 할 것이며 인간의 본성을 파고들고자 하는 집요함이 있을 것이다. 특히 새로운 기술과 결합해 삶의 질 향상을 위해 파고드는 인문학적인 관점이 미래에는 필수적일 거라 생각한다. 4차 산업혁명과 인문학, 이 둘은 뗄 수 없는 관계이다.

4차 산업혁명 기술 중 하나인 빅 데이터 분석을 살펴보자. 빅 데이터 분석은 정형, 비정형화된 상태의 정보들을 모아 데이터를 분석하고 미래를 예측해 최적의 모형을 제시한다. 확실히 전문적인 분석을 통해 데이터로 수치화한다는 것 자체는 기존의 예측, 추론과 경험을 통한 분석보다 전문적이나 '데이터'라는 '수치'에만 사로잡힐 수 있다.

사람, 즉 인간은 각각 서로 다른 독립적인 특성이 있고 이는 절대 정형화시킬 수 없다. 특히 이공계의 경우 사람과 사람의 근본적 이해 없이는 분석된 수치를 다양하게 해석하는 데 한계가 있을 것이다. 결국, 기업의 발전은 인간을 위한 인간의 필요 때문에 움직일 것이다. 즉, 인문학을 기반으로 한 다양한 가치 안에 데이터 분석과 같은 4차 산업혁명의 핵심 기술이 활용될 것이다.

인문학과 다양한 기술의 협업이야말로 진정한 발전과 상생의 길이 될 것이고 그것이 기업의 매출을 올려줄 것이다. 전공자가 아니더라도 4차 산업에 접근하는 기술적인 벽이 확실히 낮아졌으니 언제든 도전하면 된다. 또는 기술자와 협업을 통해 본인의 영역을 확장하면 된다. '4차 산업'이라는 틀에서 벗어나 관점을 바꿔라. 사회문제와 비즈니스를 연결하고 확장시키는 시야를 길러라. 기업윤리가 매출에 영향을 미치고 인간의 도덕성, 문화, 문학, 역사를 중시하는 현 시대에 발 빠르게 다가가라. 인문학적 사고로 정확하게 필요한 질문을 하고 의도를 파악하며 관점을 전환해 무엇이 필요한지 찾아라.

인문학은 인간 본질에 대한 질문을 던져 나를 찾는 과정처럼 사회발전과 경제성장 그리고 환경보존과 같이 인간의 필요에 답하는 미래로 나아가게 한다. 그들이 앞으로 나아갈 수 있는 이유는 '나는 누구인가? 왜?'로 시작되는 인문학적 관점이 IQ만큼이나 EQ가 중요해진 현대 사회에 오히려 긍정적 요인으로 작용할 것이기 때문이다. 또한 사회생활 전반의 인간관계, 창의적이고 유동적인 인재에 부합하는 삶과 미래에 대한 통찰, 나아가 기업과 사회에 가치를 창출할 에너지이자 소통의 중심일 것이기 때문이다.

인문계의 90%가 논다며 문과를 비하하고 가치 없는 학문이라 욕하더라도, 진정한 가치를 인식하고 관점을 전환할 수 있는 것은 결국 인문학에서 나온다는 것을 잊지 마라.

누군가는 나만이 할 수 있는 일을 하기 위해 움직일 것이며 관점을 전환할 것이다. 그러니 포기하지 말고 계속 물어라. '난 어떤 사람인가? 난 누구인가? 나는 어떤 삶을 살고 싶은가?' 그래야 진짜 나를 만날 수 있고 나만이 할 수 있는 길을 찾는다.

내 가치는 오직 나만 알 수 있다

나는 7년 동안 다국적 고객을 상대로 고객서비스를 하면서 어떻게 해야 고객 만족을 완벽하게 할 수 있을지 그리고 이를 통해 어떻게 매출을 증대시킬지에 대한 고민을 계속 했다. 한국과 일본 고객을 상대로 대면 영업을 해봤던 경험을 빌려 아시아의 고객서비스와 미국의 고객서비스를 융합해 나만의 방법으로 고객서비스를 시행했고 특수한 환경에서 VOC 최소화, 매출향상이라는 성과를 이뤘다.

인문학 쪽으로 파고들어 고객을 분석하는 성향 역시 한몫했다. 마지막 학사 논문을 아서 밀러의 '세일즈맨의 죽음(Death of a Salesman)의 연구'로 마무리한 뒤 운명처럼 세일즈맨이 되었다. 자아를 잃어버리고 평생 영업만 한 윌리 로먼(Willy Loman)의 삶이 가끔은 나와 다를 것이 없다고 생각할 때도 있었지만 근본적으로 중요한 사실은, 그는 미국인이고 나는 한국인이라는 점이다. 나 역시 한국적 관점으로 그를 바라보기만 했을 뿐 제대로 이해하지 못했다는 생각이 불현듯 스쳤다.

2018년 10월 18일부터 '감정 노동자 보호법'이 시행되었다. 고객 응대 과정에서 일어날 수 있는 폭언이나 폭행 등으로부터 감정 노동자를 보호하기 위한 목적으로 제정된 산업안전보건법의 개정안이다. 한국은 아직 고객서비스에 대한 인식이 낮고 경시하는 경향이 있다. '고객'을 최우선으로 하는 한국 사회에서 왜 이런 일이 발생하는 걸까? 한국 사회는 어째서 감정 노동자를 하대하게 된 걸까?

"죄송합니다, 고객님.", "오랜 불편을 드려 죄송합니다." 한국의 기본적인 고객서비스 '사과'이다. 나는 갑질 문화가 발생하는 한국의 고객서비스의 근본적 문제점을 이 '사과'에서 찾고 싶다.

미국의 고객서비스를 들여다보자. '한국 안의 미국' 용산 기지 내 '주한 미군 교역처' 역시 고객 중심의 사고로 고객을 위한 서비스를 하며 고객의 편의를 위한 최상의 서비스를 시행한다. 미국 역시 서비스의 중심은 '고객'이다. 그런데 내가 직접 경험하고 느끼기에 한국과 미국은 고객을 보는 관점이 전혀 다르다.

미국인들은 나를 대할 때 기본적으로 1대1의 동등관계, 즉 인간 대 인간이라는 전제가 깔려 있다. 기본적으로 '나'라는 사람과 '나의 직업'에 대한 '존중'이 깔려 있고 이를 바탕으로 필요한 것을 요구한다.

반면 한국의 경우 '나보다 밑이다', '고객이 왕이다'라는 심리가 은연중에 있다. 한 고객은 점심을 먹으러 나간 직원 자리를 보며 이렇게 말했다. "나는 정말 구역질이 나. 고객 서비스를 해야 할 '것'들이 자리를 비우고 이게 말이나 되냐고." 고운 자태의 올림머리를 한 아주머니 입에서 이런 말이 나왔을 때 나는 또 자본주의 미소를 지었다. 어쩌다가 근로기준법 위에 고객인가, 언제부터 고객이 밥도 못 먹게 하는 신이 된 걸까?

내 관점은 '사과'를 종용하는 한국의 고객서비스가 자연스럽게 갑질을 유도한다는 점이다. 누군가가 나에게 사과를 계속하게 되면 나도 모르게 우쭐해지는 게 사람 마음이다. "미안합니다." "죄송합니다." 단지 서비스를 제공하는 사람인데 '나로 인해 돈 벌어 먹고사는 사람'이라는 마음이 은연중에 깔릴 수 있다. 그런 사과의 말은 이렇게 바꾸는 게 좋다.

번거롭게 해드려 죄송합니다! ⇨ 오시느라 힘드셨죠? 제가 빠른 해결을 해드리겠습니다.

불편을 끼쳐서 죄송합니다. ⇨ 불편하셨겠네요. 제가 빠른 도움을 드리겠습니다.

수많은 사례를 만나고 관찰하면서 오히려 사과 없는 고객서비스가 사과하는 서비스보다 고객 만족으로 이어진다는 사실을 발견했다. 사과 없는 고객서비스를 시행한 결과 가망 고객과 단골확보가 자연스럽게 이어졌다. 자연스럽게 매출이 증가했으며 불만 VOC 감소라는 고객 만족으로 이어졌다.

물론 100% 사과 없는 고객서비스를 하라는 뜻은 아니다. 본인 과실에는 정확하게 사과하되 아닌 경우 공감과 함께 사과 없는 양해와 한국 특유의 빠른 일 처리(해결)를 하는 것이 고객과 서비스를 하는 당사자 둘 다 행복한 길이라는 뜻이다.

"Thank you for your patience." 이를 한국식으로 해석하면 '오래 불편을 드려서 죄송합니다.'이다. 직역하면 '우리를 양해해주셔서 감사합니다.'라는 뜻이다. 이 문장을 보면 어떤 생각이 드는가?

'감사합니다.'로 끝나는 문장은 결코 어색하지 않다. 나 역시도 실제로 고객에게 "Thank you for~."이라는 문장을 많이 쓴다. 진정으로 나를 기다려주거나 내가 무엇을 찾는 데 걸리는 시간을 함께 할애하는 고객에게 감사와 양해를 표하기 위함이다. 웬만하면 고객을 위하는 행동에 과실이 없다면 사과하지 않는다.

내가 하는 모든 행위는 고객에게 도움을 주기 위해 하는 행동이다. 이 점만 고객에게 인지시켜도 고객 만족은 충분히 이루어진다. 역으로 사과를 하게 되면 없던 잘못이 생기며, 잘못의 탓이 나에게로 옮겨간다. 갑자기 '조력자'에서 '가해자'로 위치가 변하게 되면서 순식간에 '죄인'이 된다.

한 번 가해자로 낙인찍히면 아무 이유 없이 뭇매를 맞아야 하는 것이 현장이다. 입 아프게 사과하는 죄인이 되지 말고 고객서비스의 프로가 되자. 우리는 고객을 위한 조력자이자 메신저다. 우리는 고객과 수평적인 관계이지, 조선 시대 왕과 신하처럼 수직적인 노예 관계가 아니라는 것을 명심하자.

관점만 전환하면 상대가 무엇을 원하든지 우리가 원하는 방향으로 끌고 갈 수 있다. 중심을 '나'에게 두고 내 가치를 찾는다면 남들이 발견하지 못하는 것을 보게 되고 내가 누군가에게 필요한 존재라는 걸 알게 된다. 나아가야 할 방향을 찾고 나를 진정으로 마주 보게 되면 나를 존중하는 것처럼 타인에 대한 존중을 가질 수 있게 된다.

08
회사는 인생의 목표가 아니라 과정이다

가장 강한 사람은
스스로를 통제할 수 있는 자이다.

세네카

'수고하세요'의 다른 말 Have a great day!

"10년을 용산에 살면서 당신에게 서비스를 받을 수 있어서 감동이었어
요. 우린 이제 떠나요. 당신이 잘될 거라 믿어요. 신의 가호가 있기를."

"헌터 그린 색상의 드레스가 당신을 더욱 돋보이게 하네요. 오늘도 즐
거운 하루 보내세요."

"날씨가 당신의 미소만큼 화창해요. 이런 좋은 날에 우리를 위해 일해
줘서 고마워요."

"한국 사람들은 당신처럼 친절하고 똑똑해요. 우리는 매번 깜짝 놀라
요."

"5년 전에도 당신이 나를 도와줬는데 돌아와도 당신이 있다니 너무 행복하고 반갑네요."

마치 미국드라마나 소설 속에 등장할 법한 이 말들은 지난 7년 동안 내가 고객에게 들었던 말 중 일부다. 지나치는 수많은 고객이 나에게 가족이자 친구가 된 이유이기도 했다.

다양한 국적과 직업이 뒤섞여 장르를 알 수 없는 고객층이 북적거리는 이곳은 신기하게도 작은 미소와 칭찬으로 하루를 시작한다. 나를 있는 그대로 인정하고 칭찬하는 사람들, 안부를 묻기 위해 찾아오는 사람들과 하늘이 얼마나 아름다운 줄 아느냐고 묻는 사람들. 정형적인 업무가 아닌 일상이 업무가 되어 즐겁고 활기찬 하루가 시작된다.

진지한 상황에도 약간의 농담을 섞으며 업무가 아닌 일상처럼 일하고, 때론 날 미치게도, 웃기게도 하는 그들은 좋은 친구가 된다. 추수감사절이 되면 맥 앤 치즈와 칠면조, 그레이비와 크랜베리 소스를 들고 와 "이렇게 좋은 날은 너도 함께 느껴야지."라고 말하며 음식을 건네는 사람. 쿠키를 구워서 "오늘따라 맛있게 만들어져서 나눠주려고 챙겨왔어."라며 지퍼 백에 쿠키를 가득 넣어 온 사람들. 카드나 와인, 작은 초콜릿과 과자 등을 주며 한 해 동안 고마웠다고 표현해주는 다정다감한 사람들. 감사와 나눔이 일상인 그들을 위해 나 역시 최선을 다하게 되고 잊고 있던 감사함을 찾게 되었다.

작은 경험을 크게 느끼는 자에게 지혜가 찾아온다

명절에 마트에 가면 쭉 진열되어 있는 매대를 본 적이 있을 것이다. 큰 명절에만 열리는 세트 행사는 대체로 날짜가 길고 시급도 높다. 10년 전 설날, 15일 행사 기간 중 일당 6만 원인 세트 행사는 당시 시급이 3,480원이었다는 것을 감안할 때 고급 아르바이트였다. 그중에 홍삼진액을 판매했을 때 이야기다.

T사에서 나온 6년근 홍삼 제품을 맡았다. 한 매대에 유명브랜드의 홍삼음료와 함께 진열되어 다른 행사자와 서로를 견제하며 판매하는 구조였다. 어떻게 하면 잘 팔 수 있을지, 차별성이 무엇인지 계속해서 생각하고 고심했다. 홍삼 음료 행사자가 잠시 자리를 비웠을 때 타사 제품을 몰래 살펴보며 성분을 분석하기까지 했다. 6년 근 홍삼이 얼마나 들어가 있는지 분석한 결과 T사 제품의 홍삼이 독보적으로 함유량이 많은 걸 발견하고 이를 영업 멘트로 활용하기로 했다.

"건강을 챙길 수 있는 정성 들여 만든 귀한 홍삼진액입니다. 효능이 가장 좋다는 사포닌 함유량이 제일 많은 6년근 홍삼입니다. 브랜드마케팅 마진을 빼 합리적이고 저렴한 가격으로 판매하오니 직접 성분 비교해보시고 고향에 내려가실 때 효도 선물로 구매하세요."

가성비가 너무나 좋은 제품이기 때문에 나 역시 부모님을 사드렸던 기억이 난다. 매번 판매할 때 내가 파는 제품이 최고라고 생각한다. 나도 모르게 제품에 애착이 생겨 자신 있게 판매에 임하게 되고 결국 구매로 이어질 수밖에 없다. 총 행사 기간 중 하루 일찍 홍삼 제품을 완판했다. 마지막 날 판매할 산삼 제품 딱 한 상자가 남아 있었다. 담당자에게 말하니 마지막 하루는 한 상자에 주력해달라며 고생했다고 다 팔면 집에 가라고 했다.

말 그대로 대박이었다. 다음날 정말 산삼 제품 한 상자 때문에 출근했다. 물건이 하나밖에 없으니 고객들이 유심히 보지도 않았다. 오히려 옆자리 제품 판매를 도와주며 둘러보는 고객에게 "산삼 제품은 안 필요하세요?"라고 권유하는 편이 빨랐다. 덕분에 음료 언니 제품만 신나게 나갔다. 오히려 언니는 고맙다며 시음 음료를 건네주기도 했다.

14일 동안 앙숙이었지만 마지막 날은 진정한 동료가 되었다. 마셔보니 음료 맛이 좋아서 결국 퇴근할 때 한 상자를 사 가기까지 했다. 휴식시간 잠깐 자리를 비웠다가 돌아오니 산삼 세트가 사라진 상태였다. 언니가 그사이 팔아준 것이었다.

어제의 적이 오늘의 동료가 되다니! 이렇게 또 인생을 배운다. 서로 또 만나자며 다음을 기약했고 상대 브랜드 담당자가 스카우트 제의를 하기도 했다. 너무 행복한 경험이었다. 창고에 물건이 점점 사라지고 완전판매를 할 때 기분은 정말 짜릿하다. 특히 고객들이 내 멘트에 관심을 가지고 소비로 이어질 때 쾌감은 이루 말할 수 없다.

1,000년 전 우리 술이 지금 다시 태어나고 있다. 일제 강점기, 해방 이후 전쟁과 경제개발 과정에서 잃어버린 우리 술을 복원하는 기업 '국순당'을 소개한다. 조선왕실 '종묘제례' 차례주, 시대별 대표 명주와 춘하추동 및 세시풍속과 연관된 술을 복원하는 기업이다. 다양한 막걸리, 백세주와 같이 지금도 계속해서 우리의 전통과 문화를 찾고 있다.

이 사실을 알게 된 건 국순당에서 설날, 추석 행사를 했기 때문이다. 단기로 끝날 수 있는 행사를 5년 넘게 꾸준히 할 수 있었던 건 기업의 가치가 전통을 복원한다는 것에 감화받았기 때문이다.

단기 행사임에도 국순당은 직원교육이 철저하다. 본사로 모든 행사자를 불러 판매하는 전 제품을 시음하게 한다. 재미있는 퀴즈쇼로 자사 제품을 선물하고 회사의 전통, 가치를 자연스럽게 배우게 한다. 횡성에 있는 제조 공장 방문 교육으로 기업 가치를 직접 깨닫게 한다. 물론 이 모든 과정과 시간은 회사에서 일당으로 보상하니 기분 좋은 일이 아닐 수 없다.

경험은 작은 일에도 다양하고 새로운 정보를 얻게 하며 한 기업의 가치를 알게 해준다. 양주보다 한국 술이 생각보다 고급스럽고 맛있다는 것, 한국 전통주를 복원하는 기업이 있다는 사실, 일제 강점기를 거치며 한국의 전통 술은 생각할 수 없을 만큼 많이 사라졌다는 것. 나에게 단기 행사라는 작은 경험은 새로움을 알게 하는 지혜가 되었다.

뜨거운 연탄불, 무거운 불판, 보드라운 계란찜이 준 선물

약 1년 정도 곱창집에서 일한 적이 있다. 30대 젊은 사장님 부부였다. 나는 오픈 멤버였고 그들은 창업이 처음이었다. 생각해보면 처음 시작한 가게라 정확한 포지션도 없었다. 예전부터 서빙이나 캐셔 일을 했던 경험이 있었기 때문에 자연스럽게 메인 홀을 담당했다.

하지만 일이 바쁘면 서빙을 하다가 볶음밥을 만들러 들어가고 갑자기 캐셔 일을 보다가 계란찜을 만들기도 했다. 하트 무늬로 볶음밥을 만들어주고 뚝배기 계란찜을 완벽한 돔 모양으로 만들 때 나도 모르게 즐거움이 생겼다.

사장님이 열정적이어서 항상 음식을 새로 개발하셨다. 새로 만든 곱창을 직원들에게 시식하게 하여 의견을 물었다. 처음으로 선짓국도 먹어보았다. 생각보다 너무 맛있어서 깜짝 놀랐던 기억이다. 항상 맛이 어떤지 개선사항을 물어보시고 아르바이트생들과 함께 양주 회식을 하기도 했다. 생각해보면 기묘한 사장님이었다.

사람이 바빠지면 초인적인 힘이 생긴다. 느렸던 손도 빨라진다. 바쁘면 최소한의 동선으로 여러 테이블을 컨트롤해야 하기 때문에 움직임을 최소화하고 전체를 스캔하는 눈이 생긴다. 멀리 있는 손님과 텔레파시 수준의 모스부호를 나눈 뒤 음식을 가져다주는 기술도 생겼다.

약 4년 만에 사장님이 같은 자리에 주꾸미 집을 오픈했다는 소식을 듣고 날짜를 맞춰 찾아갔다. "오랜만이에요! 오픈했다는 소식 듣고 찾아왔어요!" 몇 년 만에 본 사장님은 반갑게 맞이하시며 아르바이트생들에게 나를 소개했다.

"이 사람이 바로 그분이다. 의리 있게 찾아왔네. 역시!" 아르바이트생들을 뽑았는데 나만큼 하는 친구가 없었다며 매번 새로 뽑는 친구들에게 내 이야기를 한다는 것이었다. 내가 웃으며 말했다. "사장님 저도 그땐 몰라서 그렇게 일한 거예요! 지금 하라고 하면 못해요!"

오픈하는 가게에서 일하면서 많은 걸 배웠다. 모든 걸 준비하는 서툰 과정에서 채워나가는 기쁨이 있었다. 특히 내 가게처럼 일할 수 있었던 이유는 노력하는 사장님 부부가 있었기 때문일 것이다.

수평적인 소통과 변화하는 과정에 존중이 들어갔기 때문에 적극적으로 일할 수 있었다. 재미있는 사실은 불가능할 것으로 생각했던 일도 신기하게 마음만 먹으면 가능해진다는 것. 무슨 일이든 전체를 봐야 속도가 붙는다는 것. 그리고 정말 좋은 인연이 생긴다는 것이다.

소매점 아르바이트를 열심히 할 수 있었던 이유는 간단했다. 관리와 매출, 가맹점 시스템을 미리 볼 수 있는 장점이 있었다. 또한, 사업을 간접적으로 배우는 재미와 다양한 직업군을 체험할 수 있었다. 경험은 이처럼 책에서 가르쳐주지 않는 실전을 가르쳐준다. 그리고 내가 무엇을 잘하고 좋아하며 어떤 것에 열정을 쏟는지 보여준다. 다양한 일을 도전하면 기존에 가지고 있는 업무에 또 다른 실력이 확대 향상되어 내 능력의 레벨을 올려준다. 또한, 내가 어디에서 일해도 버틸 수 있는 밑거름이 되며 내면이 단단해진다.

이력서만 쓰고 있을 시기에 해보고 싶고 궁금했던 일을 해보는 것은 어떨까? 백지장 같은 도화지에 한 획이라도 그어 인생의 그림을 그려보길 바란다. 혹시 잘못된 그림을 그릴까 두렵다면 걱정하지 않았으면 좋겠다. 다행히도 우리의 인생은 잘못된 그림을 덧칠할 때마다 점점 더 깊어지고 개성 있어지는 것처럼 나만의 색깔을 창조할 수 있게 된다. 모든 경험은 나를 만드는 밑그림이 될 테니 주저하지 말고 움직이길 바란다.

회사의 정년이 인생의 정년을 보장해주지 않는다. 회사는 가치를 찾고 내가 잘하는 것과 좋아하는 것 나아가 나를 발전시킬 수 있는 동기를 찾고 앞으로 나아갈 수 있는 방향을 잡는 곳이라고 생각하면 된다. 학교라는 멋진 교육장이 있듯이 인생은 돈까지 주며 경험을 시켜주는 회사라는 교육장이 있다. 그러니 두려워 말고 언제라도 도전해라. 넘어져도 일어나 부딪혀서 점점 더 구체적인 그림을 그리고 그 그림에 색을 칠해라. 인생의 끝은 결코 회사가 아니다. 항상 이 점을 명심하고 진짜 내 것을 찾는 과정에 현명하게 이용하길 바란다. 회사는 나를 찾을 수 있는 무료 수강 과정이니 잘 활용해보자.

애착유형만 알아도 사랑에 성공할 수 있다

성인 애착유형 검사

애착이란 양육자 또는 특별한 사회적 대상과 함께 형성하는 가까운 관계를 말한다. 유아기에 형성된 애착유형은 성인기 인간관계나 연애에 영향을 준다. 시행착오를 겪거나 나의 애착유형을 알고 변화하고 싶은 분들은 성인 애착유형 검사를 통해 자신을 객관적으로 살펴볼 수 있다.

나의 경우 안정형과 안정-불안형이 반복적으로 나타난다. 불안형이 나오게 된 이유를 살펴보는 과정에서 내가 남을 대하는 관계, 나 자신과의 관계를 다시 한 번 돌아볼 수 있었다. 또한, 왜 그런 결과가 나타나는지 생각해보면서 과거를 되짚고 반성할 수 있었다. 불안하면 동굴로 숨어버리는 '회피형', 사랑을 갈구하는 '불안형', 내면이 단단한 '안정형' 그리고 그들이 미묘하게 섞여 있는 다양한 애착유형을 살펴보고 객관적으로 바라보면서 내가 어떤 사람인지 깨닫고 인지할 수 있을 것이다.

본 질문지(ECR)는 다른 사람과의 관계에서 자신을 어떻게 느끼는지 알아보기 위한 것이다. 지금 현재 상태가 아니라면, 일반적인 관계에서 자신의 경험을 토대로 일치하는 정도에 따라 '전혀 그렇지 않다(1), 그렇지 않다(2), 보통 정도이다(3), 대체로 그렇다(4), 매우 그렇다(5)'로 점수를 매겨보길 바란다.

1. 내가 얼마나 호감을 느끼는지 상대에게 보이고 싶지 않다.

2. 나는 버림을 받는 것에 대해 걱정하는 편이다.

3. 나는 다른 사람과 가까워지는 것이 매우 편안하다.

4. 나는 다른 사람과의 관계에 대해 많이 걱정하는 편이다.

5. 상대방이 나와 친해지려고 할 때 꺼리는 나를 발견한다.

6. 내가 다른 사람에게 관심을 가지는 만큼 그들이 나에게 관심을 가지지 않을까 봐 걱정이다.

7. 나는 다른 사람이 나와 매우 가까워지려 할 때 불편하다.

8. 나는 나와 친한 사람을 잃을까 봐 꽤 걱정한다.

9. 나는 다른 사람에게 마음을 여는 것이 편안하지 않다.

10. 나는 종종 내가 상대방에게 호의를 보이는 만큼 상대방도 그렇게 해주길 바란다.

11. 나는 상대방과 가까워지기를 원하지만, 생각을 바꾸어 그만둔다.

12. 나는 상대방과 하나가 되길 원하기 때문에 사람들이 때때로 나에게 멀어진다.

13. 나는 다른 사람이 나와 너무 가까워졌을 때 예민해진다.

14. 나는 혼자 남겨질까 봐 걱정이다.

15. 나는 다른 사람에게 내 생각과 감정을 이야기하는 것이 편안하다.

16. 지나치게 친밀해지려는 욕심 때문에 때로 사람들이 두려워하며 거리를 둔다.

17. 나는 상대방과 너무 가까워지는 것을 피하려고 한다.

18. 나는 상대방으로부터 사랑받고 있다는 것을 자주 확인받고 싶어 한다.

19. 나는 다른 사람과 가까워지기가 비교적 쉽다.

20. 가끔 나는 다른 사람에게 더 많은 애정과 더 많은 헌신을 보여줄 것을 강요한다.

21. 나는 다른 사람에게 의지하기가 어렵다.

22. 나는 버림받는 것에 대해 때때로 걱정하지 않는다.

23. 나는 다른 사람과 너무 가까워지는 것을 좋아하지 않는다.

24. 만약 상대방이 나에게 관심을 보이지 않는다면 나는 화가 난다.

25. 나는 상대방에게 모든 것을 이야기한다.

26. 상대방이 내가 원하는 만큼 가까워지는 것을 원하지 않음을 안다.

27. 나는 대부분 다른 사람에게 내 문제와 고민을 상의한다.

28. 내가 다른 사람과 교류가 없을 때 나는 다소 걱정스럽고 불안하다.

29. 다른 사람에게 의지하는 것이 편안하다.

30. 상대방이 내가 원하는 만큼 가까이 있지 않을 때 실망하게 된다.

31. 나는 상대방에게 위로, 조언, 또는 도움을 청하지 못한다.

32. 내가 필요로 할 때 상대방이 거절하면 실망하게 된다.

33. 내가 필요로 할 때 상대방에게 의지하면 도움이 된다.

34. 상대방이 나에게 불만을 나타낼 때 나 자신이 정말 형편없게 느껴진다.

35. 나는 위로와 확신을 비롯한 많은 일을 상대방에게 의지한다.

36. 상대방이 나를 떠나서 많은 시간을 보냈을 때 나는 불쾌하다.

역채점 문항(3,15,19,22,25,27,29,31,33,35)

회피점수 : 홀수 점수를 더해서 18로 나누어준다.

불안점수 : 짝수 점수를 더해서 18로 나누어준다.

회피점수 2.33 미만, 불안점수 2.61 미만 '안정 애착'

회피점수 2.33 미만, 불안점수 2.61 이상 '몰입 애착'

회피점수 2.33 이상, 불안점수 2.61 미만 '거부형 회피 애착'

회피점수 2.33 이상, 불안점수 2.61 이상 '공포형 회피 애착'

안정형의 경우 자신과 타인에 대하여 긍정적이다. 회피형의 경우 자신에게는 긍정 또는 부정적이지만 타인에게는 굉장히 부정적인 사람이다. 불안형의 경우 자신에게는 부정적이고 타인에게는 긍정적이다. 이렇게 성인 애착 유형을 살펴보면서 내가 어느 부분에 부정적이고 긍정적인지 참고해 세상을 마주보는 자신을 돌아볼 수 있을 것이다.

http://aiselftest.com/selflove/에서 가볍게 확인해볼 수 있다.

PART 3

내 삶을 바꾼 단순하지만 확실한 것들

01
당연하게 되는 어른은 없다

한 송이 국화꽃을 피우기 위해
소쩍새는 봄부터 그렇게 울었나 보다.

서정주 시인의 「국화 옆에서」

당장 내일 전쟁이 나도 난 소주를 마셨겠지

엘리베이터를 같이 탄 꼬마가 나에게 말을 걸었다. "아줌마, 15층 좀
눌러주세요." 설마 나에게 한 말은 아니겠지. 곧 죽어도 나에게 말했을
거라는 생각은 하지도 못했다. 꼬마는 재차 말을 걸었다. "아줌마, 눌러
주세요!" 끔찍하게도 엘리베이터엔 나랑 꼬마 단 둘뿐이었다. '아줌마라
니. 난 아직 이팔청춘인데 저 꼬마 녀석이 뭘 안다고 아줌마라고 말하
는 거야.' 나도 모르게 억지 미소를 지으며 꼬마에게 말했다. "아줌마 아
니고 누나." 꼬마 녀석은 인정할 수 없는지 중얼거렸다. "눌러주세요. 누
나." 기분이 나빠서 집에 들어가 엄마한테 씩씩거렸다.

"엄마! 글쎄 말이야. 어떤 꼬맹이가 나보고 아줌마라는 거 있지?" 그러자 엄마가 말했다. "그 꼬맹이 나한테 전에 할머니라고 한 애 아니야? 진짜 기가 막혀서 내가 어딜 봐서 할머니니?" 엄마와 난 씩씩거렸다. 나는 아줌마 소리를 듣고 패닉이 왔다. 엄마는 할머니 소리를 들었던 게 생각이 났는지 소파에 드러누웠다. 마음과 피부가 제 나이를 찾지 못할 때, 마음속에선 열불이 나고 화가 치솟는다.

나는 철없이 살고 싶었다. 그래서 계속해서 철없는 행동을 했고 나름 젊게 살기 위해 노력했다. 아마 20대 친구들과 터울 없이 대화할 수 있던 이유는 다름을 인정하려는 자세로 내가 어린 것처럼 행동했기 때문이었을 것이다. 나 역시 그들과 비슷한 20대가 있었다. 지금 생각해보면 참 짓궂은 나이였다. 어른이라 불리는 새내기, 철없던 순간순간의 기억, 그 잔상은 기억에 따라 각기 다른 모양을 지니고 있다. 성장의 무게도 생각의 크기도 제각각이었다. 정답도 오답도 없었다. 정의할 수 없는 나이였으며 미흡하고 날 것이었다.

모두에게는 '잃어버린 세대' 즉 '로스트 제너레이션'이 있다. 알지 못하고 실패만 하며 시간이 멈춰버린 것 같은 순간들, 그것이 나의 20대였다. 옳고 그름의 문제가 아니었다. 그랬다고 말하다가 아니라고 말하고 때론 화내고 분노하다 웃는 오락가락 알 수 없는 기준의 향연이었다.

두 발로 들어가 네 발로 돌아간다는 '개(가 된다는) 골목', 감자탕 집에서 매번 같은 이야기를 반복했다. 졸아든 국물만큼 쓴 소주를 안주 삼아 꿈이 없다는 이야기를 거창하고 아름답게 표현했다.

개골목을 항상 드나들던 나의 친구들은 서툴고 부족한 것을 인정하지 못했던 서로를 '독수리 오 형제'라 칭했다. 서로에게 칼라를 입혀 현실을 회피하는 것, 그것이 유일한 낙이었다. 그때는 작은 단어에 꽂혀 진짜를 보지 못했다. 좋아하는 사람이 줬던 작은 껌 봉투 따위에 의미를 넣어 한 달이고 1년이고 답을 찾는 것이 가장 중요한 일이었다. '관심'과 '착각'의 중간 지점이었다는 걸 정의해주는 사람은 단 한 명도 없었다. 모두 질풍노도의 시기를 겪고 있었지만 무심한 척했다. 무언의 '짝사랑'은 그렇게 술안주와 가십거리로 끝났다. 질문의 스무고개 속 찾을 수 없던 정답은 숙취로 남았다. 개가 될 때까지 술잔을 기울이며 묻고 물었지만 남는 건 상처뿐이었다. 한탄하며 멈춰 있었다. 결론도 없었다. 24살 여름, 미문학사 수업을 듣고 나서였을까. 미국 문학의 한 획을 그었던 '잃어버린 세대'와 우리가 참 닮았다고 생각했다.

현재 고학력자들이 쏟아지고 취업난에 허덕인다. 알 수 없는 미래와 불안감으로 안전을 최우선으로 여긴다. 9급 공무원을 준비하는 젊은층이 가장 많은 이 시기에 우리는 허무함과 무기력을 호소하지 않을 수 없다. 우리는 그렇게 허탈하고 허무한 삶을 정면으로 마주 본다.

나 역시 회피의 수단으로 글을 썼다. 버티며 살아가고 있는 이 세대의 일부였기 때문에 도전할 수 있었다. 스스로 내린 최선의 처방은 '하고 싶은 것을 하자.' 꿈을 즐기는 욜로(You Only Live Once, 당신의 인생은 한 번 뿐이다.) 라이프'를 시작하는 것뿐이었다. 개 골목, 독수리 오 형제는 와이셔츠 칼라에 진짜 칼라를 입혀 앞으로 계속 나아가고 있다. 고뇌의 홍수, 잠식되던 그때 그 순간을 기억하며 우리는 다시금 묻고 또 물으며 앞으로 나아간다. 20대보다 달라진 건 조금 더 여유롭고 조금 덜 무서워졌으며 의미 없는 질문은 하지 않는다는 점이다. 이미 '로스트 제너레이션'은 겪었다. 고뇌하고 질문하고 도전했던 20대, 멈춰버린 그 순간이 있었기 때문에 또 다시 나아갈 수 있다.

꼰대는 여전히 무섭다

나는 10대 후반에 수학과를 다니는 언니한테 과외를 받았다. 그녀가 했던 말 중 "20대 초반부터 눈가 관리해. 아이크림 꼭 발라. 안 그러면 20대 후반에 후회해!"라는 말이 요즘 자꾸 생각이 난다. 20대 초반부터 눈가 관리할걸. 그렇지만 당시에 탱탱한 눈가를 가지고 있어 아이크림이 필요 없었던 난 어차피 한 귀로 흘렸을 거다. 사람마다 체질과 성격, 환경이 다르니 어쩌면 확 와닿는 진정한 충고가 되지 않을 수도 있다.

요즘 나도 모르게 20대 동생들에게 그녀처럼 말한다. "20대 초반부터 관리해. 안 그러면 30대에 돈이 2배로 깨져!" 무엇을 관리하든 20대에 제대로 하지 않으면 30대 이후 두 배 이상 힘이 드는 건 사실이었다.

20대에 나를 찾지 못하면 30대 이후에 각자의 크기대로 무기력함과 고통 속에 아니면 삶의 의미가 없는 채로 흘러가듯이 살아갈 수 있다. 그러니 한 귀로 듣고 흘리더라도 꼭 염두에 둬라. 나를 찾지 못하면 나중에 어떻게든 대가를 치르게 되어 있다.

여전히 알 수 없고 답답하지만, 이제는 조금 굴곡을 즐길 수 있게 된 것 같기도 하다. 어른은 누가 시키지 않아도 그냥 되어버린다. 아직도 20대에 멈춰 있을 것 같은 나도 어느새 30대가 되어버렸다. 그러니 어른이라고 생색을 낼 필요도 없고 나이 차가 많이 난다고 거드름을 피울 것도 없으며 어리다고 무시할 필요는 더더욱 없다.

29살의 만기는 직장생활 3년 차 대리다. 그는 같은 팀 권 과장과의 관계가 좋지 않다. 툭하면 웃으며 일감을 몰아주는 그에게 꾸준히 교묘한 괴롭힘을 당해왔다. 교묘한 괴롭힘은 심리적으로 상대를 공격하는 소시오패스의 전형적인 모습으로 피해자만 만든다. 그래서 피해자는 스트레스를 받지만, 겉으로 드러낼 수 없어 참는 법과 분을 삭이는 법부터 배운다. 어느 날 권 과장은 회식 자리에서 "나는 연차 쓰는 것만 보면 얄미워서 산통 깨려고 일부러 연차 날 연락해. 내일 출근이라는 걸 확인 사살하면 얼마나 즐거운지 몰라."라고 웃으며 말했다.

꼬여도 한참 꼬인 권 과장이 하필 사수라는 게 너무 끔찍했다. 실제로 그가 쉬는 날에 권 과장은 매번 업무확인을 주기적으로 하고 여행을 가기라도 하면 틈틈이 전화했다. 또한 내일 출근이라는 걸 꼭 한 번씩 언급했다. 정신적 스트레스가 극에 달하자 그는 이런 압박을 받는 자신이 문제인지 권 과장이 문제인지 헷갈렸다.

마음을 꾹꾹 누르고 팀장님께 면담 신청을 했다. 속 이야기를 하자마자 눈물이 나왔다. "울어봤자 세상은 변하지 않으니 참고 살아라. 이렇게 남에게 눈물을 보이지 마라. 그러면 잡아먹힌다." 그런 말이 다였다. 결국, 아무런 해결책을 제시하지 못하는 회사에 이별을 고했다. 단지 다음에 들어올 사람이 불쌍했다. 또 다른 피해자가 생길 것이 자명했다.

세상에는 어른이라서 당연한 것도 없다. 어른이기 때문에 세상 모든 지혜를 다 알 수 있는 것도 아니며 나이가 많다는 이유로 당연하게 부당한 일을 시킬 수도 없다. 어른인 걸 내세워 강압적으로 생각을 강요한다면 한 귀로 듣기 전에 튕겨내라. 단 듣는 척은 하면서. 꼰대에게 당하게 되면 곱씹어도 화가 날 수도 있으니 흘려들었으면 한다. 나잇값도 적당히 해야 대접받는다. 미운 4살이 아니라 미운 100살이 되면 악당 가가멜처럼 심술 맞은 삐뚤어진 코와 못된 눈을 가지게 된다. 그렇게 되면 꼬마 스머프들의 원성을 사고 미움받으며 반려동물 고양이 아지라엘과 외롭고 고독하게 늙을 것이다.

꼰대의 무서움을 아는 나는 어린 친구들과 어울릴 때 단지 들어주고 공감한다. 말을 할 땐 강요하기보다 경험했던 이야기를 할 뿐이다. 해결책을 제시해주지 않아도 누군가 나에게 고마웠노라 말해줄 때 감사함을 느끼며 위안을 받는다. 혹여 편협한 사고를 하진 않았는지 스스로 반성하며 함께 성장한다. 만약 다른 것을 틀림으로 간주했다면 진짜 꼰대가 되어버렸을 것이다. 다행히 그들의 시선으로 세상을 바라보려 한다. 덕분에 상승했던 '꼰대력'은 사그라들고 마음속 '피터팬'이 스르륵 올라온다.

신기하게도 재미있는 아이디어는 항상 나와 다른 생각을 하는 타인에게서 나오며 그들은 새로운 방식으로 나를 웃게 만든다. 그들로 인해 신선하고 즐거운 영감을 받는다. 그래서 난 어른이 되고 싶지 않다. 누군가에게는 '어른스럽다'라는 말이 칭찬일지 몰라도 철없는 아이로 남고 싶다.

실패하고 상처받더라도 고뇌했던 그때 그 순간으로 돌아가고 싶다. 몸도 마음도 늙어 용서받지 못하는 노년기가 아닌 순간을 용서하고 용서받으며 살아가고 싶다. 마음이 늙어서 제대로 앞을 못 보게 될까 봐 두렵다. 편견을 가지고 수평적으로 마주 보지 못할까 봐 무섭다. 실수로 인해 좋은 사람들을 놓치게 될까 봐 겁이 난다.

어린 시절 파랑새를 믿었던 문학소녀로, 실패해도 괜찮았던 그때로 남을 수 있다면 더 성장할 수 있게 그렇게 남고 싶다. 당연하게 되는 어른이 없는 것처럼 아직 철없는 아이로 남아 재밌는 시선으로 유쾌하게 살 수 있었으면 좋겠다. 만약 나 스스로 결정할 수 있다면 난 그렇게 철없는 아이로 살겠다.

02
완벽해 보이려고 애쓰지 않아도 된다

완벽함이 아니라
탁월함을 위해서 애써라.

H. 잭슨 브라운 주니어

사랑에 매번 실패하는 당신께

예로부터 전해오는 말이 있다. 이상형은 만날 수 없으며 첫사랑은 이루어지지 않는다. 서툴렀지만 완벽하게 보이고 싶었던 사랑과는 잔인하게 이별하게 된다. 잘 보이고 싶어 긴장한 상태로 노력했다 한들 어긋난다. 운명의 장난인 듯 완벽한 척 나를 속이고 연기를 해도 역시나 실패한다. '이럴 줄 알았다면 차라리 나답게 연애할걸.' 화병이 나듯 마음이 답답하다.

신기하게도, 부족하지만 나다운 인간미를 보일 때 진정한 짝을 찾게된다. 죽어도 싫었던 기준이 바뀌고 내 단점을 장점으로 변화시켜주며,

어느 순간 같은 방향을 바라보고 앞으로 나아가는 진정한 친구를 만난다. 우리는 그렇게 '천생연분'이라 부르는 인연을 만나게 되는 것이다. 재미있는 건 상대방 역시 '완벽'과는 거리가 멀다. 나와 마찬가지로 자신만의 인간미가 가진 사람을 보며 '그래 이 사람이야.'라고 확신한다.

여행을 망치고 싶다면 완벽하게 계획을 짜라

나에게 여행은 빡빡한 삶을 잠시 느슨하게 놓아주는 행위이다. 가기 전의 설렘과 호기심이 도파민과 아드레날린으로 바뀐다. 항공권과 좋은 호텔, 큼직한 볼거리를 정하고 출발한다. 떠날 수 있는 티켓만 있다면 어느 곳에서 무엇을 보든 타국에선 모든 게 운치 있다.

'계획' 섬세히 짜는 스트레스가 싫다. 그저 유명한 곳이 있는지 큰 그림으로 훑어보고 확인한다. 이러한 태도는 알 수 없는 돌발 상황이 발생할 때 유연하게 대처할 힘이 되며 변화에 빠르게 적응한다. 패키지여행이 싫다. 누군가에게 구속되어 원하지 않는 방향으로 끌려다니는 것 자체가 나에겐 무의미하다. 사람 사는 곳이 어디든 똑같다면 내 돈 주고 가는 여행, 적어도 타국에서 온종일 잠만 자도 내 맘대로 휴식을 취하고 싶다.

'완벽한'이라는 단어에 속아 여행을 망치고 싶지 않다. 사실 안락한 잠자리만 보장된다면 어떤 상황이라도 타국에서는 나름대로 멋과 낭만이 있더라.

긴장 풀고 호흡은 길게, 릴렉스

매미가 시원하게 울어대는 어느 여름날, 직장 동료와 은행나무 길을 지나가다가 발목이 뒤틀리며 넘어졌다. 냄새나는 은행과 뒤엉켜 너무나 쪽팔렸다. 특히 그 순간 양복을 입은 직장인 무리가 우르르 지나가는 통에 쥐구멍이 있다면 쥐를 내쫓고 들어가고 싶은 심정이었다. 이때 직장 동료가 말했다.

"그냥 눈 감아. 눈 감으면 안 보여. 쪽팔리면 눈 감는 게 답이야. 그냥 계속 눈 감고 있어."

그 말을 듣고 난 그냥 눈을 꽉 감고 일어났다.

"이미 망가진 거 눈 감으니까, 아무것도 안 보이고 마음이 편하네."

느슨하게 살아도, 완벽히 살아도 세상은 나에게 관심이 없다. 오직 나에게 관심 있는 건 나뿐이다. 회사는 최소인력으로 최대의 마진을 창출하고 싶어 했다. 나는 살고 싶었다. 그래서인지 매번 어떻게 하면 힘을 뺄 수 있을지 궁리를 했다. 최소한의 에너지로 최대치를 끌어낼 수 있게 의식적으로 힘을 빼는 연습을 했더니 에너지를 효율적으로 사용할 수 있었다.

긴 인생살이 힘을 계속 주고 살면 그만큼 빨리 지칠 게 뻔했다. 등산으로 비유한다면 난 천천히 느긋하게 올라가는 편이다. 달맞이꽃과 솔방울도 보고 도토리와 밤송이를 구경하면서 천천히 완등하면 된다고 생각한다. 빠른 속도로 꼭대기를 향해 올라가는 것도 중요하다. 하지만 중요한 건 나만의 속도로 정확한 방향을 향해 나아가야 한다는 것이다. 그렇게 움직인다면 결국 어떻게든 원하는 꼭대기까지 완등할 수 있다.

같은 목적지를 향한다면 힘을 빼고 즐기며 가고 싶다. 평지에서는 평온하게 산들바람을 맞으며 걷고 오르막에서는 힘을 주며 강약을 조절하고 싶다. 매번 최선을 다해 긴장한 채로 살면 지치고 질려 방전되어버린다. 그래서 난 최선을 다하지 않기로 했다. 매일 생각한다. 긴장 풀고 호흡은 길게, 릴렉스! 결국, 마지막 승자는 끝까지 살아남는 자의 것이니까.

'완벽주의자' 잡스는 '팀쿡'을 왜 후임자로 세웠나?

로봇처럼 완벽한 척을 한다. 단점을 보이는 것이 두렵고 부끄럽다. 남의 기준에 따라 어떻게 보일지를 신경 쓰며 시선을 의식한다. 생각만 해도 너무나 피곤한 삶이다. 차라리 어떤 점이 부족한지 제대로 인정하고 밝히련다. 그것이 부족함과 해방되는 길이다.

사람들은 완벽해 보이기 위해 쉬지 않고 달리며 노력한다. 동기부여를 하고 자기계발에 목숨을 걸며 성공한 사람을 따라 하기 위해 매번 자신을 스스로 각성시킨다. 한계를 극복한들 매번 부족함을 느끼고 더 절실히 목말라하며 자신을 채찍질한다.

결국, 구멍 난 독에 물 붓기일 뿐이다. 남의 기준으로 완벽을 찾다 보면 내 것이 없어진다. 나를 찾아 나만의 기준을 만들고 내 것을 취하자. 진정한 나의 것으로 나만의 특별함을 가지자. 진정한 나를 찾았을 때 '완벽'이라는 단어에 구속되지 않고 특별해진 나를 마주 볼 수 있다. 그것이야말로 남을 신경 쓰지 않고 진정한 나를 찾아 앞으로 나아가는 과정이 될 것이다.

애플의 창업주이자 CEO였던 스티브 잡스는 루노 안경과 세인트크로이의 검은색 터틀넥, 리바이스 501과 뉴발란스 901 운동화로 자신을 표현하는 천재였다. 완벽주의자였던 스티브 잡스가 '죽기 전에 남겼던 마지막 말'을 살펴보면 그가 왜 '팀 쿡'을 후임자로 앉혔는지 엿볼 수 있다.

나는 사업의 세계에서 성공의 정점에 이르렀다. 타인의 눈에 내 삶은 전형적인 성공의 본보기였다. 하지만 일을 빼놓고는 즐거움이 별로 없었다. 결국, '부'란 내가 익숙해진 삶의 한 단편이었을 뿐이었다. 지금 이 순간, 병상에 누워 삶 전체를 돌이켜보면 그처럼 자부했던 명성과 재산은 곧 닥쳐올 죽음 앞에 빛이 바래고 아무 의미가 없음을 실감한다.

어둠 속에서 생명 연장 장치의 초록색 광선을 바라보며 윙윙거리는 기계음을 들을 때 점점 가까이 다가오는 죽음의 신이 내뱉는 숨소리를 느낄 수 있다. 이제야 나는 깨달았다. 삶을 유지할 만큼 적당한 재물을 쌓은 후엔 부와 무관한 것을 추구해야 한다는 것을…. 더 중요한 무엇이어야 한다. 어쩌면 이런저런 인간관계, 아니면 예술, 또는 젊었던 시절에 가졌던 꿈…. 쉬지 않고 재물만 추구하면 결국 나같이 뒤틀린 인간으로 변하게 될 것이다.

신은 우리에게 재물이 가져다주는 그 환상이 아니라 각자의 가슴 안에 있는 사랑을 느낄 수 있는 감각을 주셨다. 내 평생 성취해놓은 부를 나는 가져갈 수 없다. 내가 가져갈 수 있는 것은 사랑에 빠졌던 기억들뿐이다. 그 기억들이야말로 살아갈 힘과 빛을 주는 진정한 부다. 사랑은 1,000마일도 갈 수 있다. 삶에는 한계가 없다. 가고 싶은 곳을 가라. 오르고 싶은 곳으로 올라가라. 모든 것은 마음과 손안에 있다. 이 세상에서 가장 비싼 침대는? '병상이다.' 운전해줄 사람이나 돈을 벌어줄 사람을 채용할 수는 있지만 대신 아파줄 사람을 구할 수는 없다. 잃어버린 물건은 다시 찾을 수 있다. 하지만 잃은 후에 절대로 되찾을 수 없는 것이 하나가 있으니 그것은 '삶' 이다.

수술실에 들어가면, 아직 읽어야 하는 유일한 책이 '건강한 삶에 관한 책'이란 것을 알게 된다. 지금 삶의 어느 순간에 있든 결국 시간이 지나면 우리는 장막의 커튼이 내려오는 날을 맞이하게 될 것이다. 가족을 위한 사랑을 귀하게 여겨라. 배우자를 사랑하라, 친구들을 사랑하라. 자신을 잘 대하라. 남들을 소중히 여겨라. (유튜브 adtalks 〈스티브 잡스의 마지막 유언(Steve Jobs last speech before death)〉 참고)

03
인생에도 손절매가 필요하다

성장의 가장 중요한 원리는
사람의 선택에 있다.

조지 엘리엇

포기는 거스를 수 없는 선택이다

나는 딸 둘이 있는 집에 장녀로 태어났다. 학원을 선택하거나 좋아하는 과목과 꿈을 결정할 때 주도권은 내 것이 아니었다. 장녀라는 위치가 주는 작은 압박이 선택을 주저하게 했다. 양보해야 했으며 나눌 때 칭찬을 받았다.

동생을 잘 돌보고 참는 게 맞는 것이라고 배웠다. 밥을 잘 먹고 부모님이 입으라고 하는 옷을 입었다. 하기 싫은 공부를 억지로 하고 문제를 일으키지 않으면 잘했다고 칭찬을 들었다. 학원, 학교에서 점수를 잘 받을 때 크게 기뻐하셨다. 하고 싶은 일이 있지만 참으며 수동적인 교육을 받았다. 이에 대한 보상으로 칭찬과 사랑을 받았다는 생각이 들었다.

습관적으로 양보하며 살아온 장녀나 장남은 절대적인 부모의 말을 거역하기 힘들다. 그래서 난 '딱 한 번의 법칙'을 사용했다. 그냥 딱 한 번 눈을 꾹 감고 내가 원하는 것을 가지기 위해 말하고 반항하는 것이다. 부서지고 고통스러워하며 후회만 남는 상황이 올지라도 알을 깨는 과정이다.

무언가를 버리면 그 자리에는 새로운 것이 채워지게 되어 있다. 나와 맞지 않는 것을 버리고 좋은 것을 채울 수도 있다. 때론 강단 있는 손절, 현명한 포기가 내 자리, 내 것을 채울 수 있는 공간을 만들어주기도 한다.

친구 조 양은 지방에 있는 대학교에 교직원으로 일하고 있었다. 4년을 넘게 일을 했던 그녀는 어느 순간 지루하고 반복적인 일상에 무료함을 느꼈다. 우연히 창문을 멍하니 보다가 하루가 지겹도록 느리게 간다는 걸 실감한 이후로 무언가 잘못되었다고 느꼈다.

그녀의 일과는 하루에 한 번 난초를 닦고 화분에 물을 주며 커피 한 잔을 마시고 서류를 검토하면 끝났다. 처음엔 한가해서 좋았으나 그 일상이 자신을 도태시킬 것 같다는 마음이 들기 시작하자 탈출하고 싶다는 생각이 일렁였다.

그녀에게 도전하거나 일탈이라 말할 수 있는 행위는 속도위반 딱지를 뗄 정도로 신나게 차를 몰아본 그런 경험 정도였다. 잘하는 일을 찾고 싶은 열망은 꿈틀거렸지만, 현실은 변하지 않았다. 냉정하게도 매번 똑같은 삶이 반복되었다. 어느 날 그녀에게도 기회가 찾아왔다. 지인의 추천으로 새로운 분야의 업무를 맡을 수 있게 된 것이었다. 단 '서울'에서.

갑자기 새로운 도전을 하려는 그녀는 겁부터 났다. 막상 시작하려니 교직원이었던 삶보다 편한 것이 있는지 아쉬움도 생겼다. '과연 이 도시를 떠나 새롭게 시작할 수 있을까?' 당시에 나에게 상담했던 그녀는 이렇게 말했다.

"이 일을 관두고 새롭게 시작해서 잘할 수 있을까? 솔직히 나쁘지 않은 일인데 너무 답답하고 숨이 막혀서 새로운 일을 하고 싶긴 해."

"하고 싶은 일이었다면 해. 어차피 언젠간 하게 될 텐데 지금 안 하면 더 늦어질 뿐이야." 일에 대한 회의감과 스트레스에 대해 수십 번 하소연하던 그녀였기 때문에 나는 담담하지만 강하게 그녀의 꿈을 응원했다. "막상 시작했는데 못하면 어떡하지? 나이도 있고…. 이렇게 즉흥적이어도 될까?"

그녀가 원하는 대답이 응원과 격려라는 것을 알고 있었다. "진짜 하고 싶은 일이면 해야지. 해도 후회, 안 해도 후회면 하는 게 낫다 몰라? 난 네가 잘할 거라 믿어."

언제나 큰언니처럼 모두를 챙기던 그녀의 성격을 알기에 충분히 잘 해

내리라 믿었다. 그녀는 당연히 잘할 것이다. 그 순간 그녀는 마음이 편해졌는지 정말 유쾌하게 웃었다. 며칠이 지난 후 과감하게 일을 관둔 그녀는 새로운 출발을 위해 서울로 이사를 했다.

그리고 지금까지 끊임없이 일했다. 현재 그녀는 모 구두회사 팀장으로 일하며 자기 일에 자부심을 느낀다. 일이 바빠 고되지 않는지 묻는 나에게 그녀가 대답했다.

"그래도 교직원 사무실 의자에 앉아 있는 것보다 100배 1,000배 좋다. 행복해."

부단히 나를 찾으려 노력하고 물어왔던 시간은 나를 점점 견고하게 만든다. 자체를 객관적이고 솔직하게 바라볼 수 있게 되며 있는 그대로 사랑할 수 있게 된다. 이제는 부정적이고 비판적인 시선과 행동에 끌려다니지 않게 되는 결단도 생긴다.

내가 잘하는 것과 못하는 것을 인정하고 장단점을 명확하게 바라볼 수 있는 눈이 생기며 나아가 그 전보다 나은 사람이 되길 희망한다. 발전하고 성공하기 위해 주체적으로 움직인다. 부정적인 요인을 차단할 수 있는 용기가 생기고 우선순위가 명확해진다. 원석이 다이아몬드가 되듯 자신에게 열기를 가하고 냉정해지기를 반복하며 진정한 보석이 되기 위해 인내하고 나아간다.

포기의 매력

주위를 둘러보면 부정적인 영향을 주는 사람들이 우연히 찾아온다. 인간관계에서 부정적인 인연을 현명하게 정리할 수 있어야 에너지를 소비하지 않고 온전히 나만을 위한 긍정적인 기운을 사용할 수 있게 된다.

본인의 기준으로 잘잘못을 판단하고 지적하는 사람, 쉽게 화를 내고 나를 감정 쓰레기통으로 여기는 사람, 아쉬울 때만 찾는 사람, 이간질하거나 나의 장단점을 이용해 막 대하는 사람. 이런 사람들은 좋지 않은 에너지를 상대방에게 전달하고 위축되게 만든다.

끊어내지 못한다면 평생 그들에게 끌려다닐 것이며 그들의 잣대로 판단을 당하고 후려쳐지는 삶을 살게 될 것이다. 부정적인 감정이 들었을 때 그들에게 경고해라. 착한 아이 콤플렉스로 착한 척하지 말고 명확하게 말하자.

일반적인 사람이라면 자신을 탓하며 스스로 끊임없이 괴롭힐 것이다. 진정한 위안과 충고는 나를 성장시킨다. 하지만 나를 위한다는 알량한 입발림으로 포장한 후려치기는 나도 모르게 나를 좀먹게 한다. 부정적인 감정이 든다면 이는 후자일 가능성이 크다. 그러니 정확히 말하고 끊어내라. 그들은 선배, 친구, 동료, 약자라는 이름으로 주위를 맴돌며 고귀한 자존감을 무너뜨린다. 의리를 지키다간 나를 지키지 못한다.

아무리 좋은 사람일지라도 관계의 합이 좋지 않고 수평적이지 않을 때 부정적인 영향을 줄 확률이 높다. 끌려다니게 되면 '마음 노예'가 될 생각을 해야 하며 그들에게 내 마음을 저당잡혀 자존감이 쭉쭉 팔리는 신세계를 경험하게 될 것이다. 부정적인 신호에 대한 확신이 단 한 번이라도 든다면 상대에게 솔직하게 말해서 바로잡거나 손절해라. 손절의 방법도 다양하지만, 대화가 통하지 않는다면 자연스러운 이별을 생각하는 것이 가장 좋다. 두 사람을 위하여 자연스럽게 조금씩 거리를 두자. 진짜 인연이라면 우연을 가장해 다시 만나게 될 것이니 서로를 위해서라도 정리가 필요하다.

언제까지나 부정적인 기운에 휘둘리고 살 수는 없다. 진정한 독립, 진정한 성장은 내 것을 버리는 것에서 시작하니 명심해라. 오직 스스로 부정적인 에너지를 끊어내야만 앞으로 나아갈 수 있다.

나는 영어를 배우기 위해 취업 시장의 샛길로 들어왔지만 좋은 인연들을 만났다. 또한, 내가 원하는 시간만큼 여행을 다니며 즐겁게 일을 할 수 있었다. 그때 나는 돈보다 배움과 시간의 가치를 우선으로 두었다. 결국, 나는 20대 내 삶을 평범한 직장인이 가질 수 없는 값진 경험들로 채워나갈 수 있었다.

우선순위를 명확하게 세워 포기하는 과정은 신기하게도 새로운 것을 얻는 과정이기도 하다. 포기하지 못했을 때는 어려워 보이는 그 모든 일도 현명한 포기를 하는 순간 변하며 달라진다. 그러니 스스로 한계를 느끼면 붙잡지 말고 포기해라. 새로운 길이 보이기 시작하며 앞으로 나아가게 될 것이다.

지금 삶이 행복하지 않다고 느껴진다면 진짜 포기해야 할 것을 놓지 못하고 있는 건 아닌지 점검해보라. 사람들이 보는 시선이나 기대에 맞춰 살아야 한다는 부담감 역시 나를 불행하게 만든다. 자신을 한번 돌아보고 진정한 나의 인생을 위해 비워내고 포기하길 바란다.

때론 비참하지만 좌절하고 일어나면 어느새 마음속에 나의 행복을 위한 것들만 가득 차 있을 것이다. 남들과 다르게 살아도 괜찮다. 그리고 포기해도 괜찮다. 그러니 이제부터 현명하고 과감하게 비워내라. 포기를 아는 사람이야말로 제대로 된 인생 가치를 아는 사람이다.

열심히 살지 말고 특별하게 살아라

나는 특별한 게 전혀 없는 사람이다.
나는 화가이고, 매일 아침부터 저녁까지 그림을 그릴뿐이다.

구스타프 클림트

체험 삶의 현장

"너는 이제 발발이다."

생산직 아르바이트를 했을 때 난 하필 발발이로 임명되었다. 하얀 방진복과 마스크를 끼고 발발거리고 돌아다니는 역할이었다. "야! 발발이!"라는 외침에 시종일관 뛰어다녔다. 멈추지 않는 2개의 컨베이어 벨트가 맞물리기 전에 얇은 기름종이를 조달해야 한다. 같은 장소를 수백 번 수천 번 뛰어다닌다. 땀이 비 오듯 쏟아지고 매캐한 니스 냄새가 코를 찌른다.

이른 새벽 역 앞에 모이면 인력사무소 직원들이 이름을 부른다. 랜덤으로 선택되는 이 과정에서 두근거리는 공장 배정이 시작된다. 휴대폰 조립 공장. 그곳은 시간과 정신의 방에 와 있는 것처럼 1분이 1시간처럼 흘러간다. 다른 이들은 컨베이어 벨트 앞에 서서 기계처럼 나사에 볼트를 낀다. 난 발발이기 때문에 혼자 뛰어다닌다.

몇 시간이 지나자 드디어 나에게도 작은 부품을 낄 기회가 주어졌다. 뛸 때는 서 있는 것이 부러웠는데 서 있으니 뛰는 게 부럽다. 핑핑 돌아가는 벨트에 박자를 타며 하나하나 구성품을 맞춰본다. 팔과 다리는 어느새 감각이 없고 뇌는 끊임없이 외친다. '죽을 맛이다.' 내가 무언가를 빠뜨리면 뒤에선 전쟁이 난다. 그리고 나에게는 다시 욕 한 바가지가 날아온다. 현장은 말 그대로 생지옥이다. 초보인 나에게 왜 '발발이'를 시켰는지 이제야 알았다. 삶의 현장에서 시작은 무조건 발발이다.

22살 겨울 방학, 은행에서 청원경찰을 뽑았다. 외국인 업무 지원, 은행 업무라는 말에 지원했고 몇 번의 면담을 통해 일할 기회가 생겼다. 내가 하는 일은 선배 청원경찰 언니를 도와주는 일과 외국인 고객 응대, 2층 VIP실 전담 업무였다. 마치 〈악마는 프라다를 입는다〉에 나오는 사무실처럼 나는 지점장 사무실 앞 작은 책상에 앉아 있었다.

출근하면 조선, 중앙, 동아, 한국경제 신문지를 책상에 예쁘게 쭉 펼쳐놨고 커피포트에 물을 담는다. 원두를 톡톡 덜어 넣은 뒤 전원 버튼을 켜면 아침 일과는 끝이었다. 하나둘씩 출근하시는 분들에게 해맑게 인사하면 하루가 시작된다.

VIP고객이 오면 앉아 있다가 벌떡 일어나 로봇처럼 기계적으로 같은 말을 했다. "무슨 일로 오셨어요?" "어떤 음료 드시겠어요." "해외펀드 또는 기업대출 관련이세요?"

회의나 상품 설명회를 하게 되면 미리 서류를 뽑고 자리 배치를 하거나 회의실을 세팅하는 일을 했다. 중간중간 1층으로 내려가 외국인 고객이 통장을 만드는 것을 도와주면서 귀동냥으로 BRICs 시장이라든지 은행 업무가 이렇다는 것을 간접적으로 체험할 수 있었다.

손님일 때 몰랐던 새로운 사실은 마감한 4시부터 진짜 일이 시작된다는 점이었다. 은행 근처 ATM기로 움직여 현금을 회수하고 100장 단위로 돈을 묶었다. 생각보다 얇은 종이가 사람들을 울고 웃긴다는 게 아이러니했다. 내 것이 아닌 종이쪼가리를 쥐면서 계장님께 말했다. "다 내 것이었으면 좋겠어요." 그 일을 할 때 돈 냄새를 가장 많이 맡아 보았다. 내 것이 아닌 돈뭉치는 무거웠고 냄새는 생각보다 고약했지만 그래도 몇 번이고 만져봤다. 간판불이 꺼지고 셔터가 내려오면 새로운 일이 생긴다. 손님일 때 보지 못한 셔터 안 세상에서는 모두가 동분서주 움직이며 마무리를 위해 최선을 다했다.

그들은 단 1원이라도 맞지 않으면 퇴근하지 못했기에 완벽하게 일했고 노력했다. 누군가의 자산을 만진다는 것은 부담스럽고 그만큼 집중해야 하는 일이었다. 뭐든지 가볍게 도전했던 나에게 '책임감'이라는 작은 울림을 주었다. 어쩌면 그런 일을 하는 분들에게 경외심이 생긴 건 이때부터였을 것 같다.

쫄보이지만 자격증은 있다

유아 스포츠 꾀꼬리반 출신으로 수영 하나는 자신 있었던 어린 시절과 다르게 나는 '물 공포증'이 있다. 어느 날 바다를 만만히 보던 어린 꼬마 아이는 튜브 하나에 의존한 채 파도를 따라 망망대해로 흘러가게 된다. 다행히 사촌 오빠가 발견하고 낚아채 무사히 돌아왔지만, 그 후로 물에 대한 공포가 생겨버렸다.

튜브와 구명조끼가 없으면 바다는 무서워 들어가지도 못한다. 자유여행을 하는 과정에도 직접 구매한 구명조끼를 여행용 가방에 씌운 채 들고 다녔다. 왜냐하면, 물은 무서워도 바닷속을 보는 건 좋아했기 때문이다.

코타오, 코론, 티니안, 필리핀, 코창, 사파, 이시가키 등 열거할 수 없을 만큼 동남아 이곳저곳과 유명하지 않은 섬들을 찾아다녔다. 평소 스노클링을 좋아했기 때문에 자연스럽게 스쿠버다이빙에 대한 욕심이 생기게 되었다.

현재 스쿠버다이빙 어드밴스 자격증이 있다. 자격증을 따기 위해 첫 바다에 들어갈 때가 생생히 기억난다. 물속에 들어가자마자 자제력을 잃었다. 숨을 어떻게 쉬었는지조차 잊어버렸다. 숨이 턱턱 막히고 두려움에 허우적거리다 짠 바닷물을 삼켰다. 코와 귀가 찢어질 것같이 아팠다. 고통을 호소했으며 정신이 아득해졌고 살려달라는 손동작은 거세졌다.

어느새 마스터가 홀연히 나타나 나의 눈을 바라보았다. 그를 바라보는 순간 마스크 넘어 비칠 수 있는 내 눈을 최대한 절망스럽게 찡그렸다. 텔레파시를 보내듯이 손가락을 위쪽으로 가리켰다. '난 올라가야 한다. 물 위로 올라가겠다.' 그때 그가 손짓으로 천천히 나를 안정시켰다. 신을 보듯 그의 손을 따라 천천히 숨을 내쉬고 들이마셨다. 그러자 숨소리가 점점 안정적으로 변했다. 나의 호흡이 내 귀로 들리기 시작했다. 그제야 그에게 괜찮다는 오케이 사인을 할 수 있었다.

그날 나는 코피를 3번 이상 흘렸다. 압력을 맞추려고 코를 얼마나 꽉 잡았는지 얼얼했다. 피를 보긴 했지만 결국 자격증은 땄다. 두려움을 완벽하게 극복하지 못했지만, 바닷속에서 니모를 찾고 산호를 보는 여유도 생겼다. 그 뒤, 프리다이빙에도 관심이 생겨 레벨 1 자격증을 땄다. 물을 좋아하지만, 아직도 물이 무섭다. 그럼에도 극복하고 나아가고 싶기에 도전한다. 두렵지만 물속 취미 생활은 현재 진행형이다.

패러글라이딩, 번지점프, 어학연수, 여행, 스쿠버다이빙, 프리다이빙 처럼 겁내고 무서워하는 것들을 도전하며 나와 맞서 싸운다. '죽기 아니 면 살기'로 하다 보니 신기하게 절대 딸 수 없었던 자격증이 하나씩 생겼 다. 나는 용기를 냈고 그것은 '특별한' 도전이 되었다. 나에겐 깡으로 부 딪혔던 과정 자체가 이미 대단하고 특별한 결과였다.

특별함을 믿어야 특별해질 수 있다

감정을 상실한 '팝콘 브레인'이라는 말이 생겼다. 첨단 디지털 기기에 익숙한 나머지 뇌가 현실에 무감각해지는 현상이다. (시사상식사전, pmg 지식엔진연구소) 나 역시 수많은 전자기기가 노출된 환경에서 일하고 있다. 30초에 한 번씩 울려대는 보안 알람이 너무 익숙해 더는 내 귀에 들리지 않고 자극적인 광고 소리가 아닌 이상 반응을 하지 않는 것을 깨닫고 심각성을 느꼈다.

뇌가 팝콘이 되기 직전 나를 살린 건 소소한 일상 속에서 재미있는 특별함을 찾는 것이었다. 뻔한 하루를 특별하게 만드는 방법은 간단하다. 바로 엉뚱함을 끄집어내는 것이다. 그래서 난 어떻게 하면 엉뚱함을 잘 활용할 수 있을지 생각했다.

열심히 사는 것은 적성에 맞지 않았지만 엉뚱하게 사는 건 즐겁고 언제나 나를 행복하게 했다. '열심히'는 매번 힘이 들어가지만 엉뚱한 건 '재미'가 들어간다. 그리고 그 재미가 나라는 사람을 좀 더 특별하게 만들어준다. 바쁜 생활 속에서도 재기발랄한 엉뚱함을 유지할 수 있는 이유는 잊고 있던 어린 시절을 찾고자했기 때문이다.

기분이 좋은 날엔 동료들에게 장미꽃 한 송이를 선물해준다. 꽃집에서 한 송이에 2,000원 정도 하는 꽃으로 동료들의 하루를 행복하게 만들 수 있다. 가끔은 일찍 나와 좋아하는 커피 2잔을 사 들고 길목 벤치에 앉아 있다. 멀리서 출근하는 동료를 발견하고 손을 흔들며 그녀가 좋아하는 커피를 보여주면 아침부터 가장 행복한 웃음을 만날 수 있다.

새해에 카드를 써서 건네주거나 맛있거나 귀한 지역 음식이 있으면 지인들에게 선물하기도 한다. 반찬을 나누거나 감사와 사랑 표현을 하는 것을 좋아한다. 담금주를 담기도 한다. 매년 담근 술을 나누고 맛볼 때 재미와 행복이 찾아온다.

디지털과 아날로그를 아우르던 시대인 만큼 다양한 감성 속에 사는 나에게 위안을 주고 싶었다. 차가운 사회라고 하지만 불쑥 찾아오는 따스함. 양날의 온도 차가 주는 행복의 포근함은 하루를 어떻게 바라봐야 하는지 알려주었다. 행복을 전달할 수 있는 그런 일을 실천할 수 있다는 것만으로 특별해졌다.

인생을 특별하게 사는 방법은 생각보다 간단했다. 단순히 나를 위해 살면 된다. 동심을 잃고 싶지 않아 엉뚱한 행동을 했더니 사람들에게 행복을 주는 사람이 되었다. 마음의 소리를 듣다보니 가장 좋아하는 일을 하고 있었다. 열심히는 중요하지 않다. 나답게 하다 보면 누가 뭐래도 신나게 하는 특별한 나를 발견할 것이다.

선택에도 패턴이 있다

DISC 성격 유형 검사

1928년 미국 컬럼비아 대학 심리학 교수인 윌리엄 몰튼 마스톤 박사의 이론에 기반을 둔 심리 검사이다. 그는 1982년 저서 『보통 사람들의 정서』에서 감정이 행동에 미치는 영향과 행동 양식에 따른 유형화, 시간에 따른 행동의 변화에 관해서 기술하고, 정서의 표현방식에 따라 사람들을 4가지 유형으로 분류하였다. 이를 기반으로 존 가이어 박사가 DISC 유형을 더욱 풍부하게 발전시켰다. (두산백과 : DISC assessment)

주도형 : 성과 지향적 정치가 (Dominance)	사교형 : 분위기 메이커 (Influence)
안정형 : 부드러운 예술가 (Steadiness)	신중형 : 치밀한 리더 (Conscientiousness)

태어나서 성장하고 현재에 이르기까지 우리는 다양한 선택을 한다. 이 검사는 각자 나름대로 독특한 동기로 선택을 할 때 일정한 행동을 취한다는

것을 발견하고 그것을 정의한다. 모든 유형은 그 나름대로 세계에 긍정적으로 이바지한다 말하며 검사를 통해 본질을 보고 융통성 있게 타인을 이해할 수 있다고 한다.

사람은 절대 딱 한 가지 유형으로 정의할 수 없다. 하지만 우주보다 넓은 사람의 성향을 조금이나마 구체적으로 쪼갤 수 있는 도구로 다양한 심리 검사를 이용하길 바란다.

http://disc.aiselftest.com/index.html에서 무료로 테스트를 해볼 수 있다.

05
사람은 저마다의 인생 스케줄과 속도가 있다

때로는 아무것도 아니라고 생각했던 사람이
아무도 생각할 수 없는 일을 해내거든요.

영화 〈이미테이션 게임〉 중에서

봉사의 숨겨진 이면을 발견하다

조물주가 사람을 만들었을 때 무엇이 될 수 있을지 알려줬더라면 얼마나 좋았을까? 애당초 방황하지 않았을까? 신은 절대 지름길을 알려주지 않는다. 매번 시험에 들게 하며 시련을 준다. 인생에 오르막과 내리막이라는 굴곡을 주며 수없이 고뇌하게 만든다.

나를 한 번만이라도 측은하게 바라봐주길 빌어봤다. 암담하고 앞이 보이지 않는 현실에 작은 힌트라도 주길 원했다. 하지만 신은 쉽게 모든 걸 주지 않는다. 버틸 수 있을 만큼 버티라고, 견딜 수 있을 만큼 견디라고 말한다.

다들 한 번쯤 혼자 뒤처지는 기분을 느껴본 적이 있을 것이다. 남들의 뒷모습만 하염없이 바라보며 합리화를 하고 남을 탓하며 매번 공허함과 자괴감에 빠진다. 그때 오는 절망감은 나 자신을 옭아매 바닥으로 떨어뜨린다. 현실을 회피한다. 온종일 잠만 자거나 술을 마신다. 웃기게도 내 탓은 하지 못한다. 좌절하고 절망하며 부당하다 외치고 더러운 사회라며 낄낄댄다. 비참함, 그리고 목메는 텁텁함으로 스스로를 계속 옥조인다.

무엇이 되고 싶은지 알지 못했다. 하고 싶은 것도 없었다. 꿈이 무엇이냐고 누군가가 물으면 하고 싶은 것이 많은 건지 정확한 대답을 할 수도 없었다. 어디에 정확히 속해 있지 못하는 미묘한 사람. 그게 바로 나였다. 선택을 뒤로 미루고 남들이 사는 대로 살았다. 그렇게 삶을 둥둥 떠다닐 땐 공허하지만 시간이 참 빠르게 흘러갔다.

아침에 눈을 뜨면 무료한 일상이 시작됐으며 눈을 감을 땐 살짝 허탈했다. 욕심도 없었고 고민도 크게 없었다. '오늘 뭘 먹어야 맛있게 먹었다고 소문이 날까?' 이런 고민이 하루에 가장 큰 고뇌였다. 아무 일도 일어나지 않음에 감사했다. 잠들기 전 작은 찜찜함이 있긴 했다. 배부른 찜찜함. '세상 사람들 모두 이렇게 허무하게 흘러가는 삶을 사는 것인가. 내가 진정 배가 부른 것인가.' 게으른 생각으로 그렇게 몇 년을 빠르게 보냈다.

직장인이 되어 봉사 활동을 시작했다. 어쩌다 보니 스스로 시작한 자발적 봉사였다. 회사 봉사 동호회에서 알림 메일이 왔다. 크리스마스 이브 장애아동을 위한 봉사에 참여할 의향이 있냐는 것이었다. 공허한 하루가 빠르게 지나갈 것이라는 단순하고 순진한 마음으로 참가신청서를 보냈다. 그날 나는 눈이 맑은 한 소녀를 만났다.

지적장애가 있는 그녀는 아무것도 혼자 할 수 없었다. 단지 북적거리는 사람들의 웃음소리에 미소와 소리를 질렀다. 제대로 앉아 있지 못하는 그녀의 다리를 주물러주었다. 혈액순환이 제대로 되지 않아서 꾸준히 주물러주어야 했다. 갑자기 그녀는 화를 내며 소리를 질렀고 나는 당황했다. 알고 보니 기저귀를 갈아야 할 시간이 된 것이었다.

나는 순간 구역질이 나왔고 입을 막고 급하게 문밖으로 뛰쳐나갔다. 캐럴이 흐르는 그날 집으로 돌아와 한참 동안 잠을 잘 수 없었다. 사지가 멀쩡한 나 자신에게 감사하면서 죄책감이 들었다. 구역질한 내가 한심했고 그녀에게 미안했다. 그날을 시작으로 나는 사내 봉사 활동을 빠지지 않고 참가했다.

혼자 사시는 노인들의 말동무를 해드리기 위해 방문한 요양원 행사에서 한 할아버지를 만났다. 사랑하는 아내는 죽고 작은 임대 아파트에서 사는 할아버지는 며칠 전부터 텔레비전이 나오지 않는다고 투덜거렸다.

나와 직장 동료는 함께 할아버지 집으로 향했다. 알고 보니 전원 버튼이 꺼져 있었다. 우리는 유쾌하게 웃으며 걱정이 해결되어 다행이라고 말했다. 할아버지는 손자, 손녀, 아들 자랑을 하셨다. 자주 놀러 오느냐고 여쭈어보니 오지 않는다고 하셨다. 그러면서도 바빠서 그런 거라고 무소식이 희소식이라 말했다. 갑자기 우리 할머니가 생각났다. 내가 여기서 무엇을 하는 것인지 또 이상한 죄책감이 들었다. 그날 나는 할머니께 전화를 걸어 사랑한다고 말했다.

청량리에서 노숙자를 위한 '밥 퍼' 행사를 했을 때다. 한 해 동안 먹어야 할 김장을 한 뒤 배식을 하는 일이었다. 길게 늘어선 줄을 보며 이상한 고독함을 느꼈다. 배가 고파본 적 없고 진짜 추위에 떨어본 적 없는 내가 갑자기 부끄러웠다. 당연시 여기던 것들이 당연하지 않음을 알았을 때 부모님께 감사함을 느꼈다. 아침에 따뜻하게 입고 나가라는 말을 잔소리로 들은 게 죄스러웠다.

겨울에 연탄 나르기 봉사를 할 땐 이불을 덮고 잘 수 있는 집이 있음에 감사했다. 어느새 난 남을 위한 봉사가 아닌 나를 위한 봉사를 하고 있었다. 배부른 찝찝함만 알고 무료하게 하루를 보내던 나에게 봉사는 나 자신을 돌아보게 해주는 귀한 경험이었다. 단순히 빨려가듯 시작한 활동이 나를 변화시켰다. 그렇게 진정한 봉사의 힘을 느꼈다.

경험이 최고의 전략이다

나는 현실주의자면서 이상주의자였다. 그럴 수밖에 없던 이유는 나의 미묘함 때문이다. 현실을 냉정하게 바라보고 객관적으로 분석하면서 마음의 소리를 듣는다. 매번 중간계에 걸터앉아 이도 저도 하지 못한 채 갈팡질팡 움직였다. 회사원이면서 작가라는 일탈을 하고 싶었던 것도 이 미묘한 녀석이 나를 꼬드겼기 때문이다.

애매하고 평범한 사람은 정확한 선택을 하기가 힘들다. 특히 호기심이 많다면 큰일이다. 선택하지 못할 정도로 평범하다면 무조건 도전하는 것밖에 방법이 없다. 직접 맛보고 느껴야 알 수 있다. 흥미가 생기면 미친 듯 정보를 긁어모았다. 집요하게 파고들었고 원하는 것이 있으면 답을 얻을 때까지 읽고 찾았다. 확장된 영역까지 확대해서 광범위하게 정보를 취하고 내 것으로 만들었다. 육식 동물처럼 정보를 먹어 치웠다. 그러다가 어느 정도 소화를 시켜 내 것으로 만들고 중간 이상의 실력이 생기면 흥미를 잃었다.

내 것을 만드는 순간에 희열을, 취하고 나면 하이에나처럼 다른 걸 찾았다. 하고 싶은 것이 많은 모호한 사람은 무엇을 해야 할까? 도대체 이런 사람은 어떤 인생 스케줄을 짜야 할까? 난 어떤 속도로 달려야 할까?

사실 지금도 충분히 고속으로 달리고 있었다. 급브레이크를 밟지 않는 한 계속해서 무엇인가를 할 예정이었으니까. 재미있게도 내가 잘하는 건 계속해서 다양한 땅굴을 파는 것이었다. 하지만 이렇게 만들어진 나의 개미굴은 점점 복잡하게 연결되어 나가는 길조차 잃게 했다. 정보의 포식자 덕분에 많은 일을 할 수 있다는 것을 반복된 방황으로 알게 되었다. 또한, 호기심의 범위가 무궁무진하다는 것도 알게 되었다.

정치, 경제, 연애, 심리뿐만 아니라 보석, 호텔, 봉사, 환경까지 준전문가 수준으로 파고들었다. 웹 사이트 구축, 영업, 판매, 상담, 관리, 제작, 교육 이제는 책을 쓰고 있는 것처럼.

난 작게라도 누군가를 도와주는 일을 하고 싶다고 생각했다. 경험한 모든 것이 힘이 된다는 사실을 알았을 때 '글을 쓰는 것이 맞다.'라는 확신이 들었다. 가장 좋아하는 행위로 불특정 다수에게 긍정적인 영향을 끼칠 수 있다면 그건 분명히 좋은 일이었다. 글을 쓰는 건 행복한 일이다. 내가 아는 정보를 풀고 생각을 가감 없이 표출할 수 있다.

나처럼 미묘해서 결정이 어려운 친구들은 반드시 작은 그림을 그리는 연습이 필요하다. 처음부터 큰 그림을 그리면 모호하고 알 수가 없어 지치게 된다. 또한, 하고 싶은 것이 많아져 무모하게 저지르고 포기한다. 그러니 작은 것부터 시작하자. 제일 원초적인 것부터.

'나'를 찾아라. 관심이 생기고 호기심이 생기는 것들을 시작해라. 하루의 일과 중 단 한 번이라도 하고 싶었던 일을 해라. 취미도 좋고, 배움도 좋다. 꾸준히 반복하다 보면 어느 순간 즐기고 있는 나를 발견하면서 확신이 들 때가 온다.

매 순간을 그 순간처럼 실행해라. 잘하는 것과 좋아하는 것, 그리고 본인의 가치를 확인하는 일을 찾게 되면 잠이 들지 못할 만큼 바쁜 인생 스케줄이 펼쳐진다. 멀리 보지 말고 오늘 하루에 최선을 다해라. 단기계획에 열정을 가지다 보면 어느 순간 가속이 붙어 인생의 스케줄과 속도는 자연스럽게 따라오게 될 것이다.

06
훌륭한 사람보다 행복한 사람이 되어라

행복이란 하늘이 푸르다는 사실을
발견하는 것만큼이나 단순하지 않을까?

요슈타인 가이더

인생의 가장 행복한 순간

어린 시절 우리는 무언의 압박을 받는다. 어떤 사람이 될 거니? "저는 자라서 훌륭한 사람이 될 거예요." 사회가 그려놓은 성공의 기준 '훌륭한 사람', 처음 그 틀에 들어선 순간이다.

나는 나는 자라서 무엇이 될까요
나라 사랑 가르치는 선생님이 될 테야
나는 나는 자라서 무엇이 될까요
우리나라 빛내는 음악가가 될 테야

어린 시절 내가 즐겨 불렀던 동요 '나는 나는 자라서'는 한 사람이 커갈 때 엄청난 영향을 끼치게 된다. 무의식적으로 즐겨 부르던 동요가 나에게 특정 직업을 가져야만 훌륭한 사람이 될 수 있다고 주문을 걸었다. 듣기 좋은 직업을 가져야 할 것만 같았다. 남들이 부러워하고 훌륭하다고 말하는 직업을 가지지 않으면 실패자가 될 것이라는 생각이 강하게 지배했다. 그렇게 불안감이 생겼다. 나도 모르게 점점 인정에 목마른 사람이 되고 있었다.

행복한 기억을 더듬어보자면 어린 시절 동생과 함께 놀았던 기억이 떠오른다. 동생과 난 어릴 때부터 성향이 정반대였다. 그녀는 블록을 높게 쌓은 뒤에 부수는 것을 좋아했다. 하지만 나는 동생에게 그냥 부수는 것은 안 된다고 말했다. 빨간 블록과 초록 블록을 사람으로 변신시켰다. 갑자기 로미오와 줄리엣에 버금가는 소꿉놀이를 시작한다.

어안이 벙벙한 동생은 초록색 블록을 잡고 사람처럼 뒤뚱뒤뚱 걷는 동작을 취한다. 나는 빨간 블록을 들고 말한다. "적군이 쳐들어왔어요! 살려주세요. 성벽이 무너지려고 해요." 그러면 동생의 초록색 블록이 성벽을 뱅글뱅글 돌며 말한다. "기다리세요!" 나는 동생에게 말한다. "부셔!" 그제야 동생은 블록 성을 부수며 즐거워했다.

부모님이 외출하면 나는 집 청소를 하고 싶었다. 집에 돌아올 때 깨끗

한 집을 보면 엄마, 아빠가 행복해하실 것 같았다. 마음은 아름다웠지만, 의욕이 나지 않았다. 결국, 나는 다시 소꿉놀이를 시작했다. "신데렐라야. 계모가 오기 전에 청소를 끝내야 한단다!" 난 갑자기 신데렐라에 나오는 요정이 된다. 동생은 고맙게도, 어색하지만 주인공을 만들어준 것에 의의를 두고 참여해준다. "알겠습니다. 그럼 전 주방을 치울게요!"

겨울이 되면 호빵과 귤을 많이 먹었다. 그럼 꼭 이불을 뒤집어쓰고 동생에게 말했다. "날이 너무 추운데 호빵 한 입만 먹어볼 수 있을까요?" 동생은 이제 신물이 났는지 기계적으로 말했다. "귤이라도 괜찮으시면 드릴게요." 또 다른 버전도 있었다. "엄마는 언제 돌아오지? 보고 싶다. 밖에 바람이 많이 부네. 음식이 이거밖에 안 남았으니까 아껴먹어야 해." (참고로 엄마는 거실에 있음) 동생은 지겨워하면서 잘 참여했다.

"언니…(최대한 불쌍한 말투로) 나도 엄마 보고 싶어."

말도 안 되는 이야기로 동생과 놀았던 그 시절이 참 해맑아 보인다. 걱정 근심도 없었다. 놀이터에 놀러 나가 모래 장난을 치고 그네를 신나게 탔다. 재활용품 수거함 앞에서 소꿉놀이 용품을 주워 지나가는 꼬마들과 함께 놀았던 기억도 난다. 동생과 아침에 일어나 신문지를 펴고 좋아하는 텔레비전 프로그램을 색칠하는 것만으로도 행복했다.

나의 것으로 채워진 하루는 행복할 수밖에 없다

　30대가 된 후 나답게 멋대로 살기로 했다. 이전까지는 행동이었다면 지금은 진정으로 원하는 것에 대해 투자를 하기로 했다. 33살, 첫 명품 가방을 샀다. 성인이 되어 꾸준하게 달려온 나에게 주는 작은 선물이었다. 겁 없이 쓴 돈에 다시금 용기가 생겼다. 그리고 내 꿈에 투자하기로 했다. 내가 하고 싶고 좋아하는 것을 하기로 했고 실행했다. 매일 밤 아무도 모르게 글을 썼다. 하지만 이내 들키고 말았다. 그리고 작은 열망을 가진 보통의 사람은 주위의 비난에 시달렸다.

"실패할 거야." "허황된 꿈이야." "제발 편하고 쉬운 길을 찾아가." "너는 좀 말로만 하는 경향이 있어." "인생의 큰 그림 좀 그려라."

사회라는 틀에서 난 중간이었다. 어떤 이는 나에게 노력하지 않는다고 말했다. 편하거나 쉬운 일이라며 가만히 있는 나를 공격했다. 만족하느냐고 묻는 사람도 있었다. 최선을 다하고 있어도 세상은 나를 하이에나처럼 물어뜯는다.

삶에 만족하고 감사하며 행복하게 살고 있는데 그들은 왜 나를 맘대로 재단하는가? 비난에 대한 부작용은 30대가 되자 '연기 잘하는 나'로 돌아왔다. 착한 척, 행복한 척에 갑자기 조용하고 소심해지며 왈가닥거리다 말괄량이가 되는 종잡을 수 없는 감정의 소용돌이였다.

그들은 나에게 자기계발을 하라고 했다. 자격증을 따고 공부하며 발전해야 한다고 말했다. 마음이 가지 않는 배움, 난 진정으로 숨이 막히는 것이 무엇인지 배웠다. 그래서 하고 싶은 것을 했더니 비판이 쏟아졌다. 물론 염려겠지만 말이다.

스스로에게는 치열하고 도전하는 삶이라도 익숙해지면 영혼이 침식되고 부식된다. 그런 나를 지탱한 건 단지 무던한 감사였다. 실패할 수 있음에도 감사했고 그럼에도 일어날 수 있음에 감사했다. 현실을 부정적으로 보지 않고 살아 있음에도 감사했다.

나는 그냥 그렇게 나아갔을 뿐이며 감사의 힘은 나를 긍정적이고 행복하게 해줬다. 그렇게 매일 꾸준히 노력했고 단 한 번도 성실하지 않은 적은 없었다. 쉬지 않고 살아오던 내 삶, 그 안에서 나에게 약속을 했다. 단지 안주하는 것처럼 보이지만, 내가 하고 싶은 일이 있다면 과감히 행동할 것이다. 내가 원하는 것을 하기 위해 참았고 숨죽여왔으니 정확한 눈으로 매 순간 도전하겠다. 그리고 결정적인 확신이 든다면 과감히 움직일 것이다. 비난이 쏟아지는 순간 나에겐 종소리가 들렸다. 맞는 길을 가고 있다는 확신의 종소리였다. 매번 남들이 가는 길과 다르게 움직였다.

경험해보지 못한 것에 대해서는 'YES'를 외쳤고 경험을 할 때는 최선을 다했다. 목표가 있다면 성취하기 위해 전략을 짰고 그렇게 하나씩 달성했다. 앞을 보지 않고 바닥을 보았다. 내가 가는 길은 길고 험난했다. 지치고 싶지 않았고 실패해도 무너지고 싶지 않았다. 그래서 단지 땅을 보며 걸었다. 10년을 보기보다 하루를 보며 살았다. 내 이상과 현실이 부딪히고 괴리감이 들 때마다 하늘을 올려다봤고 웃은 뒤에 다시 땅을 보며 꾸준히 걸었다. 일상에 작은 목표를 가지고 살아가다 보니 그것이 쌓여 습관이 되었다. 하루를 살기 위한 동기를 부여했고 하루가 한 달, 한 달이 1년이 되었다.

위험을 최소화하며 움직여라. 그건 단지 나의 것으로 하루를 꽉 채우면 되는 것이었다. 실패하고 주저앉았던 나를 위로했다. 진짜 내 모습을 인정했고 진정한 나를 만났다. 결핍과 상실을 인정했다. 지긋지긋하게 반복되는 개미굴 같은 삶의 미로에서 훌륭하지 않아도 충분히 행복하고 긍정적일 수 있던 내가 고마웠다.

인생은 별거 없다. A로 시작해 Z로 끝나며 탄생은 죽음으로 끝난다. 우리는 죽음을 예측하지 못한다. 훌륭한 사람이 되기 전에 그냥 그렇게 죽을 수도 있다는 뜻이다. 그러므로 날뛰는 야심을 뒤로한 채 먼저 행복한 사람이 되어야 한다.

매 순간 살아 있음에 감사하며 원하는 것을 즉시 실행했다. 모든 이에게 공평하게 내일의 해가 뜨지 않는다는 것을 알았기 때문이다. 나를 행복으로 이끄는 모든 것을 하길 바란다. 마음이 보내는 소리를 듣고 직감을 믿으며 도전하고 나를 위해 살아라. 하루를 내 것으로 채우며 살아야 적어도 후회 없이 살 수 있다. 그렇게 더 큰 행복을 맛볼 수 있다.

07
평범한 사람도 꿈을 향해 나아간다

당신의 마음이 아무리 슬플지라도
당신이 계속 믿는다면 원하는 꿈은 이루어질 거예요.

영화 〈신데렐라, 1950〉 중에서

웨딩플래너이자 스타일리스트

결혼을 준비할 땐 모든 것이 막막하다. 막상 준비하다 보면 어디서부
터 어떻게 해야 할지 감도 잡히지 않는다. 영화 같은 결혼을 꿈꿨지만,
현실은 냉혹하다. 비슷한 스튜디오, 드레스, 메이크업과 스타일. 조금씩
그런 결혼에 물리고 있을 찰나, 가려운 등을 긁어주듯 '스타일 818'의 스
타일리스트 이현정 대표가 나타났다. 이미 수백 명의 신혼부부의 결혼식
을 만져준 그녀는 10년째 본인이 그린 결혼식에 참석한다.

그녀의 본업은 패션디자이너였다. 하우스 웨딩과 소규모 웨딩 등 디테
일한 감각이 요구되는 결혼식이 늘어날 거란 전망을 한 친구가 그녀를

웨딩 쪽으로 초대했다. 늘 호기심이 많았던 그녀는 우연 같은 필연으로 '웨딩 플래너'라는 새로운 세계로 들어가게 된다.

신혼부부들의 설렘을 함께할 수 있다는 것을 꿈꾸며 시작했던 일의 실상은 상상과는 전혀 달랐다. 우리나라 결혼은 가격에 초점이 맞춰져 있다. 결혼식은 사회가 원하는 모습으로 정형화되어 있다. 그녀는 단 한 번뿐인 결혼에 주인공들의 스토리가 담겨야 한다고 생각했다. 그래서 한국의 결혼식에 변화를 주기로 했다. 새로운 바람을 불어넣기 위해 그녀만의 공간 '스타일 818'을 만들었다. 진지하게 컨셉을 잡고 대화를 통해 니즈를 채우려 한다. 선진문화의 결혼 스타일로 변하기 위해 당당하고 뻔뻔한 이현정 스타일로 생각한다. '안 되는 것이 어디 있어? 안 되면 되게 하면 되지!'

'스타일818'은 이현정 스타일리스트가 웨딩화보를 디렉팅하는 공간이며, 신혼부부들의 웨딩과정을 전반적으로 설계하는 공간이다. 이 공간은 본인 역시 자기다움을 풀어서 꺼낼 수 있는 세상이 되었다. 그곳에서 스타일리스트라는 명함으로 '아티스트'의 인생을 살며 자신을 찾는다. 디자이너의 감각을 놓지 않고 뼛속까지 안고 갈 수 있기에 플래너와 다른 희열을 느꼈다.

반면에 '웨딩 플래너'라는 명함에서는 따스함을 느낀다. 러브스토리의 한 지점을 만나고, 그들의 새로운 첫 페이지를 만져줄 수 있다는 것이 행복하다. 대화로 시작하여 느낌으로 마무리하는 그녀의 방식은 특별한 순간에 영원히 기억에 남을 수 있는 작은 선물이 되어줄 것이다.

나이를 먹고, 경력이 쌓일수록 그녀는 털털하게 일한다. 거들먹거리지 않는 실무진이 되기 위해 발로 뛴다. 스타일, 스토리, 팀워크를 중요시 여기며 반대의 견해를 이해하기 위해 계속해서 묻는다. 알아가는 과정에서 그녀 역시 발전하기에 세세한 부분까지 찾을 수 있다. 그녀는 지금도 베리굿웨딩컴퍼니 소속 본부장이자 웨딩 플래너다.

힘든 일이 있어도 원하는 것을 하기 위해 그녀는 매번 다짐한다. '나 이현정이야. 남도 하는 걸 내가 못 한다는 건 너무 우습잖아! 다시 해보자. 할 수 있어.'

어떠한 명함을 가지더라도 나만의 방식으로 만들어 자신의 그림을 그려내는 그녀는 현재 가장 나답게 사는 사람처럼 보인다.

합리적인 방법으로 나의 가치를 보여줘라

철없는 초등학생들 사이에 '이백충' '삼백충'이라는 말이 퍼지고 있다. 부모님의 월수입이 200만 원대인 사람들을 벌레에 빗댄 말로 저소득층 친구를 비하할 때 사용하는 말이다. 돈 한 번 벌어보지 않은 초등학생들이 자아가 제대로 성립되지 않은 채 이야기를 만든다. '기초생활보장 수급자'를 빗대어 '기생수'라 부르며 임대 아파트에 사는 친구들을 '임거충'이라 부르며 놀리기도 한다.

초등 교육부터 노출되는 빈부격차, 치열한 교육열로 불거지는 교육 과잉, 그 사이에 보이는 불평등과 성공에 대한 무의식적인 지표. 우리는 수동적으로 자라고 창의적인 생각을 하라 압박당하며 그렇게 성인이 된다.

치열하게 사는 것은 한국이나 미국이나 똑같은 것 같다. 미국도 역사상 최대 규모의 입시 부정 사건이 일어났다. 테니스 코치인 윌리엄 릭 싱어가 상담 영역을 교육으로 확대해 부정 입시 컨설팅을 했다. 스포츠 특기생 전형이 명문대학교에 들어가는 구멍이라는 것을 발견해 IT 기업 임원, 연예인, 투자자 등 신흥 부자들의 자녀들을 명문대에 입학시켰다. 그는 스포츠팀 코치를 매수하고 미국의 수능시험인 SAT를 조작하는 사기 행각을 벌였다.

'아메리칸 드림'도 이제 스펙 경쟁에서 벗어날 수 없게 된 것처럼 보인다. 현실을 똑바로 보자. 우리는 오늘도 내일도 공부해야 한다. 모레에는 공무원 준비를 해야 한다. 취직해도 끝나지 않는 자기계발이 남아 있다. 특히 내가 좋아하지 않는 분야를 파고들어야 할 때는 죽을 맛이다. 백수로 지내고 싶어도 당장 취직하지 않으면 뛰는 부동산값만큼 도태되고 무너질 것이다. 이제는 아르바이트도 스펙이 되는 시대가 왔다.

진짜 내 것이 아니면 어그러지는 시대다. 변화의 속도는 인간의 지적 능력을 뛰어넘고 천장과 바닥의 갭은 점점 커진다. 어떤 이는 꿈을 높게 잡으라 말한다. 야망을 품고 매일을 뛰어넘으라 외친다. 무기력하게 살지 마라. 움직여라. 그들의 말이 꿀처럼 달콤하게도 때론 허황되게도 들릴 것이다. 배부른 소리처럼 들릴지도 모른다. 어쩌면 내일을 살아가기 위한 동아줄이나 주문처럼 암기하고 있을지도 모르겠다.

현실은 진정 시궁창이다. 8살부터 19살까지 남들이 짜준 커리큘럼에 맞춰 살아가고 20살부터 시작하는 인생의 여행길도 어떻게 해야 할지 몰라 남을 따라 한다. 할 엘로드는 『미라클 모닝』이라는 책을 썼다. 백만장자가 되고 싶은 누군가는 이 책을 보고 피곤한 눈을 비비며 아침 일찍 일어날 것이다.

하지만 진짜 목표가 없는 사람의 『미라클 모닝』은 '미라클'은 없고 피곤한 '모닝'만 있다. 난 글을 쓰면서 '미라클 올데이'였다. 중요한 것은 밤, 낮이 아니라 나의 것으로 24시간을 얼마나 알차게 보냈느냐는 것이니 단순히 '모닝'에만 집착하지 말자.

내 것이 아닌 공부는 지루하고 질린다. 동기가 없는 운동은 삶을 지치게 만든다. 모호한 꿈을 가지고 성공해야 한다는 조급함이 진짜 나를 잊게 만든다. 그래서 우리는 거창한 꿈을 가질 필요는 없다. 어차피 이루고 싶은 꿈이 있다면 죽기 전에는 반드시 이루어질 것이다. 포기만 하지 않는다면 꾸준히 행할 것이고 그러면 이루어지리라 확신한다.

우리는 변하지 않는 현실을 너무나 잘 알기에 나답게 살고 싶다고 생각한다. 왜 피곤하게 도전하며 살아야 하는지도 알 수 없다. 그리고 그런 책들을 읽고 위로받는다. 당신이 위로받았던 글을 쓴 작가들도 '자신'을 위해 움직였다는 점을 알아두자. 그들은 결핍을 인정하고 목소리를 냈다. 만약 그들이 변하지 않는 현실을 보고 천장만 보거나 술만 마셨다면 한 권의 책은 나오지 않았을 것이며 절대 남에게 위안을 줄 수 없었을 것이다.

변화하는 시대다. 큰 꿈을 가지고 있었는데 몇십 년 뒤에 그 꿈이 없어질 수도 있다. 잡히지 않는 열망 때문에 진짜 소중한 것들을 놓치는 사람이 많다. 진짜를 보지 못하고 감사하는 마음과 친절, 베푸는 것을 잊어버릴 것이다. 가장 슬픈 사실은 '나'라는 존재가 진정 무엇을 원하는지조차 잊어버릴 것이다. 그러니 당장 행할 수 있는 소박한 꿈부터 가져라. 그리고 그 소박한 꿈들을 하나씩 이뤄라. 꿈들이 모여 더 큰 꿈으로. 또 다른 기회의 문은 열리게 되어 있다.

08
내가 먼저 나를 믿어야 전진할 수 있다

자신을 의심하는 사람은 마치 적군에 가담해
자신에게 총을 겨누는 사람과 같다.

알렉산드로 뒤마

나를 알려면 단점 파악은 필수다

내가 조절할 수 없는 큰 힘으로 일터가 사라진다. 급하게 전출이 되어 회사가 바뀐다. 같이 일하는 동료가 단 한 명도 남지 않아 정신적 스트레스가 극에 달한다. 내 고민을 단 한 명도 진지하게 들어주지 않는다. 최악의 순간은 갑작스럽게 다가오고 책임감이 크던 한 사람은 분노한다. 엎친 데 덮친 격으로 미래는 불투명하다.

인생을 살다 보면 나를 마주 보는 순간이 필연적으로 생긴다. 부족한 나와 괜찮은 나. 부족한 나를 마주하게 되면 싫거나 무시하거나 때론 화가 나기도 한다. 어두운 방에서 온종일 잠을 자고 우두커니 쭈그리고 앉아 자책하는 순간엔 항상 부족한 내가 있다.

술을 마시며 현실의 회피할 때도 부족한 나는 함께한다. 나는 왜 이것밖에 되지 않느냐 자신을 옥죄고 질책할 때도 자격지심에 똘똘 뭉친 부족한 내가 있다. 부족한 나는 거짓말을 한다. '난 부족하지 않아. 난 괜찮아. 단지 이런 나를 인정하지 않는 (이성, 사회, 가족, 친구) 그 무언가가 문제야.'

사실 난 나의 부족함을 일찍부터 알았다. 정이 많은 것, 즉흥적이고 끌려다니는 성향을 가지고 있는 것, 끈기가 없어 마무리를 제대로 하지 못하는 것 등 부족함을 말하자면 한도 끝도 없다. 물론 나의 성향은 긍정적인 영향을 줄 때도 있었다. 하지만 좋지 않은 영향이 더 컸다. 남이 나를 비판하게 내버려둔 게 가장 좋지 않은 영향이었다.

사람을 좋아하는 마음에 나를 보호하기보다 상대방이 내뱉은 말들을 들었다. 그러다 보니 자연스럽게 장점보다 단점을 먼저 알았다. 비판하기 좋아하는 타인은 나에게 좋은 점보다 안 좋은 점을 말하길 좋아했다. '너는 다 좋은데'라는 말을 시작으로 본인들의 잣대를 들이밀었다. 그걸 기준으로 모아보니 내 단점 컬렉션이 되었다. 어느 순간 억울한 마음이 들었다. 세상에 완벽한 사람은 없는데 왜 그들은 날 비판할까? 내가 만만한가? 어느 순간 비난받고 싶지 않다고 결심했고 그때 부족한 나를 객관적으로 바라보게 되었다.

그렇게 바라본 나는 보통의 사람이었다. 내가 애잔했다. 욕만 먹는 내가 불쌍했다. 부족한 나도 내 일부라면 그런 나도 내가 지켜야 했다. 타인이 나를 비판한다면 거기에 맞서 나를 보호하고 싸울 수 있는 사람은 오직 나뿐이었다. 오직 나만이 내 부족한 부분을 평가할 수 있다는 생각이 들었다.

타인은 나를 제대로 보지 못한다. 부족한 나와 괜찮은 나는 한 세트임에도 그들은 휘발성 발언으로 나를 판단하고 비판한다. 만약 내가 똑같이 그들을 비판하면 그들은 화를 낸다. 그래서 나도 화를 냈다. 어느 순간부터 화를 내는 에너지가 아까웠다. 그래서 더는 에너지를 소비하지 않았고 그 단계를 넘어서자 웃어넘길 수 있는 여유가 생겼다.

그 과정에서 변화를 원하는 나도 있었다. 타인이 판단하는 나의 부족함은 잔소리로 들렸지만 내 눈으로 바라본 나의 부족함은 자신에게 충고와 위안이 되었다. 나아가 괜찮은 내가 되고 싶다는 생각이 들게 했다.

마음처럼 변하지 않을 때 나에게 말했다. '억지로 변하려 하지는 말자. 이런 나도 나다.' 하지만 끌려다니는 느낌이 든다면 그땐 끌려가되 그 느낌을 잊지 마라. 그 기분을 기억한다면 서서히 하고 싶지 않은 마음으로 변할 수 있을 것이다. 나 역시 '굳이 하고 싶지 않다면 하지 말자.'라는 내 마음의 소리에 귀를 기울이고 나를 존중하며 부족함을 하나둘씩 바꿔나갔다. 충분히 잘하고 있다고 잘한 부분에 대해서는 칭찬했고 부족한 것에 대해선 반성했다.

나를 인정했을 때 나타나는 힘

잊지 말아야 할 사실은 사람은 모두 부족하다는 점이다. 하지만 무의식적으로 스스로 거짓말을 하기도 한다. 완벽한 척하며 자신을 속이고 괜찮은 척을 한다. 그럴수록 나를 정면으로 바라보길 바란다. 지적인 척, 외롭지 않은 척, 즐거운 척, 행복한 척하는 나에게 괜찮다고 위로해줘라.

돈을 좋아하는 사람을 속물이라 욕하지만, 누구보다 돈을 좋아하는 나도 있을 것이며, 교양이 없다는 것에 대해 욕하지만, 누구보다 천박한 나도 있을 것이다. 그런 나를 바라보며 누구보다 괜찮다고 말해주자. 남들에게 보이기 싫은 나만의 불편한 진실들을 거짓으로 포장하고 연기했던 지난날과 작별하길 바란다. 정면으로 바라보고 인정하며 마주하라. 애써 부정하고 살았던 치명적인 단점을 가진 나를 안아주길 바란다.

인간은 모두 다른 모양의 미성숙함을 가지고 있다. 그 점을 인정하면 자신을 측은하지만 따뜻한 마음으로 안아줄 수 있다. 또한, 인정하는 순간 세상을 바라보는 눈이 겸허해지며 나아가 다른 이를 품어줄 수 있는 마음의 여유도 생기게 된다.

나를 인정하는 과정은 쉬우면서 어렵다. 하지만 작은 것부터 시작하면 나라는 사람을 제대로 보고 인정할 수 있게 된다. 내가 찾은 간단한 법칙은 바로 김치찌개와 된장찌개다.

나는 음식점에서 음식을 주문할 때 메뉴를 잘 고르지 못하는 사람이었다. "뭐 먹고 싶어?"라고 상대가 물어보면 내 대답은 주로 "난 아무거나… 상관없어."였다. 정말 나는 어떤 선택을 해도 상관이 없었다. 어떤 음식을 먹든 고유의 맛이 있기 때문이며 상대의 선택이 무엇인지 궁금하기도 했다. 그냥 함께 먹는 것이 중요했다. 하지만 어느 순간 의문이 들었다. '난 무엇을 먹고 싶은 거지? 난 왜 의견도 없을까?'

단순한 질문이 나라는 사람을 정의했다. 결정장애? 갑자기 복잡 미묘해졌다. 순간 심란해지기도 했다. 난 왜 항상 남이 좋은 것만 하는 걸까? 김치찌개와 된장찌개 둘 중에 하나도 제대로 못 고르는 사람인 건가? 우유부단하기 때문인 걸까? 하지만 그런 이유는 아닌 것 같았다. 나는 수없이 질문했고 답을 찾았다.

나는 선택보다 상대의 의견을 존중해주는 걸 좋아해주는 사람이었다. 매번 끌려다니거나 휩쓸리던 나에게 이 작은 물음은 나를 정의하는 중요한 요소가 되었다. 시작은 찌개였지만 인생도 같은 물음의 방법으로 찾아 나아갔고 여러 질문에 대한 답으로 나를 이해하고 인정할 수 있었다.

누가 나에게 "김치찌개와 된장찌개 중 뭐 드시고 싶으세요?"라고 물어보면 이제는 당당하게 말할 수 있다. "아무거나 상관없어요. 둘 다 좋아해요. 시키고 싶은 거 시키세요. (전 상대의 의견을 존중하는 걸 좋아하는 사람이거든요.)"

작은 선택에도 정의를 내리고 나를 인정하는 순간 자신감이 생기고 요청이 명확해졌다. 내가 하는 말과 행동에는 나만의 이유가 있다는 것을 안다. 하나하나 짚어나가는 시작이 찌개였지만 그런 찌개 속에도 철학이 있었다.

우리는 무심코 결정하는 선택지에 '왜?' 라는 물음을 하지 않고 살아간다. 그렇게 스치듯 지나가는 과정에서 나라는 사람을 제대로 보지 못하게 한다. '왜 나는 그것을 선택하는가?' 라는 질문을 시작해라. 작은 것에서 큰 것으로 그 범위를 계속해서 넓혀나가면 '나'라는 사람에 대한 확신이 생길 것이며 진정한 나를 인정할 수 있게 될 것이다.

내 기준의 잣대가 생기고 당당해지면 아무리 작은 선택이라도 주위에서 인정해준다. 또한, 모든 선택에는 이유가 있으므로 자신감이 넘친다. 나 스스로 이미 인정을 하고 있으므로 타인의 인정과 시선이 중요하지 않다. 남의 의견이 더는 나를 지배하지 않게 되며 나를 진정으로 사랑할 수 있게 된다.

작은 질문으로 시작된 인정의 과정은 촘촘하고 견고하게 나를 정의하며 내 마음에 뿌리를 내린다. 나를 인정하면 자연스럽게 타인을 인정하게 된다. 다양성을 존중하며 열린 시야로 상대를 바라볼 수 있게 된다. 사람들을 만나며 다름을 인정함으로 더 넓은 세계를 마주할 수 있다.

인정하는 것을 어려워하지 마라. 부족한 나와 괜찮은 나를 인정함으로써 우리는 새로운 세계를 만날 수 있다. 누군가를 인정할 때 상대방은 지지를 얻을 것이며 앞으로 나아갈 것이다. 그리고 비판과 비난보다 인정과 배려라는 순수하고 겸손한 마음으로 서로에게 좋은 에너지를 줄 수 있을 것이다.

완벽하게 보여야 한다는 생각에 정작 나를 거짓말로 숨기고 부정적인 에너지를 사용하여 타인을 비판하지는 않았으면 좋겠다. 타인을 바라보는 시야, 나를 바라보는 마음에 여유를 가지고 다독이며 진짜 나와 타인을 인정하고 앞으로 나아가길 바란다.

09
단 한 번의 점프가 성공과 실패를 가른다

아프긴 하겠지. 하지만 둘 중 하나야.
도망치든가. 극복하든가! 어떻게 할 참이지?

영화 〈라이온 킹, 1994〉 중에서

5, 4, 3, 2, 1, 번지!

가평에 놀러 가 55M 번지점프를 할 때였다. 밑에서 볼 땐 높아 보이지
않던 번지점프대를 보며 겁도 없이 도전했다. 벌집처럼 뚫려 바닥이 훤
히 보이는 엘리베이터를 타고 올라가자마자 잘못된 선택을 한 것을 실감
했다. 얼굴은 애써 태연한 척했으나 긴장으로 인해 식은땀이 났다. 번지
점프대에 올라가 있으니 다리가 사시나무처럼 바들바들 떨렸고 손은 축
축해졌다. 안전 요원은 잘 매여 있는지 알 수도 없는 동그란 고무벨트를
몇 번 올렸다 내리며 말했다.

"제가 다섯을 셀 때 뛰셔야 합니다. 그때 못 뛰면 어차피 못 뜁니다."

얼굴은 점점 창백해졌다. 눈물이 핑 돌았다. 잠깐 뒤를 돌아보니 사람들이 줄지어 기다리고 있었다.

"이제 뛰셔야 합니다. 엄지발가락을 다이빙대 앞까지 내미세요!"

정말 한 발자국만 가면 되는 거리였다. 하지만 그 거리는 무한대로 늘어났다. 다리는 바들바들 떨리고 발은 말을 듣지 않았다. 안전 요원에게 말했다. "다… 다리가 안 움직여요." 그러자 그는 흔한 일인 것처럼 이렇게 말했다.

"못 하겠으면 포기하세요!" 쉽게 툭 던진 그 말에 순간 욱했다. 여기까지 어떻게 올라왔는데 포기할 수는 없었다. 바들바들 떨면서 발가락을 겨우 앞으로 내밀었다. 야속하게 그 순간 그가 외쳤다.

"Five, Four, Three, Two, One."

"번지!"

나는 눈을 감고 몸을 내던졌다. 악 소리도 내지 못했다. 속으로 생각했다. '그래, 까짓것 죽기밖에 더하겠어!' 높은 곳에서 떨어지면 심장이 밑으로 '쿵' 하고 떨어진다. 하염없이 떨어지는 심장은 첫 번째 반동이 있을 때 겨우 제자리로 돌아왔다. 그때가 돼서야 나는 눈을 뜰 수 있었다.

'살았다!' 눈을 뜨자마자 아름다운 청평 호수가 펼쳐졌다. 반동은 한 번, 두 번, 세 번, 네 번, 그렇게 나는 누구에게도 구속되지 않는 기분으로 하늘을 날고 있었다. 내가 해냈다. 결국 해냈다.

초등학생일 때 나는 반에서 3번이었다. 대부분 그러하듯 키가 작은 순서대로 번호를 매겼는데 우리 반에서 내가 세 번째로 작았다. 체육 시간이었다. 뜀틀 시간은 내가 좋아하지 않는 수업이었다. 다리가 짧은 나는 매번 넘는 것을 실패했기 때문이다.

웰시코기처럼 짧은 다리로 뜀틀을 넘는 것은 큰 도전이었다. 저학년 때부터 고학년이 될 때까지 뜀틀은 나에게 두려움이자 공포였다. 도움닫기를 제대로 해도 매번 엉덩이 끝이 걸리기 일쑤였다. 반복되는 실패에 달리기도 전에 실패할 거라 생각했다.

앞서 달린 친구들이 멋지게 뜀틀을 넘길 때 나는 인생의 쓴맛을 보았다. 불공평한 다리 길이에 모래만 탁탁 쳤다. 공기놀이처럼 손을 쓰거나 오목 같은 일은 자신 있어도 몸 쓰는 건 정말 싫었다.

하지만 그런 내 인생에도 센세이션이 일어난다. 우리 반에서 제일 작은 여자애가 내 앞을 달리다가 뜀틀을 넘었던 것이다. 짧은 다리는 문제가 아니었다. 1번 친구도 나만큼 다리가 짧았다. 그때부터였을까? 난 용기를 냈고 자신 있게 내달렸다. 그러자 신기하게도 누구보다 멋지게 뜀틀을 넘을 수 있었다.

미군 부대에 있다 보니 군복을 입은 군인들에게 존경심이 생겼다. 나라를 위해 본인을 절제하고 생활하는 그들은 가족들과 살 수 있는 삶을 포기하고 타국에 와서 매일 반복적인 생활을 한다. 미군의 경우 3성 장군이라도 이등병과 같이 본인의 업무를 직접 처리한다. 수평적인 모습에 오히려 경외감이 든다.

더불어 대한민국 군인들이 멋있어 보였다. 나라를 위해 책임을 다하는 모습은 어떤 누구보다 훌륭하고 대단한 일이다. 한국은 군인에 대한 이미지가 좋지 않다. "군인 소개해줄까?"라고 말하면 얼굴부터 찡그린다. 하지만 그들은 국방의 의무를 지고 우리를 지키기 위해 한 걸음 점프를 한 멋진 사람들이다.

마음이 가는 일을 하고 싶다고 생각할 것이다. 하지만 생각만 하지 말고 최대한 빠르게 움직여 시작했으면 좋겠다. 꿈꾸는 결혼생활, 임신과 출산은 생각한 것보다 아름답지 않을 수 있다. 드라마는 드라마일 뿐 현실은 전쟁터라는 말처럼 남과 함께 사는 삶 속에서 포기해야 할 것이 많이 생길 것이다. 물론 그만큼 소중한 것들도 많이 생기겠지만 결혼과 육아로 인해 새로운 관계가 형성되면 그전까지 꿈꿔 오던 삶의 방식이 모두 변할 수밖에 없다. 그러므로 마음이 간다면 미리 겁먹고 피하지 말자. 실패할 거라는 생각은 접어두고 지금 이 환경 안에서라도 시작했으면 좋겠다.

누군가는 자신이 하고 싶은 일을 하며 행복하게 하며 살 것이고 또 다른 누군가는 하고 싶지 않은 일을 하며 살 것이다. 사람마다 성공과 실패의 의미는 다르지만 하고 싶은 일이 즐겁고 자신을 행복하게 만들며 부까지 얻게 해준다면 시작하지 않을 이유는 없을 것이다.

인생이라는 긴 마라톤에서 우리는 어쩔 수 없이 출발선에 서야 했다. 준비되지 않고 좋아하지 않는 달리기를 하는 것이 비단 나뿐만 아니라 모든 이에게 죽을 맛일 것이다. 그 달리기를 즐기기 위해선 내 것을 찾는 과정, 바로 지금 이 순간 도전하며 빠르게 탐색하는 방법만 있을 뿐이다. 그러니 '젊음'이라는 축복에 축배를 들고 한 번의 점프로 후회 없는 삶을 살길 바란다.

우연을 운명으로 바꾸는 법

우리는 태어날 때부터 '운'을 가지고 태어났다. 배울 수 있는 것도 '운'이 있었기 때문이며 친절할 수 있는 것도 '운'이 있었기 때문이다. 시간이 흐르면 나보다 부족한 사람이 성공하는 것을 더 많이 보게 될 것이다. 그 사람은 나보다 '운'이 좋았을 뿐이니 절망하지 마라. 성공과 실패는 한끗 차이다. 그 한끗은 바로 '운'이다. 삶을 부정적으로 보면 있던 '운'도 사라지고, 긍정적으로 바라보면 '운'과 삶의 기회도 잡을 수 있게 된다. 그러니 매 순간을 긍정적으로 바라봤으면 좋겠다.

피할 수 없는 죽음을 곁눈질 정도로 바라보고 하루를 나로 꽉 채워 살

자. 삶과 죽음이 한 세트라는 것을 인지하면 중요한 우선순위가 순식간에 바뀐다. 성공도 명예도 돈도 아니다. 오직 '행복'이다. 삶에서 후회를 두고 싶지 않게 된다. 오늘보다 행복한 내일을 위해 긍정적으로 변하게 된다. 오늘을 사는 삶이 주는 행복을 알게 된다.

아빠가 아프고 난 뒤 얼마 지나지 않아 엄마가 아팠다. 병원을 벗어난 지 얼마 되지 않아 다시 병원으로 돌아오게 되었다. 그렇게 우리 집은 약 5년 동안 병원과 깊은 인연을 맺었다. 울지는 않았다. 자연스럽고 덤덤하게 위기를 극복했다.

이미 겪었던 일들은 어떤 방식이든 우리에게 교훈을 준다. 그 교훈은 나에게 이렇게 말했다. '이 또한 지나가리라. 충분히 잘해왔다. 단지 운이 없었을 뿐이다. 내 탓이 아니다.' 그러니 주저앉지 말자. 인생은 내 맘대로 되지 않는 것들이 분명히 있다.

어제까지 괜찮았던 삶에 갑작스러운 비보를 들을 때도 있을 것이다. 장녀라는 위치, 사회에서의 위치, 삶에서의 가치관이 전부 흔들린다. 또한, 인생을 바라보는 시선도 180도 바뀌게 된다. 하지만 누구나 오는 인생의 고비는 '운'으로 다시 태어날 수 있다. 세상을 바라보는 시야를 바꿔줄 수 있기 때문이다. 당연하거나 불행하게 여겼던 삶의 고난을 기회로 인지하고 축복하고 감사하길 바란다. 세상의 중심이 나로 바뀌게 되며 두려움과 맞서 '용기' 낼 수 있는 힘을 얻을 수 있다.

입으로만 떠들면 안 된다. 실패하더라도 시도해야 한다. 모든 것은 생각하기에 따라 운으로 작용할 수 있다. 이미 겪어본 일이 다시 한 번 닥치게 될 때 우리는 아주 빠른 속도로 이 절망과 불행의 늪을 지나갈 수 있다.

인생에는 3번의 기회가 온다고 한다. 우리는 그 기회가 언제 왔는지도 모르게 놓쳐버릴 수 있다. 움직이지 않고 멈춰 있다면 기회라는 '운'은 남의 것이 될 확률이 높다. '그때 내가 그랬다면 좋았을 텐데….' 라는 후회만 남겨질 것이다. 명확히 알 수 있는 것은, 시간은 다시 돌아오지 않으며, 후회는 끝까지 후회로 남는다는 것이다. 매 순간을 기회로 삼았으면 좋겠다. 그래야 진짜 기회가 왔을 때 정확하게 잡을 수 있을 것이다.

모든 인간관계가 무너지고 비참해지는 순간이 오기도 할 것이다. 무기력하고 고달프기도 할 것이다. 그럼에도 기회라 믿고 일어나자. 단 한 걸음만 걷기 위해 힘을 내자. 한 걸음씩 나를 위해, 내가 좋아하는 것으로 향해 가자. 두려워하지 말고 용기를 가지고 앞으로 걸어라. 어제와 다른 오늘, 오늘과 다른 내일, 원하는 삶으로 들어가는 길은 딱 한번의 점프면 된다.

10
인생은 속도와 방향 모두 중요하다

사람이 인생에서 가장 후회하는 어리석은 행동은
기회가 있을 때 저지르지 않는 것이다.

헬렌 롤랜드

인생은 속도와 방향이다

우리가 사는 이 시기는 너무나 빠르게 변화한다. 오죽하면 스티브 잡스는 미래를 예측하기 힘들어 단기계획을 세우고 즉흥적으로 변화했다고 말했겠는가. 흔히 들었던 말일 것이다. '인생은 속도보단 방향이다.' 이 말은 이미 지난 세월에나 해당하는 말이 되어버렸다. 우리는 변화의 물결을 정확히 바라보아야 한다. 그리고 동시에 속도를 즐겁게 타야 한다.

사람은 저마다 자신의 속도가 있다. 만약 내가 안주하고 있다는 생각이 들거나 속도가 나지 않는다면 잠깐 뒤돌아 주위를 둘러보자. 맞는 길로 가고 있는지 지금 가는 길이 오르막인지 다시 한 번 점검해보자. 만약 옳은 방향으로 가고 있다면 숨을 한번 고르고 꾸준히 오르면 된다. 옳지 않은 방향이라면 멈춰서 생각하고 다른 길로 움직이면 된다.

올바른 방향으로 나아가고 있다 해도 잠깐 쉬면서 매번 나를 돌아보자. 언제나 의심하며 방향을 구체화하자. 정확한 방향으로 가고 있다면 어느 순간 속도를 초월해 원하는 곳으로 빠르게 나아가는 나를 발견할 것이다.

'제티슨'(Jettison)이란 말을 아는가? 사전적 의미는 '필요 없는 것을 버린다'는 뜻이다. 짐을 실은 선박이나 비행기가 풍랑, 좌초, 화재 등 다시는 항해를 지속할 수 없는 위기 상황에 부딪혔을 때, 짐을 버려 안전하게 만드는 행위를 뜻하는 용어다.

노련한 선장은 무엇을 버려야 할지를 명확하게 안다. 사람의 목숨, 지켜야 할 것들의 우선순위를 정확하게 보고 비워낸다. 결정적으로 이렇게 비워낸 배는 위기를 넘겨 속도를 내고 목표한 방향까지 항해를 마칠 수 있다.

이처럼 우리는 인생에 '제티슨' 즉 '버리기'를 실천해야 한다. 필요 없는 물건, 인간관계, 욕심, 인정, 선입견, 자만같이 나에게 부정적인 것들을 버리자. 인생의 우선순위를 정하고 스스로 가지치기를 하는 과정이 필요하다. 가볍게 만드는 행위는 올바른 방향으로 항해를 하는 데 자연스럽게 속도를 낼 수 있게 만든다.

처음에 부자연스럽던 가지치기도 몇 번을 시도하다 보면 익숙해진다. 나와 맞지 않는 부분은 가감 없이 넘기게 되며 내가 원하는 것을 취하게 된다. 만약 내가 무엇을 버려야 할지 모르겠다면 책읽기를 추천한다. 독서를 통해 삶의 지혜를 배우고 비워내는 것을 연습할 수 있다. 또한, 다양한 사람을 만나라. 사람들의 생각을 통해 버려야 할 것과 취해야 할 것을 정확하게 볼 수 있을 것이다. 그들을 통해 내가 가져야 할 것과 아닌 것을 구별하여 습득할 기회를 찾을 수 있을 것이다.

우리가 반복적으로 삶의 우선순위를 정하고 가지치기를 하다 보면 '버리기'에도 요점만 정리할 수 있게 된다. 그렇게 속도가 붙다 보면 올바른 방향으로 순풍을 타고 있는 자신을 발견하게 될 것이다.

실행하는 사람, 성취하는 사람

어린 시절 시골에 가면 밤나무에 열린 밤을 따며 놀았다. 이를 통해 속도와 방향이 중요한 이유를 설명해보고자 한다.

1. 나무에 밤이 달려 있다. 나는 밤을 바라보았다. 뾰족뾰족해 신기하기만 했다.

2. 엄마가 밤을 쪄줬다. 딱딱한 밤껍질에 부정적인 마음이 들었다. 하

지만 주위에서 맛있다고 권했다. 호기심에 한 입 깨물어 먹어보았다. 오호라 너무 맛있다. 아침에 봤던 뾰족뾰족한 밤송이 안에 이 밤이 들어 있는 거군. 밤을 따고 싶다.

3. 밤을 어떻게 따야 할까? 나무를 쳐볼까? 끄떡도 안 한다. 돌을 던져볼까? 맞지 않는다. 친척 오빠들에게 부탁하자. 오빠들도 돌을 던진다. 이미 해봤던 거야. 머리를 대고 상의한다. 나뭇가지가 보인다. 막대기를 이용하자. 작은 막대기는 닿지 않는다. 막대기를 던진다. 돌멩이와 다를 게 없다. 긴 막대기를 찾자. 긴 막대기를 찾았다.

4. 밤을 건드렸고 드디어 따게 되었다.

5. 머리 아래로 떨어지는 바람에 다치고 말았다. 밤송이는 따가웠다.

6. 밤껍질을 벗겨보자. 손으로 하려니 힘들다. 어떻게 해야 할까? 발을 이용하자. 그렇게 겨우 밤을 얻었다.

7. 밤을 따니 담을 데가 없다. 결국, 한 움큼 손에 들고 왔다.

다음 해 추석이 되었고 우리는 또다시 밤을 땄다. 모두 운동화에 긴 바지, 모자, 그리고 떨어진 긴 막대기를 주워서 밤을 쳤다. 아주 손쉽게 밤을 얻을 수 있었다. 물론 발을 이용했다. 우리는 비닐봉지도 준비했다. 작년보다 훨씬 많은 밤을 수확했다.

우리는 밤 따기를 통해 '방향'을 찾는 과정과 '속도'를 내는 과정을 엿볼 수 있다. 먼저 밤에 대해 잘 몰랐지만 한 입 먹어보는 '도전'을 통해 동기가 부여됐다. 동기가 생기니 '실행'을 하기 위해 움직일 수 있었다. 밤을 따고 싶다는 '방향'이 생겼다. 우리는 다시 밤을 따는 '도전'을 했다. 몇 번의 실패를 맛보았지만 '실행'을 계속했다.

결국, 밤을 따는 '성취'를 얻는다. 다음 해 우리에게는 '속도'가 생겼다. 일련의 과정을 통해 정확한 방향을 알고 있었기 때문이다. 지속적인 실행의 결과, 빠르고 효율적으로 '큰 성취'를 맛보게 되었다.

'도전 – 실행 – 방향 – 도전 – 실행 – 성취 – 실행의 반복 – 가속도 – 큰 성취'로 우리가 원하는 것을 취할 수 있다.

이제 우리는 다시 한 번 '속도'와 '방향'에 관해 이야기해보고자 한다. 내가 생각하는 방향과 당신이 원하는 방향은 다를 수 있다. 내가 생각하는 속도와 당신이 원하는 속도도 물론 다를 것이다. 모두가 같은 방향을 향해 가고 있을지라도 거북이 눈에는 토끼가 고속 질주를 하는 것처럼 보일 것이고 달팽이는 너무 느리다고 생각할 것이다.

그래서 '나만의 기준'이 있어야 한다. 남의 것이 아닌 진짜 나의 방향이 무엇인지 정확하게 알아야 한다는 뜻이다. 지치지 않는 나의 속도를 찾아야 한다. 앞서 말했듯 나의 방향과 속도를 아는 방법은 단 하나다. 도전하고 맛보며 움직이고 실행해라.

아무도 내 인생을 대신 살아주지 않는다. '잘될 거다. 잘될 수 있을 것이다. 잘하고 있다. 나는 잘된다!' 스스로 움직이고 행하는 자만이 나를 응원할 수 있는 말을 자신 있게 외칠 수 있다.

PART 4

나만의 기준으로
더 넓은 세상을
만나라

비관론자들은 기회가 왔을 때 위험을 보고,
낙관론자들은 고난이 와도 기회로 본다.

처칠

사랑은 타이밍이다

인생의 우여곡절을 겪은 한 청춘 남녀가 있다. 빙글빙글 방황하는 삶을 살다가 우연히 한 장소에서 만난다. 스치듯 지나갈 수 있었음에도 갑자기 여자의 목에 걸려 있던 초록색 스카프가 바람에 날려 '툭' 남자 앞에 떨어진다. 남자는 흠칫 놀란다. 그리고 이내 스카프를 줍는다. 부드러운 촉감이 힘들었던 하루를 잊게 할 것 같은 기분. 초록색 실크 스카프. 천천히 뒤돌아 그녀를 바라본다. 낯설지만 낯설지 않은 기분, 이런 것도 운명일까? 그렇게 남자는 사랑에 빠지고 운명처럼 그 둘은 결혼한다. 그들이 말한다.

"매일 기다렸어요. 그러다 우연히 바람에 날린 초록색 스카프로 운명을 확인했죠. 이게 바로 완벽한 타이밍이에요! 여러분! 완벽한 타이밍에 나타나는 완벽한 사랑! 찾으실 수 있어요!"

친한 오빠가 소개팅을 부탁했다. 괜찮은 남자가 있는데 오랫동안 솔로였다며 여자분이 있으면 소개를 해달라는 것이었다. 주위에 미혼인 친구를 소개해줬지만 안타깝게도 인연으로 연결되지는 않았다. 몇 달 뒤, '괜찮은 남자'분의 동향을 들었다. 그는 오기가 생겨 일주일에 2번씩 한 달 사이에 총 7번 소개팅을 했다고 한다. 그리고 여덟 번째 소개팅에서 드디어 여자 친구를 사귀게 되었다는 것이었다. 난 그분의 끈기와 용기에 박수를 보냈다.

드라마나 영화에서 나오는 완벽한 타이밍은 꿈같은 이야기다. 초록색 스카프가 우연히 내 이상형 앞에 떨어질 확률은 1%도 없다. 만약 떨어지더라도 밟고 지나가지 않으면 다행이다. 현실은 친한 오빠의 소개팅처럼 부단히 열심히 두드리는 자만 잡을 수 있다. 오직 여자 친구를 만들겠다는 열정 하나로 한 달에 8번 소개팅을 한 그처럼 완벽한 타이밍은 스스로 만들어야 한다.

생각하기 전에 시작해라

〈여수 밤바다〉 노래가 흘러나오고 싸이의 〈강남스타일〉이 처음 소개되던 2012년, '살아 있는 바다, 숨 쉬는 연안'이라는 주제의 여수엑스포에는 내가 있었다. 그때는 유난히 해가 길었으며 지금 생각해보면 난 너무 젊고 뜨거웠다.

1993년 대전 엑스포에서 '꿈돌이'를 본 기억을 더듬어보았다. 나에게 엑스포란 긍정적인 이미지였다. '꿈돌이'는 나에게 88올림픽 '호돌이' 다음으로 좋아했던 캐릭터였기 때문이다. 기억해보면 당시에는 이력서에 한 줄이라도 채워야 했기에 인턴십을 해야 한다고 생각했다.

아르바이트 구직 사이트에 올라온 모집 공고를 계속 읽다 우연히 눈에 띄어 도전한 것이 '여수엑스포'였다. 여수에서 4개월을 살아야 하고, UN관에서 일하며 영어 통역 및 안내와 의전을 하는 운영 요원이었다.

정확한 업무는 모르지만 우선 'UN, 국가 행사, 영어 사용'이라는 부분이 맘에 들었다. 전화 면접이 끝나고 합격하였다는 소식을 듣자마자 고민 없이 짐을 싸서 여수로 떠났다.

당시 UN관은 환경재단과 유엔 환경계획(UNEP)의 관리하에 환경문제에 대한 경각심을 불러일으키는 전시 프로그램을 설치했다. 반기문 총장의 인사말로 시작되는 유엔관의 여행은 우주에서 지구로, 땅과 해변 그리고 바다의 환경문제들을 재밌게 다뤘다.

"긴급 상황이 발생했습니다. 유조선이 침몰해서 기름이 새어 나오고 있습니다."라는 설명과 함께 기름이 유출되어 바다와 모래사장이 기름으로 덮이기 시작한다. 그때 사람들에게 말한다. "유조선 침몰로 오염된 바다를 청소합시다!" 사람들이 모래사장으로 들어간다. 영상이 그림자를 인식해 점점 모래사장이 깨끗해지고, 물도 깨끗해진다. 그 순간 실제 태안에서 발생했던 유조선 기름 유출 영상이 틀어지며, 환경재앙에 맞서 어떻게 상황을 극복하고 복구를 했는지 알려주었다.

나 또한 기름 유출 당시 태안으로 내려가 직접 기름을 닦았다. 파도가 기름 범벅이 되어 돌에 진득한 기름을 잔뜩 묻혔다. 갈매기도 물도 까맸다. 아무리 닦아도 닦이지 않는 해안, 기름 냄새가 모두의 머리를 아프게 했다. 전국 각지에서 모인 봉사자들이 나라를 지키기 위해 얼마나 노력했는지 알고 있다. 마른 수건과 신문지를 구겨 돌멩이 하나하나를 닦았다. 지워지지 않던 기름을 본 나로서는 문제의 심각성을 알릴 수 있는 것이 상당히 의미 있는 일이었다.

전 세계 방문객에게 무심코 지나칠 수 있는 환경문제를 인지시키는 역할이었기 때문에 촘촘히 설명했던 기억이 난다. 나조차 무관심했던 문제들을 자세히 알게 되었고 그 계기로 환경에 관심이 생겼다. 다양한 분야의 사람들을 만날 수 있던 것도 이곳에서 있었기 때문이다. UNDP(유엔개발계획), WFP(세계식량계획), WMO(세계기상기구), WHO(세계보건기구)에 있는 인턴들, 자원봉사자들을 만나면서 새로운 관심이 생겼다.

4개월 동안 숙박하며 지냈던 그곳은 열정이 넘치는 청춘들의 집합소였다. 세계 각국의 사람들과 어울리며 꿈을 이야기하고 미래를 응원했다. 엑스포나 올림픽과 같은 국가 행사는 일회성이기 때문에 수많은 사람의 땀과 열정이 고스란히 남은 채로 끝나버린다. 그러기에 항상 아련하고 좋은 기억으로 남는다. 그때 우리는 어리고 덜 익었기에 행복했다.

시간이 흘러 '평창 올림픽'에서 일할 기회가 생겼을 때 주저 없이 지원했다. 혹시 참여할 생각이 있냐는 말에 무조건 하겠다고 했다. 평창과 용산을 왔다갔다해야 하는 강행군이지만 해야 할 이유가 있었다. 국가 행사는 단 한 번뿐이라는 것, 그리고 그 시간은 절대 다시 돌아오지 않는다는 것. 이 2가지로 시작할 이유는 충분했다.

KTX와 버스를 타고 강원도에서 서울을 계속해서 움직였다. 자발적으로 지원했기 때문에 가는 길이 한편으론 설레기도 했다. 평창에 숙박하면서 현장 인턴들을 관리하고 외국인 고객 서비스와 영업방법을 교육하다가 다시 본업으로 돌아가는 것을 반복했다.

그동안의 경험으로 인턴들과 많은 대화를 나누고 업무효율을 올리기 위해 서로 힘이 되어주었다. (우연인지 필연인지 취준생 위주로 구성된 인턴들이었기에) 꿈 많은 그들의 이야기가 나에게도 신선한 자극이 되었고 위기상황 앞에선 서로 방패가 되어주었다. 응원하고 끌어주며 성공 개최를 위해 각자의 위치에서 최선을 다했던 기억이 난다. 그해는 영하 22도의 강추위였고 우리는 함께 칼바람을 맞았다.

월급을 더 주는 것도 아니었다. 단지, 전 세계 선수들과 언론인들에게 서비스를 줄 수 있는 현장에 있는 것은 그 자체만으로 참 가슴 뛰고 영광스러운 일이다. 그 일들은 나를 성장시키며 가치 있게 만들어준다. 만약 내가 본업에만 충실했다면 국가 행사에 참여하지 않았을 것이다. 하지만 나는 내가 원하는 것을 확실히 알았기 때문에 도전했다.

기다리는 완벽한 타이밍은 내가 먼저 손을 내밀지 않는 한 절대 오지 않았다. 그러므로 나는 기회가 생기면 무조건 도전했다. 나에게 지역은 어디든 상관없었다. 여수든 평창이든 내가 원하고 하고자 하면 할 수 있었다. 만약 내가 지금 나의 직업과 직군에 안주했다면 그 순간 기억들은 남의 것이 되어 있을 것이다. 그리고 좋은 사람들을 만나지 못했을 것이다.

두려움을 극복해야 기회의 순간도 잡는다

자신만의 색을 가진 〈혼자〉라는 영화로 제20회 부산국제영화제 시민평론가 상을 받은 박홍민(38)감독은 평범한 학생이었던 20대 후반 저예산으로 완성한 영화 〈물고기〉로 로테르담국제영화제 공식경쟁부문에 초청되는 영예를 안게 된다. 그는 무엇이 자신을 행복하게 하는지 정확히 알고 있었기에 꿈을 향해 도전할 수 있었다. 현재 1인 제작사인 '농부영화사'를 운영하며 마음이 부르는 일을 하며 산다. 학생이었을 때 쓰던 작업실에서 초심을 잃지 않고 같은 길을 가고 있는 그를 보면 자신을 위한 타이밍을 제대로 알고 있는 사람이라는 생각이 든다.

우리는 너무 많은 생각을 한다. 그리고 그 생각이 잡념이 되어 무언가를 실행하는 것을 주저하게 된다. 평가받을 것에 대해 두려움, 잃을 것에 대해 두려움으로 주저한다. 그 순간 생각을 멈추거나 단순화시키자. 식단 조절을 하듯이 생각의 다이어트를 하면 주저함이 덜할 것이다.

어떻게 먹고 살지? – 무엇이든지 시작하면 되지.
어떻게 이직을 할 수 있지? – 지금 직장을 관두면 되지.
어떻게 취직하지? – 아르바이트라도 하면서 생각하자.

한쪽 문이 닫히면 다른 쪽 문이 열린다고 한다. 내가 원하고 좋아하는 일이 무엇인지 알 수 없다면 단순하게 생각해 궁금한 것을 도전하고 경험해보자. 경험은 교과서에서 알려주지 않은 현실을 알려준다. 그리고 실체를 정면으로 보게 해준다. 내가 무엇을 잘하는지, 무엇을 못하는지 정확하게 알게 해준다. 새로운 시야를 키워주며 넓게 볼 수 있는 눈을 길러준다. 언제나 기회의 문은 열려 있다. 나의 특별한 문을 찾을 수 있는 건 오직 나 자신뿐이다. 그러니 포기하지 말고 꾸준히 도전해 문을 찾길 바란다.

자신의 약점이나 모자라는 점을 숨기고 감추기보다는
있는 그대로 드러낼 수 있는 용기를 가진 자에게는
결국 길이 열리게 될 것이다.

아드리스 샤흐

LOVE YOUR SELF

남편의 뒷모습이 보일 때 진정한 사랑이 시작된다고 한다. 아버지의
뒷모습이 보일 때가 되면 그를 진정으로 이해할 수 있게 된다고 한다. 어
린 시절 늦은 밤, 치킨을 사온 아빠의 입에선 소주 냄새가 났다. 그때는
치킨만 보였고 소주 냄새는 싫었다. 이제는 왜 치킨을 사오셨는지 그 이
유를 알 수 있다. 거칠어진 손만큼 고된 삶의 위로를 아이들의 미소로 받
고 싶으셨을 것이다.

생각해보면 아빠가 치킨을 사 왔을 때 매번 "아빠, 최고!"라고 립 서비
스를 했다. 가끔 고되고 힘든 날, 이제는 내가 닭강정을 사 간다. 아빠는

나에게 "딸, 최고!"라고 말씀하시고 술은 조금만 마시라고 혼낸다. 난 아빠 닮아서 그렇다고 말하다가 꿀밤을 맞는다.

우리는 모두 각자의 무게를 견디며 살아간다. 삶이라는 여행길이 때론 무거울 것이다. 벅차고 힘들 때도 있을 것이다. 그 순간 나의 뒷모습을 내가 먼저 봐주면 좋겠다. 자신과 싸움을 위해 매고 다닌 무거운 책가방, 그 덕분에 생긴 뭉친 어깨를 토닥여주자.

컴퓨터 모니터를 뚫어지게 쳐다보다가 거북목이 되고 허리통증이 생긴 내 뒷모습을 바라봐주자. 애잔해 죽겠다. 그 와중에 운동을 병행하고 취미 활동까지 하는 치열한 내 몸뚱이는 무슨 죄인가. 굳은살이 생긴 손도 쓰다듬어주자. 우리 지금까지 충분히 잘해왔다.

우리는 있는 그대로 자신을 사랑하는 것에 대해 어색해한다. 경쟁하는 사회 속에서 태어난 죄로 스스로 가치를 하향 평가한다. 주근깨 빼빼 마른 빨간 머리 앤을 보자. 요즘 시대에 태어났으면 피부과에서 주근깨 빼라는 조언이나 받았을 것이다. 그녀는 머리를 검은색으로 염색하고 면접 준비를 했을지도 모른다.

당찬 그녀는 아마 시대에 반항했을 확률이 높다. 빨간 머리를 홍당무라고 놀린 길버트를 석판으로 쳐버린 것처럼 자기애가 강했으니까. 외롭고 슬프지만 굳세게 산 그녀는 진짜 자신을 마주 봤고 사랑하는 방법을 알았다. 풍부한 상상력과 수다스러움, 밝은 성격을 가지고 본인에게 솔직했다.

주근깨마저 매력으로 바꾼 그녀의 비법은 바로 있는 그대로 자기 자신을 인정하고 사랑했다는 점이다. 그녀처럼 남을 의식하지 않고 나를 진정으로 사랑하게 되면 가진 모든 것이 매력이 된다. 그리고 자연스럽게 나 자신을 가치 있게 만든다.

오늘도 혹시 거울을 보고 본인의 단점만 찾고 있는가? 본인의 모습을 사랑하지 않으면 아무리 외적으로 변화하더라도 자신이 없고 위축된다. 그러니 괜찮다고 말해주자. 고생한 어깨를 스스로 매만져주자. 그렇게 나를 있는 그대로 사랑하자. 나에게 위안을 줄 수 있는 건 오직 나 하나다. 진정으로 사랑해주고 인정해줄 수 있는 것도 나 하나다.

우리 지금 이대로의 모습으로도 충분하다

나 자신을 학대하는 방법은 다양하다. 나의 경우는 상처가 나도 무심했다는 점이다. 여자는 흉이 지면 안 된다는 말에 괜한 반항심이 들었던 것 같다. 지금 생각하면 이해할 수 없지만, 상처가 나면 내버려두는 것이 일상이었다. 그러다 보니 점점 흉이 져도 무심해졌다. 처음에 상처로 시작한 이 작은 학대는 나를 아끼지 않는 결과를 만들었다. 건강에 소홀해져서 몸에 좋지 않은 것을 취했고 일부러 혹사하기도 했다.

치열하게 살아온 내가 안쓰럽기보다 한심한 날이 있었다. 그날 내 눈에 멍투성이거나 흉이 진 내 몸이 보였고 삶을 돌아보니 목적 없이 그냥 살고 있었다. 그러면서 오지랖이 많은 건지 다른 이들의 고민에 깊게 심취해 같이 걱정하고 있었다.

내 인생도 불안하고 갈 길을 모르겠는데 남의 고민을 함께 이고 있다니 완전 바보가 따로 없었다. 친구들의 고민 상담에 머리가 포화상태가 되고 인생이 진짜 무겁게 느껴졌다. 그날 나는 남에게 관대하게 말해주던 위로의 말들을 단 한 번도 나에게 하지 않은 나를 발견했다.

"괜찮아."
"잘될 거야."
"잘하고 있어."
"넌 충분해."

나를 위로하며 내 뒷모습을 바라봤다. 그날따라 유독 흉터가 눈에 깊게 들어왔다. 그리고 열심히 살아온 나에게 스스로 얼마나 관대하지 못했는지 절실하게 느꼈다.

평소 내 이야기를 잘 들어주는 친구 감자가 나를 보더니 이렇게 말했다.

"세상 고민을 다 지고 있네. 안 무겁냐? 어깨를 손으로 툭툭 치고 내려놔. 너의 고민이 아니야. 털어내!"

그녀는 아무 의미 없이 한 말일지라도 지금 생각해보면 얼마나 고마운 지 모른다. 그 순간 나도 모르게 왼쪽 어깨 2번, 오른쪽 어깨 2번을 쓰다 듬었다. 그리고 속으로 생각했다. '내려놓자! 내려놔!' 신기하게 이 행위 가 나를 가볍게 만들었다. 나도 모르게 마음이 가벼워지는 것을 느꼈고 남의 고민을 내려놓게 되었다.

그때가 돼서야 나의 앞모습을 제대로 볼 수 있었다. 정말 안쓰러웠다. 초라했고 꾀죄죄했다. 나를 함부로 내버려둔 결과는 당연하게 만신창이 였다. 나의 모든 면을 다시 바라보았다. 그리고 그 과정에서 나를 있는 그대로 인정했고 지금 이대로의 모습으로도 충분하다고 말해주었다.

더욱 나 자신을 사랑하고 아끼게 되었다. 더는 다치고 싶지 않았다. 넘 어지지 않기 위해 조심하고 상처와 흉이 생기는 게 싫었다. 반복적인 실 수를 인지하게 되었다. 그리고 그 전보다 더 나은 사람이 되고 싶다는 생 각이 들었다. 나를 사랑하자 어느새 주위를 제대로 볼 수 있는 여유도 생 겼다. 내가 가지고 있는 것이 무엇인지 정확하게 볼 수 있었으며 모든 일 상이 감사가 되었다.

외적인 것이 전부라고 생각하지는 않는다. 하지만 적어도 자신을 사랑 하는 사람들은 자발적 학대는 하지 않는다. 그들은 자신을 가꾸고 어루 만질 수 있다. 또한, 나를 아끼게 되니 물 흐르듯 좋아하는 일을 하게 되 고 타인을 존중할 수 있게 된다.

좋게 봐주셔서 감사합니다

칭찬받는 것에 관대해지자. 나는 살이 잘 찌는 체질이 항상 신경 쓰였다. 매번 얼굴 살이 가장 늦게 찌는 덕분에 다행히도 사람들은 나의 이런 단점을 눈치채지 못했다. 나이가 드니 체형의 단점을 귀신같이 숨기는 기술도 늘었다. 친절한 분들은 나에게 좋은 말을 해주었지만 나는 받아들이기 힘들었다.

"얼굴 살이 하나도 없네. 어디가 살이 쪘다고! 예쁘기만 하네!"

삐뚤어진 내 마음은 속으로 '몸이 커져서 얼굴이 작아 보이는 건데….'라고 생각했다. 그래서 칭찬을 받아들이지 못하고 변명을 했다. "살이 얼굴만 안 쪄서…. 제가 살이 잘 찌거든요." 내가 말하기 전까지 그들은 내 체질에 관심도 없었고 알지도 못했다. 하지만 내가 입으로 나의 단점을 언급하자 확실하게 인지하기 시작했다. 이런 상황이 몇 번 반복되었을 때 깨달았다. 내 입으로 굳이 단점을 말할 필요가 없다는 사실을 말이다.

말은 많이 할수록 좋지 않다고 한다. 특히 나에 대한 부정적인 말은 적게 말해라. 내 입으로 꺼낸 부정적인 말은 나를 그런 사람으로 정확하게 인지시킨다. 상대에 대한 칭찬은 열정적으로, 나의 장점은 내세우지 말고 겸손해야 한다.

상대방이 나에게 좋은 이야기를 했을 때 단순하게 받아들이기만 하면 될 일인데 칭찬을 받는 것이 익숙하지 않던 나는 어색했고 위축되어 단점을 스스로 말하고 있었다. 몇 번의 연습 끝에 이제는 당당하게 칭찬을 받아들이고 말할 수 있다. "좋게 봐주셔서 감사합니다." 단순히 이 말 한마디였으면 되는 것이었는데 나는 몰랐다.

타인이 만들어놓은 기준에 맞춰 본인을 압박하고 학대하지 않았으면 좋겠다. 또 방황하게 될 것이고 맞지 않는 옷을 입고 답답함을 느낄 것이며 고유의 매력이 사라질 것이다.

우리는 참 열심히 살았다. 그런 나를 위로해줄 수 있는 것은 나뿐이다. 칭찬해주고 다독여주자. 나 스스로 꼭 안아주자. 잘해왔다고 말해주자. 우리 지금 이대로의 모습으로도 충분하다. 특별한 스펙이 없어도 괜찮다.

자신의 성격을 자신이 분석하자

TA 교류분석 에고 그램 Transaction Egogram

복잡한 사람의 성격을 부모(parent), 성인(adult), 아이(child)의 3가지 성격으로 구분하고 이 3가지로 인격이 형성된다고 보았는데, 그중에서 부모는 비판적 부모와 양육적 부모, 아동은 자유분방한 아동, 부모에 순응하는 아동으로 구분하였다.

즉, 이 5가지 성격을 비판적인 부모 마음(CP : critical parent), 양육하는 부모 마음(NP : nurturing parent), 성인(A), 자유로운 어린이의 마음(FC : free child), 순응하는 마음(AC : adapted child)으로 구분하고, 5가지 성향을 순서대로 고(A) · 중(B) · 저(C)로 수치화하여 그래프로 나타낸 것이 에고 그램이다. (시사상식사전, pmg 지식 엔진연구소 참고)

교류분석의 창시자인 에릭 번이 만든 TA 시스템의 목적은 자율성 획득이다. 인생 초기의 경험으로 인해 내린 결단의 영향을 내담자가 인식하면 새로운 결단을 내리는 힘이 내담자에게 있다고 믿고, 예전의 결단으로 형성된 각본을 분석하여 새로운 각본을 만들어 나가도록 하는 것이 기본 원칙이다.

(상담학 사전, 2016. 01. 15. 김춘경, 이수연, 이윤주, 정종진, 최웅용)

쉽게 이야기해 자기 자신에 대한 이해도를 높여 자신을 변화시키고 긍정적 심리를 회복시킨다는 뜻이다. 교류분석은 자신을 이해하고 다양성을 인정하여 타인을 이해하고 자기계발을 하는 데 목적이 있다. 특히 자신을 돌아보면서 새로운 방향을 스스로 설계하고 사회와 조직 내에서 발전하므로 나 자신을 찾아가는 작은 지표가 될 수 있다.

http://aiselftest.com/egogram에서 무료로 해볼 수 있다.

03
세계 지도보다 더 큰 꿈을 펼쳐라

나는 밤에 꿈을 꾸지 않는다.
나는 하루 종일 꿈을 꾼다.
나는 생계를 위해 꿈을 꾼다.

스티븐 스필버그

Dreams Come True, 나를 지켜줄 거야

내 방 한쪽 면에는 '드림 보드'가 붙어 있다. 취업이 되지 않아 막막했
던 시기에 답답한 마음을 위로하고자 만든 것으로 거기에는 내가 원하는
것과 이루고 싶은 것들이 가득 채워져 있다. 매번 눈으로 보고 생각하며
매년 새로운 것들을 채운다. 신기한 것은 해를 거듭할수록 그 속에 있는
것들이 점점 현실이 된다는 점이다.

거대하고 엄청난 것을 채우진 않았다. 모험, 감사, 가족, 행복, 여행,
꿈같이 내가 살다가 잊어버릴 것 같은 작은 것들을 찾아 넣었다. 회사에
입사하고 그저 그렇게 살면서 절망할 때도 많았다. 나 자신을 남들과 비

교하며 실망할 때도 있었다.

현실에 타협하는 순간 자괴감이 들 수 있지만, 드림 보드 속에 그려넣었던 것들을 생각하면서 지낸 덕분에 행복지수는 높게 살고 있다. 매번 모험할 수 있음에 감사하며 잊지 말아야 할 것들을 새기고, 꿈을 찾아다니며 사는 나 자신이 장하다.

현실을 똑바로 보는 우리는 어쩌면 겁쟁이가 되었는지도 모르겠다. 남들이 하는 과정대로 살다 보니 진짜 내 것을 잃고 공장에서 찍어내는 로봇처럼 살아가고 있다. 마치 뇌와 심장 모두 오즈의 마법사에 나오는 양철 나무꾼처럼 감정 없이 차갑게 살아가는 것만 같다. 그런 삶이 잘못되었다는 것은 아니다. 누구는 현실과 타협한다고 하겠지만 이것 역시 도전이라고 말하고 싶다. 하고 싶지 않은 일을 매일 하는 것만큼 큰 도전은 없을 것이다.

좋은 대학을 졸업하고 좋은 회사에 다니는 누군가는 원하는 것을 성취하는 기쁨을 알 것이다. 매번 실패한 사람들은 패배의 고통을 먼저 맛보았을 것이다. 하지만 인생을 단순히 좋고 나쁨, 성공과 실패로 바라보지 않았으면 좋겠다.

어느 순간 내 인생에서 가장 불행하고 나빴던 사건이 시간이 지났을 때 반드시 나쁜 일로 남아 있지는 않을 것이다. 모든 경험은 나를 성장시킨다. 인생의 전환기를 맞이하던 순간이 지금이 될 수 있으니 긍정적으로 나아가길 바란다.

　어린 시절 동생과 지구본을 돌리며 놀았다. 내가 사는 한국은 다른 나라에 비해 상대적으로 작아 보였다. 또한, 동그란 지구본 속 세상이 어린 아이의 눈에는 손바닥만큼 작아 보였다. 어린 시절에는 큰 꿈을 꾸라는 소리를 많이 들었고 작은 지구본 속 세상만 아는 아이는 당차게 큰 꿈을 말했다. 하지만 세상은 너무 넓고 거대했다.

　지금은 세상이 넓다는 것을 너무나 잘 안다. 그래서 때론 위축되고 두려워지기도 한다. 단지 하고 싶은 것을 찾을 때까지 적어도 도전하는 삶을 살았으면 좋겠다. 포기하고 안주하게 되더라도 한 발자국 앞으로 나가는 도전이 쌓이면 그 발걸음이 모여 반드시 전보다 빠르게 일어날 수는 있을 것이다. 아주 작은 것이라도 좋으니 도전하는 습관을 들였으면 좋겠다. 그렇게 되면 어떤 위기가 와도 헤쳐 나갈 수 있을 것이다.

　3년 전 내 꿈은 '감사할 수 있는 사람'이 되기였다. 거창하지도 않고 그렇다고 대단한 꿈은 아니었지만, 나에게는 이루고 싶은 꿈이었다. 그렇게 꿈을 정한 후부터는 무조건 '감사'에 집중했다. 하루를 감사로 채우자 이틀, 사흘, 일주일, 한 달, 그렇게 한 해를 감사하며 지낼 수 있었다. 만약 내가 잠시 감사를 잊을 때는 그 사실을 알아차린 것에 감사하고 그 순간에 집중했다. 그렇게 꾸준히 반복했더니 결국 습관이 되었다. 지금도 나는 작은 일에 감사하기 위해 의식적으로 노력한다. 그러다 보니 삶의 만족과 행복지수가 높아졌고 '드림 보드'에 적었던 감사와 행복을 얻을 수 있었다.

꿈은 '거거익선'이다

입사 후 얼마 지나지 않아 평택으로 출장을 가게 되었다. 그곳에서 눈이 크고 목소리가 또랑또랑한 달걀 언니를 만나게 된다. 당시 신입이었기에 업무도 미숙했고 매번 긴장으로 굳어 있었다. 탈색한 머리를 찰랑거리며 빨간색 차를 끄는 그녀를 보며 멋있다고 생각했다.

업무를 배우는 과정에서 실수하고 위축되어 목소리가 기어들어 가던 나에게 그녀가 한마디했다. "혹시 힘든 일 있으면 찾아와. 언제든지 커피 한 잔 마시면서 이야기 정도는 들어줄 수 있으니까. 연락해." 이 말이 어린 신입 직원에게 용기를 주었다. '저런 말을 해줄 수 있는 사람이 되고 싶어.'라고 생각할 정도였다. 생각해보면 그녀는 30대, 지금 내 나이였다. 다음 주 그녀를 대뜸 찾아갔다. "커피 같이 마셔줘요. 이야기 들어준다고 했잖아요." 그녀가 던진 그 말 한마디로 우리는 6년 동안 함께 여행을 다니게 되었다. 어느 날 그녀가 "여행 같이 갈래?"라고 말했고 난 "좋아요!"라고 대답했다. 여행을 다니고 싶었지만 혼자 가기 싫었던 난 고민 없이 그녀가 내밀어준 손을 덥석 잡았다. 그 결과 질리도록 공항을 다니며 여행을 끊임없이 다니게 되었다.

무거운 배낭을 메고 걸어도 그녀와 함께라면 긍정적인 마음을 유지했다. 알고 보니 그녀는 태권도 선수 출신이었고 힘들어하거나 짜증을 내면 발차기가 날라왔다. 어느 순간 자연스럽게 발차기에도 익숙해지는 법을 배우게 되었다. 엄청 간단했다. 단순하게 맞고 버티면 그걸로 끝이었다. 중요한 사실은 매번 맞을 때마다 아픈 건 똑같다는 점이다.

덜 아픈 건 없었다. 매번 아프고 그렇지만 금방 괜찮아질 거라는 것. 그 점만 확실히 알았다. 덕분에 무슨 일이 생겨 넘어져도 잘 일어날 수 있었다. 어차피 앉으나 서나 똑같이 아플 테니까. 털고 일어나서 앞으로 나가야 고통도 금방 사라졌다. 인생에 실패와 좌절이 찾아오면 이미 겪은 고통이라도 매번 아프고 힘들다. 그래서 난 최대한 피해 가는 방법을 택하게 되었다. 절대 위험한 곳은 가지 않았다. 대신 남들이 가보지 않은 곳을 찾았다. 취향이 되지 않은 곳을 찾아내고 계획을 세워 움직였다.

국제선과 국내선을 번갈아 타야 했고 정보가 많지 않아 때론 고되기도 했지만 특별한 그곳들은 낭만이 있었다. 여행은 우리를 성장시켰고 극한의 상황에서도 웃을 수 있게 만들었다. 수많은 사람의 친절을 경험할 수 있다는 건 행운이었다. 운 좋게 가는 곳마다 축제를 열기도 했다. 몸보다 큰 군인 배낭을 메고 다니는 여자 둘에게 사람 대부분은 호의를 베풀었고 우리는 감사했다. 한두 살 나이가 들자 배낭에서 여행용 가방으로 바뀌긴 했지만, 뚜벅이 여행은 계속되었다.

　밤에는 해변에 누워 쏟아지는 별들을 봤다. 하늘은 유독 까맣고 수많은 별은 그날따라 가깝게 보였다. 찰나의 순간 별똥별이 우수수 떨어져 소원을 빌기도 했다. 겁쟁이 여자 둘은 분홍색 구명조끼를 구매해 여행 내내 여행용 가방에 끼고 다녔다. 덕분에 어디서든 거북이를 찾으러 물속으로 들어갈 수 있었다. 파도가 심한 날 웨이크 보드를 타다가 손톱이 다 날아가기도 하고 개미 떼에 습격을 받기도 했다. 흙먼지가 뽀얀 곳에서 두드러기에 시달리기도 했다. 그렇지만 새로운 환경, 색다른 문화를 마주 보며 이질감보다 상쾌함을 느꼈다.

낯선 공기, 알아들을 수 없는 언어가 주는 묘한 즐거움. 아무도 나를 옭아매지 못하는 해방감이 좋았다. 태닝을 잘못해 빨갛게 화상을 입어도 웃었다. 망고 주스를 실컷 마실 때 콧노래가 나왔다. 마사지 숍으로 터벅터벅 걸어가 마사지를 받고 꾸벅꾸벅 낮잠을 자는 그 순간은 천국에 온 기분이었다. 생각해보니 '드림 보드'에 적은 여행도 이루어졌다. 매번 눈으로 보고 인지하는 과정에서 나도 모르게 꿈을 향해 움직이고 있었나 보다.

난 또다시 '드림 보드'에 새로운 꿈을 오려 붙였다. 그전보다 더 구체적이고 큰 꿈을 선택했다. 나는 꿈을 크게 잡는 것이 두려웠다. 어차피 이루지 못할 것이라는 생각이 깔려 큰 꿈을 가지는 건 고통만 가중하는 일이라고 생각했다. 하지만 지금은 다르다. 어차피 종이에 붙이는 것뿐인데 굳이 작게 잡을 필요가 없는 것 같다.

왜 나는 꿈을 정하는 것에도 위축되었을까. 예쁜 여자를 만나고 싶다고 생각해야 그나마 예쁜 척하는 여자라도 만날 수 있다는 말이 공감된다. 내가 생각할 수 있는 가장 높은 꿈을 정하고 이룰 수 있다고 믿으면 적어도 그와 비슷하게는 갈 수 있을 것이다. 그러니 적어도 꿈만큼은 현실적이고 냉소적으로 잡지 말자. 꿈은 꿈대로 쫄지 말고 하고 싶고 원하는 대로 당당하게 정해 눈앞 '드림 보드'에 당당히 붙이길 바란다.

04
죽기 전까지 도전할 101가지 목록을 적어보라

그대의 꿈이 한 번도 실현되지 않았다고 해서 가엾게 생각해서는 안 된다.
정말 가엾은 것은 한 번도 꿈을 꿔보지 않았던 사람들이다.

에센바흐

후회해도 그녀는 다시 돌아오지 않는다

이별은 참 얄궂게도 예상하지 못한 순간에 찾아와 가지고 있던 세상을
뒤흔들고 홀연히 사라져버린다. 남겨진 사람은 헛헛한 마음을 달랠 길
없이 빠져나간 마음의 잔상만 바라본 채 절망한다. 뒤늦게 무언가를 해
보려 하지만 이미 끝났다는 사실만 알 수 있다.

슬픈 영화와 드라마의 주인공이 되어 〈또! 오해영〉의 해영이처럼 "나
랑 놀아줘라! 나 심심하다!"라고 외칠지도 모르고 회의감에 빠져 망연자
실할 수도 있다. 시간이 약이라는 말에 화가 나 누가 모르냐며 화를 내는
자신을 발견하며 가슴을 칠지도 모른다.

시간이 흘러도 상황이 변하지 않을 것이라는 걸 제대로 알게 되면 억지로 쥐고 있던 세상은 무너진다. 결국, 그렇게 절망하며 포기하지만 차마 내려놓지 못한 마음은 어느새 그리움으로 마음 한구석에 영원히 남게 된다.

이별은 평생을 함께할 것처럼 소근 대던 봄바람이 태풍으로 변해 마음을 휘젓고 눈보라처럼 얼어붙게 만든다. 그 시간 행복했던 나로 머물러 있고 싶어 마음의 문을 닫고 웅크린 채 우두커니 서 있다. 그렇게 그 순간을 잊고 싶지 않은 만큼 길게, 버려졌다는 걸 인정할 때까지 버틴다. 오랫동안 찬란했던 따스함을 붙잡고 놓지 못하다 서서히 내려놓게 된다.

마음속에 덤덤히 기억을 남긴 채 그저 그렇게 살아가다 보면 그 사람의 기억이 조금씩 작아져 희미해질 것이다. 또다시 마음엔 새로운 봄바람이 들어온다. 옛 봄바람이 아니라고 울지 마라. 찬바람 뒤 불어오는 새 바람은 그전보다 훨씬 따뜻할 것이다. 따스함에 맘껏 취한 전등불 밑 춤추는 불나방처럼 인생을 즐기고 나다운 매력을 뽐내길 바란다.

그렇게 살다 보면 사랑은 여전히 아름답지만, 이면엔 고통이 온다는 걸 깨달을 것이다. 인생의 모든 굴곡과 결핍을 느껴야 다시는 시행착오를 겪지 않을 수 있고 그래야 그것이 인간의 심오함을 이해하게 만드는 축복의 시작이 될 수 있다. 20대 처절하게 이별을 겪은 수많은 철부지 잔나비들은 이제 조금 울고 빨리 일어선다. 30대가 되면 잔인한 이별보다 세상이 더 잔인하다는 걸 알고 있기에.

다시 볼 수 없는 참담함과 절망은 한 사람을 억지로 잊게 만든다. 나를 떠나거나 버린 인연은 그렇게 예고 없이 끝이 난다. 그래서 생긴 결론은 결국 순간에 최선을 다해야 한다는 것이었다. 최선이란 당신이 할 수 있는 표현을 최대한 많이 하고 그를 위한 행동도 최대한 많이 하라는 뜻이다. 그래야 후회도 없고 미련도 없다.

재고 따지는 사랑을 하면 그저 그렇게 대하는 사람만 오니 진심으로 대하길 바란다. 가짜는 부담스러워 빨리 떨어질 것이고 진정한 사랑은 당신과 남아 함께 있어줄 것이다. 최선을 다하다 찬바람이 오면 그 차가움을 느꼈으면 좋겠다. 참지 말고 울고 절망하며 찬 공기를 털어냈으면 좋겠다. 쏟아낼 수 없는 마음의 눈물까지 흘려 비워내야 한다. 충분히 최선을 다했으니 더는 할 것이 없다. 단지 최선을 다한 나에게 위안을 주며 비워내길 바란다. 그렇게 다시 봄바람을 맞이할 준비를 한 뒤 앞만 보고 걸어라.

살다 보면 죽는 것처럼 이별은 멈추지 않고 찾아오지만 마치 나에게는 찾아오지 않을 거라는 착각을 만든다. 좌절과 절망을 또다시 느껴야 고통스러웠다는 것을 다시금 깨닫는다. 당연하고 단순한 사실이지만 죽음을 마주보기 전까지 계속 현실을 잊는다. 그렇게 매번 절망을 겪게 되면 어느 순간 이별과 죽음을 정면으로 마주 보는 나를 만나게 된다.

'사람이 언제 죽는다고 생각하나. 그건 바로 사람들에게서 잊혀질때다.' 일본 만화가 오다 에이치로의 만화 〈원피스〉에 나오는 유명한 명언이다. 시간이 흐르면 우리는 죽을 것이다. 누군가의 기억 속에서 살다가 그 누구도 나를 잊으면 나의 존재는 완전히 사라지게 될 것이다. 미래의 어느 날, 화석을 연구하는 사람에게 발견되거나 그것도 아니라면 흙이 되어 있겠지. 우리가 죽음에 대해 명백하게 알 수 있는 사실은 누구나 죽으며 죽음에는 순서가 없다는 것이다. 남이 대신 경험해줄 수도 없으며 아무것도 가져가지 못한다. 수의에 주머니가 없는 것처럼 부자나 가난한 자나 죽음 앞에서 똑같이 벌거벗은 채로 죽는다.

그래서 난 오늘도 후회 없이 행복하게 살기 위해 노력한다. 내 인생의 봄바람을 위해 좋아하는 일을 하며 하고 싶은 것을 한다. 잠깐 만나는 타인에게 잘 보이기보다 내 인생의 소중한 사람들에게 마음을 표현하고 예의를 지킨다. 그들을 위해 시간을 만들고 감사를 전한다.

매 순간을 솔직하게 표현하고 울고 웃는다. 인생에 찬바람이 불어오면 몸은 움츠리지만, 마음을 따뜻하게 유지하기 위해 노력한다. 언젠가 또 다시 올 봄바람을 기다리며 그렇게 매 순간 최선을 다한다.

유서보다 희망적인 '다이 리스트'

24살, 그때는 취업과 졸업이 인생의 목표였기에 삶과 죽음을 동시에 볼 수도 없었다. 학교 매점에서 주먹밥이나 차가운 김밥을 먹으며 시간을 보내는 것이 일상이었다. 교양과목 수업 시간 교수님이 '죽기 전에 도전해 볼 101가지'를 적어보라고 했다.

1번부터 101번까지 적혀있는 하얀 A4용지를 보며 주제가 너무 진부하다고 생각했다. 100세 시대에 이런 글을 적는 것 자체가 정말 무의미하며 시간 낭비라는 생각이 들었다. 그 시간에 차라리 단어 한자 더 외우는 것이 효율적이었다.

성적과 관련이 있었기에 친구들 것을 참고하여 겨우 101개를 채운 기억이 난다. 그때도 난 종이에 적는 것마저 남의 꿈으로 채웠다. 억지로 적어나간 수많은 도전은 자연스럽게 내가 하지 않은 일들을 생각나게 했다. 어쨌든 101가지 경험을 해보지 않고 살아온 건 틀림없는 사실이었고 하지 않은 수많은 일이 있다는 걸 인지하게 되었다.

유서를 쓰는 것보다는 희망적인 '다이 리스트' 만들기를 추천한다. '다이 리스트'는 죽기 전까지 도전해볼 목록을 작성해서 실체를 명확하게 보는 과정이다. 나의 1번은 살아 있음에 감사하기다. 죽기 전까지 내가 잊지 말아야 할 마음이며 매 순간 기억해야 할 첫 번째 마음이라고 생각한다. 이는 세상을 살아갈 때 지켜야 할 가치관을 알려주며 어떻게 행동해야 하는지 방향을 제시해준다.

거창한 것을 적으면 오히려 도전하기 힘들어진다. 그러니 아주 작은 것이라도 해보고 싶었던 일들을 꼭 한번 적어보았으면 좋겠다. 마음속에 한 번쯤 생각했던 아주 작은 도전들을 적어보는 것만으로도 용기가 난다. 어떤 도전이라도 시작하는 것 자체가 대단하고 멋진 일이라고 생각한다.

실패해도 상관없고 소소한 것이라도 괜찮다. 단순히 나를 깨는 행위를 도전하는 것만으로도 충분히 성장할 수 있다. 만약 무엇을 써야 할지 시작이 어렵다면 남의 것을 참고해서라도 적어보길 바란다. 글로 적는 과정은 나를 구체화하면서 실체를 보게 해준다. 하지 못한 수많은 일을 떠올리게 되고 그 결과 어느 순간 용기를 내서 행동하고 있는 나를 발견할 것이다.

- 길 가다 민들레 씨앗이 보이면 발로 차기
- 아프로 파마해보기
- 얼굴에 점 찍고 민소희처럼 살아보기
- 나만의 책 쓰기

어이없는 도전이라도 도전은 도전이었고 이루는 방법은 생각보다 정말 간단했다. 단순히 적어보고 실행하면 끝이었다. 그렇게 시작한 도전 릴레이는 또 다른 도전을 할 수 있는 용기를 주었다. 어느 순간 임무를 완료하는 기분으로 실행하다 보니 101가지 목록에 적은 것들 대부분을 실천했고 이뤄낸 나를 발견했다.

평소에 해보지 못한 것들을 하지 않은 이유는 단순했다. 너무 흔하고 누구나 할 수 있다고 생각하며 갖은 핑계로 합리화했기 때문이다. 안 해 본 것이 무엇인지 정확하게 인지하지 못했기에 돈, 시간, 용기 등 붙일 수 있는 수많은 이유로 자유롭게 회피하며 도전을 거부했다.

거대하고 웅장한 것을 해야만 '도전'이라 생각했고 그래서 시작을 주저했다. '성공하면 그때 다 할 수 있어!'라는 무지한 마음은 나를 성공에 가까워지게 만들기보다 실패하게 했다. 그대로 멈추고 성장하지 않는 것 역시 내 탓이었다.

삶에서 '도전'이란 행위는 나를 위해 움직이는 작은 발걸음이었다. 그 걸음이 모여 결국 내 길이 만들어진다. 삶의 모든 것이 바로 도전이기에 오늘도 난 101가지 중 하나를 이루기 위해 방법을 생각하고 실천한다. 언제나 시작은 두렵고 무서우며 여전히 실패하는 내가 싫다. 하지만 찬바람이 지나가고 봄바람이 오듯 그렇게 또 따스한 바람은 불어올 것이라 마음을 다잡으며 용기 내서 다시 한 번 시작해본다. 어차피 실패한 한 개를 생각할 시간보다 도전하는 것이 더 합리적이니 남아 있는 100개를 또다시 도전해본다.

길을 가다 민들레 씨앗을 발로 차보고 싶단 생각을 했지만 주저했다. 하지만 직접 목록을 만들고 나니 왠지 모르게 발로 차야만 할 것 같은 생각이 꿈틀거렸다. 결국 그해 봄, 민들레 씨를 보자마자 발로 찼고 씨앗은 폴폴 날아갔다. 도전은 민들레 씨앗처럼 꿈을 향해 날아가는 작은 발차기였다.

삶을 이끄는 것은 나 자신이다

생각하는 것은 쉽고 행동하는 것은 어렵다.
그리고 세상에서 가장 어려운 것은
그 생각을 행동으로 옮기는 것이다.

요한 볼프강 괴테

나만의 삶의 기준은 바로, 행복

입시와 취업, 취직을 하며 꿈을 잊고 살았다. 까마득하게 잊고 있던 어린 시절의 꿈을 글을 쓰게 되면서 확인했다. 1998년 5월 14일, 12살의 초등학교 4학년 소녀는 일기장 제목을 '푸른 꿈을 가슴에 안고'라고 적었다. 일기장 속에는 이런 문구가 있었다.

"안데르센은 가난하지만 스스로 노력해서 글을 썼고 어린이와 어른이 함께 읽는 동화를 만들어 이야기를 남겼다. 나는 그런 작가가 되고 싶다. 그런 작가가 되려면 용기를 가져야겠다고 생각했다. '푸른 꿈을 가슴에

안고.' 푸른 꿈에 대한 희망을 품으면 꼭 장래희망을 이룰 수 있다는 생각
이 든다."

도대체 순수하고 때 묻지 않았던 시절의 나는 어떤 사람이었는지 되물
었고 탐구했다. 그렇게 나는 어린 시절 하고 싶은 것을 당차게 말했던 사
람으로 돌아왔다.

10년 뒤에 어떤 모습으로 살고 있을 것 같은지 물으면 대부분 "지금이
랑 별반 다를 게 있겠어? 그냥 똑같겠지. 돈 벌고, 뭐."라고 대답한다. 나
역시 그랬다. 말도 안 되는 꿈만 바라보고 살기엔 세상은 너무 차갑고 냉
정하니 그나마 맞는 직장이 있으면 버티며 다니는 것이 현명한 방법 이
라고 생각했다. 미친 척 무한 긍정으로 현실을 회피하고 싶지도 않았고,
그보다 싫은 건 부정적으로 우중충하게 살면서 자기 파괴적인 모습을 보
이는 것이었다. 그래서 나는 최대한 현실과 타협하면서 행복할 방법을
궁리했고 나만의 방식을 찾았다. 행복을 위해 사회에 안주하는 것이 아
닌 사회를 이용해 원하는 꿈에 가까워지기로 했다.

슬플 땐 헬스장으로, 기쁠 땐 맥주를

내 인생에 나타나 긍정 에너지를 팍팍 심어준 다이엔 킴을 소개한다.
그녀를 처음 본 건 26살 때다. 영국에서 지내다가 한국으로 들어와 우연

히 타이밍이 맞아 나를 만난 그녀는 여성스러운 옷차림, 높은 하이힐, 완벽한 화장을 하고 다녔다. 오랫동안 그녀를 만났는데 단 한 번도 외적으로 흐트러진 것을 본 적이 없다.

새벽에 일어나 머리부터 발끝까지 완벽한 준비를 하고 출근을 하는 그녀를 보며 진정한 프로는 저런 모습일 것이라고 생각했다. 머리 만지기에 젬병인 난 잘 꾸미는 사람을 보면 신기해했다. 내가 생각했던 이상향의 전문직 여성의 모습과 흡사했다. 그녀는 30대 후반이지만 17살의 청춘 나이로 산다. 자신의 인생을 즐기는 그녀가 내 눈엔 진정한 욜로족이었다. 매사 긍정 에너지를 유지하고 활기찼으며 업무에서는 카리스마가 있었다.

나이에 차별을 두지 않고 수평적으로 소통했으며 일할 땐 힘이 넘쳤고 언니로서는 1% 허탕 끼가 보이는 귀여운 팔방미인이었다. 그 점이 그녀의 외적인 요소를 더 돋보이게 했다. 그녀가 그렇게 완벽할 수 있었던 건 삶을 이끄는 주체가 그녀 자신이었기 때문이다. 그러기에 당당했고, 사랑스러웠으며 일로서는 완벽했다.

나 역시 인생의 선배들을 보며 많은 것을 배웠다. 내 일에 스스로 의미를 부여했고 소속감을 만들었다. 내가 무엇을 좋아하고 그 안에서 어떤 것이 나를 성장시키는지를 찾았다. 일에서 기쁨을 발견하니 업무가 즐겁고 행복했다. 부족함을 인정하고 내려놓으니 현재를 즐길 수 있게 되었다. 직장과 나를 별개로 본다. 직장은 직장대로 내 명함이며 나는 나답게 살면 된다. 직장이 나를 나타내는 전부는 아니다. 오직 나의 일부일 뿐이다. 내 색깔을 가지되 맡은 역할을 충실히 즐기면서 하면 된다고 생각한다.

난 행복해지고 싶었다. 그러다 보니 삶의 기준이 '스트레스 최소화'가 되었고 자연스럽게 정신 건강이 좋아졌다. 동료들도 영향을 받아 행복에 합류했고 어느새 모두 '마음 부자'가 되었다.

우리는 기쁠 땐 축배를 들고 슬플 땐 운동을 하기로 약속했다. 슬플 때 마시는 술은 나에게 독약이 되어 더 큰 슬픔을 만들지만, 운동하면 조금 더 나은 내가 될 수 있었다. 기쁠 때 축배를 들면 행복이 배가 되었고 축하와 감사도 몇 배로 전달할 수 있었다. 그래서 누군가 슬플 땐 헬스장으로 가라고 밀었고 기쁠 땐 함께 맥주를 마셨다. 자연을 항상 가까이 보고 꽃을 사랑했으며 자연스럽게 계절의 변화를 인지했다. 맛집을 찾아다녔다. 새롭고 맛있는 것을 먹으며 표현했고 즐거워했다.

'마음 부자'들의 특징을 살펴보았다. 그들은 모두 주체적인 삶을 살고 있었다. 직장에 다니고 있지만, 별개로 하고 싶은 것을 하면서 충분히 즐기며 산다. 특히 스스로 주도하는 삶을 살며 베푸는 것에 관대했다. 휴식을 충분히 취하며 재미를 찾고 표현을 잘하며 즐겁게 일하는 사람들이다. 그랬기에 행복할 수밖에 없고 서로 신뢰하니 자연스럽게 성과는 오를 수밖에 없었다.

믿고 응원해주는 사람이 귀인이다

인생에 정답은 없다. 가지 않은 길을 간다 해서 그 길이 잘못된 건 아니다. 하지만 생각은 다양하고 우리는 모두 다른 삶을 살고 있으니 용기에 손뼉을 쳐주는 사람이 되었으면 한다.

각자 인생을 바라보는 관점은 다르지만, 누군가에게는 꽃길이 다른 이에게 가시밭길일 수도 있다. 그러니 조금 더 생각하고 이해하며 기다려주는 사람이 되어보자.

충고와 훈계도 중요하지만, 인생에서는 위안과 안정도 필요하다. 정말 사랑하는 사람을 위한다면 부정적인 기운은 줄이고 존중하고 믿어주며 기다려주길 바란다. 따스한 칭찬과 응원이 힘이 될 때가 많고 기다려주는 것만으로도 든든할 때가 있다.

누군가의 한마디 말로 인해 행복을 느낄 수도 있고 위안을 얻을 수도 있다. 한마디에 인생을 걸기도 한다. 그러니 말에 친절과 사랑을 담아 표현하자. 어차피 삶을 이끄는 것은 나 자신이다. 그 점을 알고 있는 사람이라면 무엇을 하든 앞으로 나갈 수 있다고 믿는다. 그러니 믿어주며 응원해주자.

인생을 잘 이끌어온 사람들은 언제나 자취를 남긴다. 그들을 따라가다 보면 인생의 다양함을 마주 보게 된다. '이 사람은 이렇게도 살았구나.'라는 것을 알게 되면 내가 선택할 수 있는 깊이도 깊어진다.

다양한 가치관을 보게 될수록 나 자신을 돌아보게 되는 것 같다. 다양성을 인정하고 마주하게 될 때 나 역시 성장하게 되는 것 같다. 타인을 바라보면 나를 더 빨리 찾게 된다. 그렇게 나를 알게 되면 내가 이끄는 대로 인생을 재미있게 살 수 있을 것이다.

결국, 우리는 어떤 이의 삶에서 나를 위한 힌트를 얻을 수 있다. 하지만 무조건 옳다고 생각하지는 말고 나를 찾기 위한 참고서라 생각하고 활용하길 바란다.

사람은 변하지 않는다고 한다. 하지만 내 속을 들여다봐도 변하는 것과 변하지 않는 것 두 가지가 매번 공존한다. 절대 변하지 않는 고유의 성격도 있을 것이고 매번 변화하고 진화하는 나도 있을 것이다. 타인도 마찬가지이다. 그러므로 누군가와 공존할 때 이 점을 명심한다면 어디서 누구와 함께하든 행복하게 지낼 수 있다.

삶은 여행과 닮았다. 모르는 곳으로 가야 할 때도 있고 잘 알던 곳을 다시 갈 때도 있다. 신기하게도 가야 하는 결정은 반드시 내가 해야 한다. 출발하기 전까지 고되고 힘든 과정이 있을 수도 있다. 하지만 막상 준비하고 있는 나를 발견하면 그 순간 다시 설레게 된다. 가슴 뛰는 그 기분을 잊지 말자. 우리는 매번 그렇게 가슴이 뛰었고 돌아와서는 잊었다.

여행은 잊고 있던 낭만을 다시 튀어 오르게 만든다. 인생에서 무엇이 중요한지 정확하게 알 수 있게 하고 바라보게 한다. 아이의 손, 모래, 일몰, 흑백사진과 같이 지금 사는 삶을 여행처럼 바라본다면 언제나 설레고 행복할 것이다.

삶을 바라보는 관점을 바꾸면 가보지 않은 미지의 세계를 여행하는 것 같다고 느낄 것이다. 우리에게 불어올 새로운 변화가 때론 긴장되고 떨리겠지만 한편으로 즐겁기도 할 것이다. 때론 실패하고 절망할 때도 있겠지만 금방 일어설 수 있을 것이다. 그리고 말할 것이다. "삶이라는 여행을 할 수 있음에 감사합니다."

일상을 여행처럼 바라보면 즐거운 일이 계속해서 생길 것이다. 버스를 타고 낯선 동네에 가면 국내 여행을 하는 것처럼 느낄 것이고, 그 속에서 발견하는 인생의 교훈도 발견할 수 있을 것이다. 삶을 이끄는 것이 자신이라면 어떤 의미로 이끌 것인가를 잘 생각해보아야 한다. 누군가에게 행복을 주고 좋은 영향력을 줄 수 있는 사람이 될 것인지, 여행처럼 바라보고 매 순간을 감동과 낭만으로 바라볼지 내 결정에 달렸다.

어떤 모습이라도 내가 선택한 것이면 그 삶은 내가 이끌게 될 것이니 자신감을 가지고 삶의 항해를 출발하길 바란다. 돛을 올리고 나 자신을 믿고 앞으로 나아가자. 정박만 되어 항구에 묶여 있는 배는 우울하다. 나의 배를 바다에 띄워 가고 싶은 인생의 여행을 떠나길 바란다.

06
후회가 남지 않는 인생을 살아라

나이가 들수록 해보지 않은 것에 대해서만
후회한다는 것을 발견하게 될 것이다.

재커리 스코트

다름을 인정하는 자세

오랜만에 천호동과 성내동 사이에 있는 주꾸미 거리를 가게 되었다. 그 거리를 처음 알게 된 건 여수에서 만난 동생의 소개 덕분이었다. 좋은 기억을 가진 거리이기에 지인에게 추천했고 그는 흔쾌히 새로운 장소를 받아들였다. 골목길에 들어서자 주꾸미 집의 빨간 간판이 우리를 반겼다. 줄이 짧은 한 집을 골라 진로와 주꾸미를 시키고 두런두런 이야기를 시작했다.

당시 그는 나에게 충고를 해주었으나 난 그 말을 비난으로 듣고 있었다. 다정한 말투가 아니기 때문이었던 것 같다. 매번 강한 명령조로 말하는 말투에 불만이 많았던 난 친절하게 말해주면 좋을 것 같다고 부탁했다. 하지만 그 순간 강력한 한마디가 내 머리를 '띵' 하고 쳤다.

"이런 거 한두 번 보냐? 다른 사람한테는 안 그래. 너니까 이렇게 말하는 거지."

울화통이 치밀어 그에게 따발총처럼 다다다다 쏟아부었다. 그리고 그 순간은 아주 통쾌했다. 스트레스는 불쾌한 사람의 몫이다. 그래서 나도 모르는 방어기제가 불쑥 튀어나와 상대를 공격한다.

낯선 타인보다 가까운 나에게 상냥했으면 좋겠다. 하지만 이런 생각은 내 마음이기에 이기심이고 욕심이다. 어째서 나는 매번 다름을 인정해주길 원하면서 다름과 싸우고 있는 것인가. 마음언어를 해석해 진실을 알 수 있는 능력이 생겼으면 좋겠다. 상대방의 진심을 오해하지 않도록, 차라리 그 사람이 되고 싶었다.

"자꾸 퉁명스럽게 말하니까 좋게 들리지 않잖아. 나에게 친절하게 설명 좀 해 줄래?" 서운한 마음에 괜히 툴툴거렸다. 그 순간 옆자리에 앉아 있던 한 남자분이 귀를 긁적이며 혼잣말을 하셨다. "누가 우리 이야기를 하는 것 같은데?" 대화가 잠깐 멈췄고 옆 테이블을 쳐다봤다. 인상 좋은 부부와 눈이 마주쳤고 순간 멋쩍은 웃음이 터졌다.

그들은 우리의 이야기가 너무 재미있어서 엿듣게 되었다며 유쾌하게 웃으셨고 젊은 시절 자신들을 보는 것 같다며 즐거워하셨다. 와이프분은 나에게 아주 성격 좋은 친구를 두었다며 저렇게 들어주는 친구를 둔 것은 행운이라고 말해주셨다. 남편분 또한 나에 대한 칭찬을 그 친구에게 해주셨다. 그 순간 나는 고개가 숙여지고 부끄러웠다.

도산 안창호 선생님은 말했다. "성격이 모두 나와 같아지기를 바라지 말라. 매끈한 돌이나 거친 돌이나 다 제각기 쓸모가 있는 법이다. 남의 성격이 내 성격과 같기를 바라는 것은 어리석은 생각이다."

좋은 면만 바라봐도 모자라다. 하지만 나는 매번 비판에 약하고 상처를 받는다. 듣기 싫은 소리는 거부감이 들고 화가 난다. 화를 내면 지는 것이라 배웠는데도 항상 그렇다. 제발 나를 침범하지 않기를 바랐다. 각자 다름을 인정하고 서로 존중하자는 말을 매번 했으며 나는 그렇게 살고 있다고 생각했다.

하지만 존중이라는 말과 친절한 말투로 다름을 인정하지 않고 강요하는 건 나였다. 친한 사람을 가장 삐뚤게 보고 있는 것도 나였다. 오히려 그는 투박하고 솔직한 말로 진실을 말하고 있었다. 나를 보호하기 위하여 그의 친절을 비난으로 매도했다. 화성에서 온 남자와 금성에서 온 여자처럼 그는 단지 나와 다른 언어를 사용했지만, 진심을 무시했고 그의 말을 공격으로 받아들였다. 나 역시 그를 오해하지 않도록 노력해야 한다는 것을 배웠다. 스트레스를 받지 않는 법은 그가 해주는 말을 고맙고, 감사하게 생각하면 됐던 것이었다.

덕분에 좋은 이야기들을 많이 들었다. 그것도 모자라 낯선 부부는 주꾸미를 사주시고 산신령처럼 홀연히 사라지셨다. 감사함을 표현할 겨를도 없이 떠나신 그들을 보며 고마움을 느꼈다. 단 하루를 살더라도 유쾌하고 재미있게 사는 두 분의 모습이 참 멋지다는 생각이 들었다. 신기하게도 타인이 베푼 친절은 의도치 않은 감동을 주고 특별한 위안을 받게된다. 어떠한 방식이든 베풀 수 있는 삶은 참 멋스럽다.

갑작스러운 친절은 누군가에게 어떤 방법으로든 행복한 영향력을 행사한다. 후회가 남지 않을 인생은 어떤 모습일까? 각자의 기준이 있지만 내가 가진 것들로 남에게 좋은 영향력을 행사할 수 있는 삶이야말로 후회를 남기지 않는 삶 같다는 생각을 하게 되었다.

비판에 담담하게, 시선에서 자유롭게

난 대학교에 다닐 때 전공의 의미를 찾지도 못했다. 내 친구들의 70%는 자퇴를 했다. 난 이상하게 좋아하지 않는 과목은 듣기 싫었고 그래서 듣지 않았다. 그렇게 학사 경고를 2번 맞았다. 세 번째에는 제적이었다. 학적에서 이름을 지워버린다는 뜻이다.

3학년 2학기부터 정신을 차렸다. 아르바이트를 병행하며 등록금을 마련했다. 그 돈으로 계절 학기를 미친 듯이 들었다. 부모님은 알지도 못했다. 한 한기 등록금을 올 F로 날려버렸다는 것을 알았다면 머리가 다 밀렸을 것이다.

내가 만약 스티브 잡스거나 마크 저커버그였다면 자퇴를 했을 것이다. 하지만 난 그들이 아니었다. 그 사실은 나에게 '어떠한 이유든 제적을 당하면 넌 인생의 루저다.' 라고 말하고 있었다. 패배를 인정하고 다시 공부를 시작했다. 결국, 어쨌든 졸업은 하게 되었다. 성적이 꼬리표로 달라붙어 결과는 참담했지만 나 자신에게는 당당했고 정말 뿌듯했다.

무기력하고 절망적인 삶을 또 한 번 경험했다. 취업이 잘되지 않았다. 그래서 졸업을 하지 않은 친구들에게 말해준다. 학점 관리하고 사회에 나오라고, 졸업을 최대한 미뤄도 학점은 맞춰서 나왔으면 했다. 내가 느낀 사회는 너무 추웠기에. 시련의 연속은 나에게 후회를 남겼다. 집에서는 가끔씩 사람 취급을 받지 못했다.

'그때 만약 내가 충실했으면 내 인생은 변했을까?' 절망감이 밀려왔다. 잠을 자도 불안감이 엄습해 제대로 잘 수 없었다. 물 마시는 것조차 눈치가 보였다.

그래서 난 '그냥' 취업에 목매지 않기로 했다. 배울 수 있는 것을 찾아, 경험을 찾아 그렇게 움직이기로 한 것이다. 무엇을 하고 싶은지 몰라 방황할 때도 있었지만 그래도 일어섰다. 무언가 할 수 있는 일이 있지 않을까? 그것을 위해 찾아 나섰다. 내가 만약 성적도 잘 받고 취업도 잘 했으면 후회하지 않았을까? 그렇게 하지 않은 것을 후회하는가? 후회한다. 가보지 않은 길이었기 때문에 후회한다.

미국의 퍼스트레이디였던 미셸 오바마는 자신의 책『비판에 담담하게 시선에서 자유롭게』에서 이렇게 말했다.

"만약 지금까지 살아오면서 누군가 나를 잘못 묘사하거나 나쁘게 부를 때마다 약해졌다면 난 결코 프린스턴을 졸업할 수도, 하버드에 갈 수도, 지금 그의 옆자리에 앉아 있을 수도 없었을 것이다."

불평등이 만연하는 세상에서 거짓말 같은 동기부여에 지쳤다. 자기계발을 하라는 말에 진정성이 느껴지지 않았다. 괜찮다고 말해주는 책들도 알고 보면 배부른 사람들의 투정 같기도 했다. 내 마음의 청개구리가 개굴개굴 울면서 말했다. '남들과 다르게 살아도 충분히 괜찮다고 말해줄 수 있는 보통 사람이 필요해.' 나를 세상이 알린다는 두려움도 있지만, 그것이 나의 존재 이유였다. 단 한 번이라도 시선에서 자유롭게 세상을 마주 보고 목소리를 내보고 싶었다.

나는 1등도 아니었고, 특별한 재능이 있지도 않았다. 방황했고 학사 경고를 2번 맞았으며, 학점은 2.91로 졸업했다. 남들이 선호하지 않는 영어영문학과를 나왔고 가지 못할 것 같은 대기업의 꼬리표라도 달기 위해

자회사로 갔으며 영어를 쓰고 싶어 미군 부대의 현장직 영업직군으로 달리며 살아왔다. 그렇게 채워지지 않은 만족감을 채우기 위해 살았다. 남들보다 빠르게 주제를 파악했으며 여전히 도전하며 살고 있다.

지금 나는 밥벌이는 하고 사는 회사원이며 하고 싶은 일을 하며 주체적인 삶을 산다. 사회의 기준이 아닌 내 기준으로 세상을 만나는 내가 좋다. 내가 했던 것들이 누군가에게 좋은 영향을 줄 수 있다면 그것만으로 충분히 후회가 남지 않는 인생이 될 거라 확신한다. 매번 후회가 남는 삶만 살았다. 그리고 그 후회는 절대 가슴속에서 사라지지 않았다. 그러기에 오늘 당장 최선을 다해서 하고 싶은 것을 시작하고 내일은 후회 없는 삶을 살기로 했다. 아무것도 하지 않으면 현실은 절대 바뀌지 않고 후회도 바뀌지 않을 것이기에 계속해서 도전하며 후회가 남지 않는 인생을 살 것이다.

07
내 행복을 위해서 열심히 살아라

어떤 이들은 그들이 가는 곳마다 행복을 만들어내고,
어떤 이들은 그들이 떠날 때마다 행복을 만들어낸다.

오스카 와일드

누구든 여러분의 인생을 책임져주지 않습니다

최장수 아이돌 그룹인 신화. 난 신화창조 6기 팬클럽 회원이었다. 일과는 신화의 사진으로 시작해 비디오 감상, 팬 카페 출석과 김동완의 라디오 〈텐텐 클럽〉을 녹음하고 취침하는 것이었다. 오죽하면 초등학생이었던 동생 일기장 제목에는 '신화가 뭐 길래'라는 주제의 글도 있었다. 본방송 사수에 목숨을 걸고 콘서트를 다니는 열혈 팬이었다. 하지만 신화의 멤버 김동완은 어렸던 우리에게 이렇게 말했다.

"신화는 여러분의 인생을 책임져주지 않습니다."

착한 팬은 인생을 스스로 책임지리라 다짐했다. 어느 날 학교에서 바자회가 열렸다. 인생의 여행을 떠나는 소녀는 비장한 마음으로 자신의 보물 상자를 들고 나온다. 그건 바로 신화 관련 열성 팬용 상품, 잡지, 브로마이드였다.

이별은 냉정했다. 모든 물품을 돗자리에 쏟고 장사를 시작했다. 그리고 바자회가 끝나기 전에 전부 팔아 없앴다. 300장 넘게 가지고 있었던 잡지 단면과 양면, 희귀본을 구분해 100원에서 1,000원씩 가격을 매겨 팔았던 기억이 난다.

누군가 내 인생을 책임져주지 않는다는 것을 알게 된 수많은 신화 팬들은 어느 순간 정신을 차리고 각자의 인생을 위해 오빠들을 잠시 멀리한 채 살았다가 연어처럼 돌아왔다. 팬클럽 활동은 날 행복하게 했지만 내 인생의 행복은 내가 책임져야 했다.

행복의 3가지 조건

프랑스의 소설가이자 '사실주의의 완성자'라는 평가를 받는 '귀스타브 프로베르'는 이런 말을 남겼다.

"멍청할 것. 이기적일 것. 건강할 것. 이것이 행복의 3가지 요건이다. 하지만 멍청함을 잃으면 모두 잃는 것이다."

고등학교 때는 방송반을 했다. 우연히 나는 아나운서였고 PD 2명, 엔지니어 2명이 짝지어진 아마추어 동아리 집단이었다. 그때는 나름대로 동아리 활동에 최선을 다했다. 아직 작은 세상 안에 갇혀 겁 없이 활기찼으며 너무 솔직했다.

조회가 시작되기 전에 전교생에게 안내 방송을 한다. 내 목소리가 마이크를 넘어 운동장을 휘감는다. 다시 반 박자 늦게 내 귀로 들리는 순간 전교생이 일어난다. 의자와 책상이 움직이는 소리. 그 거대한 소음이 내 가슴을 뛰게 했다.

당시에 우리는 호흡을 배웠다. 18살, 1년의 방송을 위하여 날마다 함께 고군분투했다. 매번 원고를 지우고 썼으며 읽고 멈췄다. 눈과 생각을 맞추고 엔지니어의 손을 바라보며 그렇게 다시 방송을 시작했다. 3년 동안 크고 작은 이야기들이 녹아 있던 진녹색의 그 공간은 성장드라마 반올림처럼 청명한 곳은 아니었다. 판타지 이야기 속에나 들어있던 성장 활극이었다. 어렸고 몰랐기 때문에 서툴렀지만, 그 시절 우리는 나름 행복했다.

나를 위해 이기적일 것

욕심을 낼수록 행복은 멀어지는 것 같다. 성공을 위한 가식적인 웃음에 사로잡혀 진짜를 보지 못하는 순간이 오면 두 눈과 귀는 멀어 진실을 보지 못하게 된다. 마음은 이성적인 뇌를 속인다. 진실을 마주하고 무너져 내리는 순간이 있을 때 난 도대체 무엇을 기대한 건지 정신이 몽롱해진다.

새롭게 마주하는 진실이 나를 일깨워준다. 욕심을 버려라. 욕심을 비워내고 내려놓는 과정이 가장 고통스럽다. 앞으로 가면 낭떠러지고 뒤로 가면 불바다일 때 어디로 가도 생사는 알 수 없고 무섭다. 난 치열하게 사는 것을 좋아하는 사람이지만 내 것을 찾지 못하니 버겁고 힘들었다. 불바다를 맨발로 걸어 들어가는 순간도 발바닥이 타들어가는 절망도 서러웠다. 어느 누가 등 떠밀었느냐 말할지 모르지만 그때 내 마음이 불바다였다. 용기가 나지 않는데 욕심이라는 마음마저 버려야 한다는 건 슬픈 일이다. 하지만 나는 이미 뜨거운 맛은 봤다. 그래서 그냥 낭떠러지로 뛰어내렸다.

나는 항상 내 탓을 했다. 하지만 그것이 나에게 상처 준다는 것은 몰랐다. '남 탓하지 마라!'라는 글을 보고 여물지 않은 한 사람은 영향을 받았고 그렇게 무슨 일만 생기면 내 탓을 했다. 그것이 나를 일으키는 원동력이 되긴 했다. 하지만 감히 경험자로서 말하자면 너무 자신을 몰아붙이지는 말자. 모든 이유가 다 내 탓은 아니다. 진짜 남 탓을 해야 할 때도 있다. 그러니 너무 한쪽으로 본인을 몰지 않았으면 좋겠다. 그러면 적어도 우울감에 빠져 자신을 스스로 진흙탕에 집어넣는 기괴한 행동은 하지 않을 것이다.

어떤 것이든 무언가에 사로잡히면 어느 하나는 잃게 된다. 의미에 신경 써서 억지로 행복한 척하지 말고 진짜 나를 위해 살다 보면 자연스럽게 행복해지리라 믿는다. 과한 긍정과 부정은 싫다. 하지만 삶에서 어두운 부분보다 밝은 부분을 볼 수 있음에 감사하다 보니 나도 모르게 남들보다는 아주 조금 긍정적인 사람이 되었다.

내 행복이 먼저 채워져야 남에게 줄 수도 있다. 적당히 행복할 때 내 것을 내어주는 이타심은 오히려 나에게 독이 된다. 그러니 아직 행복이 찰랑거릴 정도라면 어눌한 친절과 착한 척은 거두고 이기적인 마음이라도 내 행복을 위해 열심히 살길 바란다.

넘치지 못한 사람의 가짜 배려는 타인을 상처 입힌다. 또한, 뒤늦게 깨달은 본인을 불행하게 만든다. 그 행복은 어차피 금방 고갈되어 본인을 위한 이기심으로 발동될 테니 괜한 착한 척은 거두고 솔직해지는 쪽을 택해라. 행복에 사로잡혀 적당한 친절을 베풀지 말고 진정한 행복을 얻었을 때 크게 베풀자. 진짜 내 사람이라면 어떤 순간이든 믿고 기다려줄 것이다.

2차 세계 대전 중 『빛나는 성벽』이라는 소설을 쓴 여류 작가 델마 톤슨은 미 육군 장교와 결혼을 해 캘리포니아에 있는 모제 이브 사막 근처로 가게 된다. 외롭고 고독한 사막과 살인적인 더위는 그녀를 힘들게 했다.

최악의 상황은 그녀를 극한의 스트레스로 몰았다. 열악한 환경뿐만 아니라 멕시코인과 인디언들밖에 없는 이곳에서 도저히 버틸 자신이 없던 그녀는 아버지에게 집으로 돌아가겠다는 편지를 썼고 아래와 같은 답신을 받았다.

"감옥 문 창살 사이로 밖을 내다보는 두 죄수가 있다. 하나는 하늘의 별을 보고, 하나는 흙탕길을 본다."

간단한 회신에 실망했지만 편지를 몇 번이나 읽고 난 뒤 자기 생각이 부끄러워진 그녀는 생각을 바꿨다. 현재의 환경에서 좋은 점을 찾기 위해 움직였고 마음의 문을 열고 사막 생활을 즐기기 시작했다.

모제 이브 사막은 그대로였지만 관점을 전환하자 불행은 행복으로 변하게 되었다. 그녀는 삶에서 얻은 소재로 작가가 되는 주춧돌을 마련했다. 그녀처럼 삶이란 어떤 관점을 가지고 바라보는가에 따라 불행일 수도, 행복일 수도 있다.

크게 웃고 슬피 운다. 어린 시절로 회귀하는 바보 같은 행위가 나에게 개운함을 준다. 멍청했던 그때로 돌아가는 것이 무모해 보일지 몰라도 삶의 재미를 발견하게 하고 다른 방식의 행복감을 맛볼 수 있게 한다. 그렇게 가끔은 익살스럽고 우중충하며 재밌게 인생을 산다. 유쾌하지만 심술 맞은 진짜 나를 마주 보고 건강한 정신으로 하고 싶은 일을 한다.

꿈을 꾸고 있는 나는 행복한 사람이다. 누군가는 현실에 안주해 "꿈이 밥 먹여주느냐?"라고 외칠 때 무언가를 몰입하고 시간이 빠르게 사라지는 것을 경험한다면 당신도 역시 행복한 사람이 될 것이다. 꿈을 포기한 누군가는 피땀으로 일궈낸 열정의 가치를 조악한 이유로 끌어내린다. 그렇다 해도 누군가는 꿈을 이루고 그것으로 가치 있는 삶을 살아간다. 내가 좋아하는 일로 삶을 채우며 살아가는 사람만큼 행복한 사람은 없을 것이다.

델마 톤슨이 힌트를 주고 있다. 세상을 어떻게 바라보고 움직이느냐에 따라 삶의 모습도 변한다. 행복을 위해 하늘의 별을 볼 것인가? 아니면 흙탕길만 바라볼 것인가? 선택은 나 자신에게 달려 있다.

08
너만의 기준으로 더 넓은 세상을 만나라

부유하다는 것은 가진 것이 많다는 뜻이 아니라
바라는 것이 적다는 뜻이다.

에스더 드 월

살짝 미치면 인생이 즐겁다

인생에서 가장 기억에 남는 여행을 꼽는다면 '박가네 여인들'의 넘버2 가도리와 함께 떠났던 필리핀 여행이다. 사실 여행의 출발지는 샌프란시스코였다. 달러를 환전하고 무념무상 태평했던 우리는 여행 전날 무언가 아주 큰 것을 빠트렸다는 것을 인지한다. 바로 ESTA. 비자였다. 골든 게이트 파크와 금문교를 상상했던 우리는 떠날 수 없음에 절망했고 급하게 대책회의에 들어간다. 단 하루 만에 모든 항공편과 예약을 취소하고 슬퍼할 새도 없이 다시 새로운 계획을 세운다.

가여운 두 여인은 급하게 말레이시아로 여행지를 우회한다. 미국 여행의 아쉬움을 보장받기 위해 중간에 브루나이라는 나라까지 여행하는 알찬 코스를 짠다. 그날 밤 공항에서 만난 우리는 3번째 고비를 마주하게 된다. 출국 금지였다.

내 여권 잔여기간이 40일밖에 안 남아 있던 게 원인이었다. 말레이시아는 반드시 여권 잔여기간 6개월 이상을 요구한다. 평소 여행을 좋아하는 가도리와 나는 망연자실하며 서로 쳐다봤다. 원숭이가 나무에서 떨어진 격이다.

샌프란시스코의 충격으로 밤을 새며 계획을 짜다 기본적인 것을 놓쳤다. 캐리어에는 수영복과 스노클링 장비, 여름옷이 가득 차 있었다. 그녀에게 미안한 마음이 들어 속상했다. 하지만 그녀는 오히려 나를 위로해주고 자기가 놓친 거라며 혼자 안고 가지 말라고 내 마음의 짐을 반으로 나누어 들어주었다. 그날은 가도리가 나의 언니였다. 우리는 현실을 인지하기 시작했다. 공항 의자에 걸터앉아 말레이시아와 브루나이 항공, 마지막으로 숙소를 취소하기 시작했다.

그리고 그녀에게 물어봤다. "집으로 돌아갈까? 아니면 어디든 떠날래?" 그러자 그녀가 대답했다. "여기까지 왔는데 당연히 떠나야지!" 결정은 순식간에 이루어졌다. 우리는 곧장 체크인 카운터로 덤덤히 걸어가 출금 금지를 말했던 항공사 직원에게 지금 당장 떠날 수 있는 나라를 물었다. "필리핀 세부 가능합니다." 그 말을 듣자마자 곧장 비행기 표를 구매했고 몇 시간 뒤 우리는 세부에 가 있었다.

하루 만에 샌프란시스코, 말레이시아, 브루나이의 비행기 표를 3번 취소했다. 공항에서 항공편을 사고 무작정 떠나는 해외여행은 난생처음이었다. 가도리는 IS 출몰이 걱정되어 필리핀 근처는 가본 적도 없던 사람이었다. 난 다행히 여행한 경험이 있었다. "언니를 믿어!"를 외치며 그녀의 안내 가이드를 자청했다. 숙박 역시 한 시간 만에 급하게 정했다. 맨정신으로 있을 수 없던 우리는 살짝 미치기로 했다. '될 대로 되겠지.'라는 생각으로 최고급 호텔을 끊고 보홀 발리카삭과 세부 막탄을 여행했다. 수많은 액땜 덕에 이상한 용기가 생겼다.

날씨의 요정은 우리를 도와 여행 내내 최상의 날씨를 선물했다. 행운의 여신은 우리에게 외쳤다. "너희가 경험하지 못한 최고의 여행을 만들어줄게!" 알리망오 크랩을 먹어도 알배기가 나왔으며 바다는 파도 없는 장판이었다.

보홀의 마지막 날 새벽, 우리는 갑자기 돗자리를 들고 모래사장으로 나가야 할 것만 같았다. 마지막 날이라는 사실 만으로 나갈 이유는 충분했다. 즉흥적으로 밖으로 나가 해변에 앉아 있었다. 얼마 되지 않아 아침 해가 뜨기 시작했다. 일출이었다. 무언가에 홀리듯 서로 쳐다봤다. 눈이 마주치자 우리는 웃었고 (거의 동시에) "가자!"라고 외치며 벌떡 일어나 바닷속으로 뛰어들었다.

"경험은 헤아릴 수 없는 값을 치른 보물이다."

– 셰익스피어

    그렇게 우리는 금빛 바다 물결 속으로 몸을 던졌다. 하늘의 별들은 여행 내내 훨씬 환하고 아름답게 빛났다. 절망했지만 절실했던 우리는 그곳에서 잊지 못할 최상의 서비스를 받는다. 또한 웃긴 에피소드를 한가득 안고 한국으로 돌아온다.

    몇 년이 지난 지금도 서로의 얼굴을 마주할 때면 이 여행이 떠오른다. 힘들고 두려웠지만, 서로를 끌어줬고 절대 포기하지 않았다. 엎친 데 덮친 격으로 항상 위기에 봉착했지만, 우리에겐 그저 지나가는 바람일 뿐이었다. 현실을 인지하고 빠르게 일어나 새로운 곳으로 떠났고 결국 평생 잊지 못할 소중한 보물을 얻었다.

인생의 기회는 무한정이다

1981년 처음 한국을 방문한 미군이 있었다. 그는 한국에 대한 좋은 추억을 안고 5년 뒤 다시 한국으로 돌아와 타국에서 남들과 다른 삶을 살고 있다. 퇴역 장교이자 파워존의 마스코트 칼 리드 아저씨를 소개한다.

그는 29년 동안 '주한 미군 교역처 AAFES' 동두천, 용산에서 일했다. 그는 총 3개의 직업이 있다. 퇴역 군인을 위한 서비스를 주도하고 라디오 음악방송 및 클럽 DJ 활동까지 한다. 현재 그의 나이 74세다. 특유의 유쾌한 웃음과 함께 홀연히 나타나 먼저 안부를 물으시고 언제나 솔선수범하는 그의 모습은 멋있다. 아저씨는 매번 네일샵에서 열심히 관리받아 큐티클 하나 없는 손톱으로 고객서비스가 무엇인지 보여준다. 또한, 인생의 중요한 이야기는 가볍게 던지며 조용히 지나가신다. 활기차고 상냥한 웃음으로 분위기를 주도하는 그의 열정과 아우라가 놀라울 뿐이다.

어떻게 74세까지 3가지 일을 할 수 있는지 묻는 나에게 그가 말했다.

"우선 내 계획은 99세까지 일할 예정이다. 나는 사람을 만나는 것을 즐기기 때문에 일이 즐겁다. 새로운 일은 새로운 사람을 만나게 하고 그것이 나의 시야를 넓혀주기 때문에 지치지 않는다. 나는 지금 이 상황이 너무 좋다. 그래서 꾸준히 할 수 있게 된다. 단 한 번도 쉰 적이 없다. 매일 9시간 이상씩 내가 좋아하는 일을 꾸준히 해왔다. 나는 계속 이렇게 일할 것이다."

어둠 끝에는 빛이 있다

헤밍웨이의 장편 소설 『무기여 잘 있거라』는 왜 행복한 결말이 아니었을까? 인생은 사실 비극이기 때문이다.

매년 5월에서 11월 사이 회사에서 직원들을 위한 건강 검진을 시행한다. 검사 결과지는 매번 떨림을 선사한다. 작은 종이 몇 장이 심장을 쿵쾅거리게 만들고 꼴딱 고개를 넘기듯 '통과'란 도장을 받으면 겨우 위기를 넘길 수 있다. 그렇게 직장인들은 매년 떨리는 테스트를 받으며 겨우 가슴을 쓸어내린다.

마음이 답답한 어느 날, 잠을 뒤척이다 아침 안개가 걷히기 전 일찍 출근했다. 매번 걷던 황량한 벽돌길에 분명 보이지 않던 작은 장미꽃이 피어 있었다. 추운 날씨에 장하기도 하다. '결국, 너는 꽃을 피웠구나.' 나도 모르게 입가에 미소가 번졌다. 전쟁터에서 한 송이 꽃이 우리에게 희망을 주기도 한다. 현재 내가 무엇을 보며 사는지 그 관점에 따라 인생은 황천길도, 꽃길도 될 수 있다.

시간은 인지하는 것보다 빠르게 지나간다. 방금 지났던 공간과 향취를 잡아둘 수는 없다. 불빛을 따라 달려야 한다. 불빛이 희미해도 달려야 한다. 불빛은 나를 어딘가로 안내하는 것 같은데 나만 길을 찾지 못한다.

황망하게 시간을 보내면 나를 비웃듯 불빛은 저 멀리 서 있고 한계에 다다른 나는 다시 달린다. 쫓아가는 속도는 매번 한 박자 늦고 멈춰 있으면 더 느려진다. 앞서가는 사람은 보이지 않는데 내가 늦었다는 것만 정확히 알 수 있다.

넘어지고 무너진다. 상처로 얼룩져 상처를 먹는다. 아물지 못한 상처로 몸부림치다가 그마저도 잠식되는 나를 구할 방법은 오직 일어나는 것뿐이다. 그대로 잠들고 싶다. 경주에서 매번 지는 경주마는 달릴 때 행복할까? 앞서가는 동료를 보며 그저 즐겁겠지. 그렇게 눈을 감고 잠이 든다. 꿈속에서도 무언가에 쫓긴다. 나는 눈을 감아도 깨어 있고 깨어도 감긴 눈으로 세상을 본다.

행복했던 기억과 설렘을 작은 보자기에 꽁꽁 싸맸다. 마치 세찬 바람이 불어올 것 같았다. 잠든 눈으로 세상을 바라보지 못할 것이다. 찾을 수 없는 깊은 골짜기에 웅크리고 넣어둔다. 세월처럼 내려앉은 먼지가 있다. 불쑥불쑥 찾아오는 예기치 못한 경험은 가끔 나에게 골짜기의 존재를 알려준다. 귀를 막는다.

상처는 아물어 흔적을 남겼고 그 전보다 진하게 나를 옭아맨다. 서럽고 억울하다. 차라리 골짜기에 숨기지 못하게 보자기가 넘쳐나면 나으려나. 그 순간 불빛은 점점 가까이 나에게 다가온다. 그리고 말한다. "정답이다."

우울함이 나를 잠식할 때마다 그렇게 계속 보자기를 만든다. 순간을 넘기 위해 부단히 달린다. 나는 가끔 버겁고 조금 두렵다. 매번 넘어져도 아프다. 하지만 내 마음의 보자기를 또 다시 넣어본다. 정답은 모르겠다. 하지만 적어도 잠들지는 않을 테니까 오늘도 그냥 우두커니 일어서 앞으로 걷는다.

너와 세상을 알아가는 방법을 알려줄게

나는 내 운명의 주인이다

에니어그램(Enneagram)

어린 시절 흔히 해보는 성격 검사이다. 성인이 되어서 다시 해보니 나의 경우 8번 유형 '도전하는 사람'이었다. 이 유형의 경우 도전하는 것뿐 아니라 다른 사람들도 어떤 일에 도전해서 자신의 능력 이상의 일을 해내도록 격려하는 것을 즐기는 사람이라고 한다. 이처럼 성격 테스트를 통해 자신의 내면을 바라보기도 하고 자기 이해를 해볼 수도 있다.

에니어그램은 사람의 성격을 9가지로 나누어놓은 심리 검사로 한 개인이 주장한 이론이 아닌 예전부터 내려오던 종교적 지혜를 수정하고 개선하여 내려온 이론이기에 추상적이고 종교적인 느낌이 있다. 특히 유형별로 영적 성장과 퇴보를 다룬다.

돈 리처드 리소의 『에니어그램의 지혜』에서는 인간의 성격 유형을 본능형, 감정형, 사고형으로 분류하고 성격을 단지 자신을 표현하는 수단으로 생각하며 성격과 자신을 동일시하지 않고 본질을 자연스럽게 드러내어 성장하라고 말한다. 그는 간단한 리소-허드슨 테스트를 소개했다.

간단한 리소 – 허드슨 테스트

이 테스트에서 정확한 결과를 얻으려면 다음의 지시 사항을 따라야 한다.

1. 다음에 나오는 두 그룹의 진술에서 평소 당신의 태도와 행동을 가장 잘 반영한다고 생각하는 진술을 하나씩 골라라.

2. 당신이 선택한 진술 안에 있는 모든 말과 문장에 완전히 동의해야 하는 것은 아니다. 그 진술의 80-90% 정도를 동의하면 한 그룹에서 한 개를 골라라. 그러나 당신이 선택한 진술의 전반적인 경향과 '철학'은 동의해야 한다. 내용 중에 일부분은 동의할 수 없는 경우도 있다. 한마디 말이나 한 구절 때문에 그 진술을 선택하는 것을 거부하지 말라. 그 진술의 전체적인 내용에 유의하라.

3. 당신의 선택을 지나치게 많이 분석하지 말라. 100% 동의할 수 없어도 당신의 직관이 옳다고 판단하는 것을 선택해라. 부분적인 요소보다는 그 진술의 전체적인 주제와 느낌이 더 중요하다. 직관을 따르라.

4. 한 그룹에서 가장 잘 맞는 진술이 무엇인지 결정할 수 없다면 2개를 선택

할 수도 있다. 그러나 반드시 한 그룹에서만 2개를 선택해야 한다. 예를 들어 그룹 1단계에서 C, 그룹 2단계에서 X, Y를 선택하는 식이다.

−1 단계

A	나는 독립적인 편이고 자기주장을 잘한다. 상황에 정면으로 맞설 때 삶이 잘 풀린다고 느낀다. 나는 목표를 설정하고 그 일을 추진해간다. 나는 가만히 앉아 있는 것을 좋아하지 않는다. 나는 정면 대결을 원하지는 않지만, 사람들이 나를 통제하는 것도 좋아하지 않는다. 대개 나는 내가 원하는 것을 잘 알고 있다. 나는 일도 노는 것도 열심히 한다.
B	나는 조용히 혼자 있는 것을 좋아한다. 내 의견이 분명히 있지만, 꼭 필요한 경우만 아니면 강하게 주장하지 않는다. 나는 앞에 나서거나 다른 사람과 경쟁하는 것을 그리 좋아하지 않는다. 사람들은 나를 몽상가라고 부른다. 내 상상의 세계 안에서는 흥미로운 많은 일들이 벌어진다. 나는 적극적이고 활동적이라기보다는 내성적이고 정적인 성격이다.
C	나는 책임감이 강하고 헌신적이다. 나는 내 의무를 다하지 못할 때 아주 기분이 나쁘다. 사람들이 필요할 때 그들을 위해 내가 그 자리에 있다는 것을 알아주었으면 좋겠다. 그러나 종종 누가 알아주지 않아도 나는 내가 속한 공동체를 위해 최선을 다하고 희생한다. 나는 내가 해야 할 일을 한 다음에 나 자신을 돌본다.

- 2 단계

X	나는 대개 긍정적인 자세로 생활하며, 모든 일이 나에게 유리한 쪽으로 풀린다고 느낀다. 나는 나의 열정을 쏟을 수 있는 여러 방법을 찾는다. 나는 나처럼 다른 사람들도 행복하게 잘 지내기를 원하고 될 수 있으면 그렇게 할 수 있도록 돕는다. 나라고 늘 기분이 좋은 것은 아니지만 그렇게 보이는 것이 좋다. 기분 좋게 굴고 싶어서 내 진짜 속마음이나 문제를 돌보는 것을 잊는 때가 있다.
Y	나는 상황 대부분에 호불호가 심하다. 많은 사람은 내가 불만이 많다고 생각한다. 나는 사람들 앞에서 내 감정을 억제할 뿐, 남들이 보기보다 더 민감하다. 나는 다른 사람들에게 내가 어떤 사람인지, 무엇을 기대할 수 있는지 알고 싶다. 어떤 일에 대해 화가 났을 때 나는 다른 사람들도 나처럼 그 일에 반응하고 해결을 위해 노력해주기를 바란다. 나는 규칙을 알고 있지만, 사람들이 내게 지시하는 것을 좋아하지 않는다. 나는 나 스스로 결정하기를 원한다.
Z	나는 자신을 잘 통제하고 논리적이다. 나는 감정을 다루는 것이 편하지 않다. 나는 효율적이고 완벽하게 일을 처리하며, 혼자 일하는 것을 좋아한다. 문제나 갈등이 있을 때 나는 그 상황에 감정이 끼어들지 않도록 한다. 어떤 사람들은 내가 너무 냉정하고 초연하다고 말하지만 나는 감정 때문에 일을 그르치고 싶지 않다. 나는 사람들이 나를 화나게 하면 대부분 반응을 보이지 않는다.

리소 – 허드슨 테스트 결과 해석

AX	7번 낙천가 : 쾌활함, 충동적, 성취 지향적
AY	8번 지도자 : 자신감, 결단력, 남을 지배하려 함
AZ	3번 성취가 : 적응을 잘함, 야망이 있음, 자신의 이미지를 중시함
BX	9번 중재자 : 수용적, 스스로 만족함, 다른 사람을 편안하게 해줌
BY	4번 예술가 : 직관적, 심미적, 자신 안으로 빠져들게 됨
BZ	5번 사색가 : 지각 능력이 뛰어남, 혁신적, 남들과 떨어져 있음
CX	2번 조력가 : 남들을 잘 보살핌, 너그러움, 소유욕이 강함
CY	6번 충성가 : 붙임성이 있음, 책임감이 강함, 방어적
CZ	1번 개혁가 : 이성적, 원칙적, 자기관리에 철저함

*1번 유형이 자기 번호라고 오해하는 번호는 4번, 5번, 6번이다.

*3번, 6번, 7번 유형은 자신을 1번 유형으로 착각하는 경우가 많다.

https://enneagram-app.appspot.com/quest 에서 간단하게 9가지 성격을 알아볼 수 있다.

세상은 일요일이 올 때까지 우리의 마음을 상처 입힌다.
사람 마음속 광기가 이유일지도 모르지만,
그래도 일요일이 기다려진다.

영화 〈실버라이닝 플레이북〉 중에서

누구나 똑같은 사람이지만 남들과 다른 모양새로 태어난다. 매번 비교당하는 삶 속에서 지쳐 있다. 욕심 많은 사람이 인정받지 못할 때의 좌절감은 회피와 향락으로 이어진다. 스스로를 인정하지 못하고 무력하게 지나가는 하루가 쌓여 슬픔이 켜켜이 쌓인다.

여름에는 너무 춥고 겨울에는 너무 더웠던 긴 시간 동안 무던히 나를 내려놨지만 그래도 매번 오락가락하는 나 자신을 반성한다. 그런 시간이 흘러 어느새 다름을 인정하고 포기했던 수많은 좌절이 작은 행복들로 바뀌어 현재 불행하지 않은 새로운 문이 열렸다.

행복을 바라볼 수 있는 눈, 좋은 것을 들을 수 있는 귀, 맛있는 음식을 먹을 수 있는 입과 기쁨을 나눌 수 있는 손처럼 내가 온전히 가진 것들로 어떻게 생각하고 행동하느냐에 따라 인생의 색과 모습은 다양하게 변한다. 사회적 성공의 기준이 아닌 나만의 기준으로 하루를 바라볼 것이다.

내가 보는 세상은 너무 어둡지도 그렇게 희지도 않았다. 조금은 회색빛인 이곳에서 나만의 색을 찾는 과정이 때론 버거울지라도 그 안에서 찾은 소중한 기쁨들이 모이다 보면 행복한 나를 발견할 수 있을 것이다.

실버라이닝 플레이북

할리우드 스타 '제니퍼 로렌스'에게 아카데미 여우주연상을 안겨준 영화 〈실버라이닝 플레이북〉을 추천한다. 이 영화는 2013년 제85회 아카데미상 시상식에서 총 8개 부문에 올랐는데 작품상, 감독상, 각색상, 편집상과 배우상 4개 부문 모두 후보에 올랐다. 영화에 출연한 '브래들리 쿠퍼'는 남우주연상 후보에, '로버트 드 니로'는 남우조연상 후보에, '재키

위버'는 여우조연상 후보였으며 1990년생인 '제니퍼 로렌스'는 만 22세의 젊은 나이로 역대 2번째 최연소 여우주연상을 받게 된다.

'비정상' 즉 '다름'의 정의는 무엇일까? 예를 들어 심심하다는 핑계로 매일 술을 마시는 한 사람이 있다. 이 사람은 '정상인'인가? 어떤 이는 상실에 대한 '치유'로 정신과를 찾았다. 그는 '비정상인'인가? 사회가 규정해 놓은 틀에 들어가면 정상인이 되고 벗어나면 비정상이 된다. 왜 우리는 이러한 정의 속에 갇혀야 할까. 남들과 다르게 사는 난 사실 남들과 똑같다. 영화 속 두 남녀는 살기 위해 표현했지만, 주위의 권유로 정신과 진단을 받고 '비정상인'이라는 낙인이 찍혔다.

성공한 외국인들의 자기계발서와 위안을 주는 책들이 넘쳐난다. 그런 책들을 읽으며 자신을 다잡고 치열하게 살다가 바뀌지 않는 현실을 마주할 때 허망함은 이루 말할 수 없다. 현실은 똑같고 성공한 사람은 늘어나는 것처럼 느껴진다.

염세주의에 빠져 폐쇄적으로 변하거나 삐뚤어져 투덜거리게 된다. 허무주의에 빠져 무기력해질지도 모른다. 광기가 뻗쳐 울부짖을 때도 있을 것이며 상처받기 싫어 쾌락주의에 빠질지도 모른다. 로또를 구매하거나 길거리의 불나방처럼 흔들거리다 보면 책에서 말하는 성공은 보이지 않고 망가진 나만 보인다. '그래. 어차피 난 그런 놈이야.'라고 외치며 세상을 원망하거나 포기할 것이다. 그러나 자신을 내려놓고 옆을 보면 나뿐만 아니라 주위에 망가진 수많은 사람이 보인다. 그 순간 모질게 채찍질했던 나 자신이 짠하게 된다.

상실의 경계

〈실버라이닝 플레이북〉의 주연과 조연 모두 개성 있는 사연이 있지만, 그중 특별하게 튀는 두 주인공은 '다름'의 범주에 속하고, 경계에 머무는 자들은 '정상'으로 구분한다. 하지만 사실 우리는 모두 '비정상'이거나 '정상'일지도 모른다.

그들의 치유과정은 각자의 상처를 바라보고 자신의 상처를 발견하는 것에 있었다. 분노와 열정에서 베푸는 것과 감사로 나아가는 뻔한 할리우드 스타일의 후반부가 나에게는 마음의 골짜기에 보자기를 채워나가는 과정과 비슷한 위안을 주었다.

뻔하지만 뻔하지 않은 이 영화를 추천하는 이유는 주인공들이 극복하는 과정이 나를 찾는 과정과 흡사하기 때문이다. 우리는 모두 부족함과 결핍을 가진 채 살아가지만 어떤 이는 자신의 치명적인 치부를 드러내고 인정한다.

배우자를 잃은 상실의 아픔을 버틴 주인공은 당당히 자신의 아픔을 밝히며 세상에 침을 뱉는다. 자신을 솔직하게 인정하지 못하는 또 다른 주인공은 아이러니하게 성장을 위하여 매일 책을 읽고 운동한다. 긍정의 힘을 강조하며 살아가지만 정작 자신은 제대로 보지 못한다. 결국, 광기 어린 서로를 마주 본 그들은 상대방을 동정하다 자신을 발견한다. 그들은 서로 교감과 소통을 통해 성장하고 앞으로 나아간다. 이처럼 자신의 결핍, 부족함, 치부를 똑바로 보고 인정하며 나 자신을 용서하는 순간 비정상과 정상, 다름과 같음의 경계가 무너지고 행복이 찾아오는 것이다.

『맥베스』에는 이런 내용이 나온다.

"양심의 가책 아래 미칠 듯이 불안하게 사느니 차라리 우리가 자신의 평화를 희구하여 평화의 나라로 보내버린 저 죽은 사람의 처지가 되는 편이 낫지. 던칸은 지금 무덤 속에 있소. 인생의 발작적인 열병을 치른 뒤 편히 자고 있소. 시역은 그에게 마지막 최악을 행하였소. 이제는 칼날도, 독약도, 내란도, 외환도, 그 무엇도 그를 더 이상 손대지는 못하오."

우리는 매번 상실을 경험하며 살아간다. 대학을 들어가면서 동시에 빚을 진다. 무엇을 배우기 위해서는 소비할 수밖에 없게 된다. 상실은 나를 위축되게 만들고 주저앉게 만든다. 같은 반 친구들과 경쟁할 때, 전교생 중 내 위치를 확인할 때 주제 파악을 하게 된다. 현실을 똑바로 보고 내 성적으로는 훌륭한 사람이 될 수 없다는 사실을 인지한다. 냉정하고 비극적인 상실을 경험하면서 위축되고 작아진다. 무엇을 하기 위해 태어났는지에 대한 원초적 고민과 학업 사이에서 이리저리 방황한다. 하지만 누구 하나 시원하게 답을 주진 않는다.

나만의 명함

정의할 수 없고 알 수 없는 미래는 그 전에도 똑같았다. 30대가 된 나 역시 암담하고 앞이 보이지 않는다. 다행히 우리는 그때마다 어떻게 해야 앞으로 나아갈 수 있는지를 알고 있다.

단순히 어두움을 즐기거나 불빛을 찾기만 하면 된다. 그러니 잠들지 말고 일어나 어둠을 즐기길 바란다. 인생은 장기전이다. 새로운 경험을 즐기고 사회적 명함이 아닌 자신의 진정한 이름을 찾기 위해 긴장 풀고 재미나게 살기 바란다.

나 역시 '긍정의 힘'을 믿고 나아가본다. 고작 30년 조금 넘게 살았지만 잘될 거란 믿음 하나는 가지고 있다. 나의 지금을 통해 10년 뒤, 20년 뒤 모습을 기대한다. '실버 라이닝, 상처라는 그늘 아래, 언젠가 구름 사이를 뚫고 나오는 한 줄기의 빛'처럼 우리도 반드시 행복해질 거라 믿는다.

어디 하나 마음 둘 곳 없어 내 것을 채우고 싶은 그 마음 절실히 이해한다. 사회에서 찾을 수 없는 행복을 찾고 있는 것뿐이다. 행복은 '내가 가진 것에서 무엇을 보느냐'에 따라 지금 당장 가질 수도 있다. '당신은 충분히 괜찮다'는 말을 잊지 말고 현재를 위해 살아가길 바란다.

2019년 11월 가을과 겨울의 경계에서

박혜주

제 인생의 한 페이지를 위해
손을 잡고 도와주셔서 감사합니다

제 삶의 고뇌와 슬픔의 이유를 책을 쓰면서 깨달았습니다. 제 인생의 한 챕터가 되어준 모든 인연이 저에게는 귀인이자 행운이기에 제일 먼저 감사를 표합니다.

딸을 위해 늘 기도를 아끼지 않는 엄마, 무엇을 하든 응원의 엄지를 보내주시는 아빠, 감사합니다. 나만의 편집장 달팽 씨, 감사합니다.

가재가 성장하듯 껍질을 벗을 수 있게 언제나 응원해주는 이준위 님, 사랑하고 감사합니다. 변하지 않는 응원과 영감을 주는 배인건 대표님, 감사합니다, 6년 동안 함께 여행을 가준 양란 언니, 감사합니다. 큰 힘이 되어준 프랭크 콘쉴리스(Frank W. Concilus) 교수님, 양천문인협회 문경자 회장님, 청년들을 위해 열정을 아끼지 않는 황갑선 대표님, 정말 감사합니다. 작은 인연에도 도움을 주신 손옥윤 대표님, 오민석 교수님, 감사합니다. 평범한 사람을 작가의 길로 이끌어준 김태광 대표님, 감사합니다.

언니를 응원해주는 박가네 여인들 가도리, 이슬이, 감사합니다. 좋은 조언을 해주신 박홍민 감독님, 감사합니다. 나의 뮤즈 이원아, 미니 꿀벌 민지, 감사합니다. 누구보다 멋지고 좋은 사진을 찍게 해주신 최두식, 이현정 대표님, 감사합니다. 평범한 저를 위해 손을 내밀어주신 유진 관장님, 감사합니다. 드넓은 미국 땅에서 멋진 인생을 사는 Matt Metzelaars, 최세경, 감사합니다. 인생을 함께한 최이슬, 오선영, 정근재, 김진성, 정진호, 최성웅 오빠, 욜로 욜로 팸 홍진, 무던한 응원을 주는 김보경, 감사합니다.

용산을 스쳐간 나의 럭키 걸즈들 민수봉, 러브박, 손혜진, 다이엔 킴, 정인, 써니, 그리고 함께하며 마주 보는 빈한아 과장님 외 모든 분, 감사합니다. 내 인생의 드라마가 되어준 KHBC 방송반과 조현아, 정지수, 김민희와 친구들, 감사합니다. 미군 부대, 용산의 마지막 전사들, 태섭이 외 현장에서 밝은 인사와 공감을 나눴던 모든 분에게 감사를 전합니다.

따스한 미소로 응원해주신 모든 분에게 감사를 표합니다. 저와 한 팀으로 스쳐 지나갔던 모든 분, 작은 응원을 보내준 동료들, 나라를 위해 오늘도 열심히 살고 계신 군인과 그 가족들, 오늘을 치열하게 살아가는 이 시대 평범한 이들에게 이 책을 바칩니다.

미흡한 초보 작가와 열정을 함께해주신 미다스북스 여러분에게 언제나 행운이 깃들길 바랍니다.

마지막으로 책을 읽어주시는 독자님들에게 감사와 행운을 보냅니다. 보통의 평범한 존재에게 큰 힘이 되어주셔서 감사합니다.

33살 박혜주